PRETTY DOLL

LOREA READ

PRETTY DOLL

BLACK'S SOLDIERS, TOME 2

ito

Prologue

> « Dans les ténèbres qui m'enserrent,
> Noires comme un puits où l'on se noie,
> Je rends grâce à Dieu quel qu'il soit,
> Pour mon âme invincible et fière »
>
> *William Ernest Henley, Invictus*

Est-on censé reconnaître notre âme-sœur au premier regard ? Est-on capable de voir en l'autre celui qui détient, sans le savoir, la moitié de notre propre cœur ? Cette moitié dont on ne ressentait pas l'absence jusqu'à ce qu'on la rencontre.

Elle y a cru. Elle pensait sincèrement que lorsque ses yeux se poseraient sur lui, elle n'aurait plus à douter. Douter d'elle, de lui, de l'avenir du monde qui nous entoure. Bref douter de tout ce qui fait l'essence même de la vie.

C'est fou le pouvoir que l'on donne à l'amour, la faculté de faire de nous de parfaits imbéciles, de nous transformer en ce que nous ne pensions jamais être. Elle la première.

Et pourtant ! Elle se demande à quel moment sa vie a basculé au point de ne plus pouvoir respirer normalement ? Au point où chacun de ses pas la conduisent vers l'enfer ? Où chaque respiration est un supplice. Au point où son identité ne lui appartient plus.

Elle n'imaginait pas sa vie comme ça. Elle avait des idéaux, elle croyait en l'homme avec un grand H. Un protecteur qui lui apporterait la sécurité qui ne lui avait pourtant jamais fait défaut. Elle pensait que la société pouvait pallier le manque de certitude, la méchanceté de l'espèce humaine. Apporter du réconfort quand on a perdu tout espoir. Elle croyait en un monde où l'individu ne pouvait pas détruire un autre être, une autre âme, un autre cœur.

Elle se trompait. Tellement. Terriblement.

Pour autant, elle est décidée à vivre, à se battre. Pourquoi ? Elle l'ignore. Qu'est-ce qui la pousse à continuer d'avancer ? Est-ce son éducation qui l'empêche d'abandonner ? Ou alors peut-être, est-ce qu'il existe, cachée au plus profond d'elle, une force dont elle ne soupçonnait pas l'existence ? Un petit quelque chose en plus qui l'oblige à continuer, à avancer.

Certains matins, elle s'éveille avec le sentiment de ne pas exister, de ne pas avoir sa place sur terre, d'être aussi insignifiante qu'un grain de sable dans le désert. Et d'autres matins, elle se lève la rage au ventre avec l'envie d'en découdre, de se battre, de ne laisser personne prendre le contrôle de sa vie.

Dans ces moments-là, elle n'a qu'une seule certitude, celle de ne plus jamais laisser un homme avoir de l'influence sur elle. Ne plus jamais faire confiance. Ne plus jamais avoir peur.

« Je suis le maître de mon destin. Je suis le capitaine de mon âme »

Enfin ça c'était avant. Jusqu'à ce qu'elle le rencontre, lui.

Chapitre 1

« N'avez-vous jamais croisé de ces êtres qui semblent ne pas se trouver sur votre chemin par hasard, mais par une sorte d'évidence si bouleversante que votre existence en est subitement transformée ? »

Michèle Lesbre, Le canapé rouge

Mackenzie

J'ignore quelle heure il est. Mais quand je pose un pied à l'extérieur de ce car dans lequel je viens de passer presque vingt-quatre heures pour traverser le pays, je sens une légère brise caresser mes cheveux. Un petit vent frais qui me rappelle douloureusement que je respire encore.

Je passe de la chaleur californienne à la fraîcheur de… d'où d'ailleurs ? Je ne sais même pas où je suis. Enfin si, je suis à Fremont, petite ville située dans un État quelconque qui n'est pas la Californie, ni le Nebraska, ni le Delaware. Moi qui n'avais jamais mis un pied hors de mon San Diego natal on peut dire que depuis deux ans je deviens une experte en départ précipité. La superficie des États-Unis me laisse encore plein de possibilités avant que mon voyage ne se termine par une fin quelque peu tragique : ma mort.

Pour l'instant, j'ai rendez-vous avec Mme Cruz dans un café de la ville pour savoir si elle accepte de me loger. J'ai trouvé ses coordonnées grâce au téléphone gentiment prêté par ma voisine durant cet interminable trajet. Mme Cruz m'a donné rendez-vous au Sunny Coffee dans deux heures. Je n'ai aucune idée d'où se trouve ce café, à part qu'il se situe en centre-ville, ni comment m'y rendre, alors je me dirige vers le comptoir des renseignements de la compagnie de bus.

Derrière ce grand comptoir, beaucoup trop grand pour une personne toute seule, se trouve une jeune fille qui mastique un chewing-gum comme une vache rumine son foin. Elle fait des bulles aussi grosses que malvenues en lisant un magazine mettant en une la dernière rupture en date de la starlette à la mode. Je m'approche d'elle et lui demande poliment :

— Bonjour, pouvez-vous m'indiquer comment on se rend au centre-ville, s'il vous plaît ?

La ruminante face à moi lève un œil morne, me détaille autant qu'elle le peut de derrière son imposant comptoir, fait une bulle avec son chewing-gum et se décide à me répondre :

— Non.

— Non, quoi ? Non, vous ne savez pas où c'est ? Non, vous ne pouvez pas me l'indiquer ? Ou non, vous n'êtes pas assez qualifiée pour donner ce genre de renseignements et vous devez appeler un supérieur ?

— Non, je n'ai pas envie de vous répondre, lâche-t-elle comme si cela était une évidence.

Je reste sans voix devant autant d'absence de savoir-vivre. Si tous les habitants de cette ville sont à l'image de la blondasse écervelée que j'ai devant moi, je ne vais pas y rester très longtemps. Je m'apprête à répondre quand une voix derrière moi m'interpelle :

— Je peux vous indiquer le chemin si vous le souhaitez.

Je me retourne pour faire face à une jolie jeune fille d'une vingtaine d'années. Rousse flamboyante aux yeux vert clair avec un sourire enjôleur.

— Merci, je veux bien.

— Venez, asseyons-nous. Kimberley ici présente n'est pas ce qu'on peut appeler une employée modèle, explique-t-elle en désignant la génisse derrière son comptoir. Mais c'est une fille sympa.

— Si vous le dites.

Ma sauveuse passe derrière la banque d'accueil, attrape quelque chose et reviens vers moi.

— Tenez, dit-elle en me tendant un dépliant. C'est le plan de la ville. Vous verrez, ce n'est pas très grand mais c'est sympa. Si vous aimez la nature, les lacs et les bikers, cet endroit est fait pour vous, continue-t-elle en s'asseyant à côté de moi.

Les bikers ? Qu'est-ce que des motards viennent faire dans la présentation d'une ville ? Ils sont vraiment bizarres dans le coin.

— Donc nous sommes là, montre-t-elle sur la carte que j'ai dépliée. Le centre-ville est là. (Elle me désigne un autre point sur le plan.) C'est à environ deux kilomètres, vous avez une borne de taxi juste devant la gare routière.

— Merci, mais je préfère marcher.

Je préfère surtout ne pas dépenser mon argent. Il me reste juste de quoi payer mon loyer pour un mois si Mme Cruz accepte de me louer son logement. Je n'ai même pas de quoi manger, alors payer un taxi... Je me lève et remercie chaleureusement cette jeune fille venue relever le niveau de cette ville.

Je ramasse mon sac à dos qui contient toutes mes affaires, le passe par-dessus mes épaules. Mon matériel photo dans mon sac bandoulière est le seul bien de valeur que je possède, alors je vérifie sa présence et le caresse du bout des doigts. Je ne m'autorise aucune technologie, je n'ai pas de téléphone, pas d'accès à Internet non plus. Rien qui permettrait de rendre une géolocalisation possible.

Un dernier regard sur la carte que je range dans la poche de mon blouson, puis j'enfonce mon bonnet sur la tête et prends la direction du centre-ville. Je flâne plus que je ne marche, j'aime m'imprégner de l'essence d'une ville, je mémorise les endroits que je pourrais immortaliser en cliché et marque avec l'aide d'un stylo les points sur la carte. L'église, ce magnifique saule qui pousse seul entouré de bancs où sont assises des personnes d'un certain âge…

Rapidement j'arrive au centre-ville et erre jusqu'à me retrouver devant le Sunny Coffee. Je reste devant à attendre, je suis en avance de presque une heure et je n'ai pas suffisamment d'argent pour m'installer et prendre quelque chose à boire, même si cela me ferait du bien de me réchauffer un peu. Je détaille la devanture de ce café, elle est absolument charmante, d'un jaune pastel avec une enseigne en forme de tasse fumante dans un métal rouillé. Je peux voir à l'intérieur grâce aux grandes fenêtres, c'est un mélange hétéroclite et étonnant de fauteuils et de tables qui créent pourtant un ensemble harmonieux. J'aperçois un canapé bleu canard et un fauteuil en patchwork qui entourent une table en rotin.

La porte d'entrée s'ouvre et une jeune femme blonde en sort. Au tablier qu'elle porte autour de la taille je dirais qu'elle travaille ici. Elle se dirige vers moi en serrant son pull contre elle, elle est sortie sans manteau et il doit faire à peine quelques degrés. Elle va me demander de partir parce que je dois faire peur à ses clients à fixer son commerce comme cela.

— Mademoiselle, vous devriez rentrer vous mettre au chaud, me propose-t-elle avec un sourire radieux et un regard pétillant.

— Merci, mais j'attends quelqu'un.

— Vous devriez l'attendre dedans, vous allez attraper froid à rester comme ça, statique en extérieur.

— Merci, mais...

Cette femme est absolument délicieuse, son regard et son sourire me mettent du baume au cœur, mais je ne sais pas comment lui dire que je n'ai pas d'argent pour payer une consommation.

— Venez. Je vous offre un chocolat chaud, dit-elle en m'attrapant par le bras et en me dirigeant vers son café.

Je ne me rebelle pas, trop contente de pouvoir me réchauffer mais mal à l'aise à l'idée qu'elle me fasse la charité. Grâce à elle, je ne vais pas attendre une heure dans le froid. Quand on rentre dans son café, la chaleur du lieu m'enveloppe comme une aura protectrice. La décoration observée dehors est encore plus belle à l'intérieur, ce mélange de différentes matières et coloris donnent étrangement à l'ensemble une harmonie parfaite. Je me retourne vers mon hôte qui m'observe avec une joie non dissimulée devant mon air ébahi.

— Merci mais je n'ai pas...

— J'offre toujours leur premier chocolat chaud à mes clients. Je m'appelle Charlie et je reviens tout de suite. Asseyez-vous dans le canapé bleu, c'est le plus confortable du café, propose-t-elle avant de s'enfuir derrière son comptoir.

Je me glisse dans ce canapé aussi confortable qu'un lit et observe cet environnement qui ne m'est pas familier. On se croirait dans un petit cocon de dentelle, quelque chose de délicat et maternant. J'adorerais prendre cet endroit en photo. Charlie revient vers moi, une énorme tasse fumante à l'odeur appétissante dans une main et une assiette avec un muffin dans l'autre.

— Tenez. Avant que vous ne râliez par rapport au muffin, en fait vous me rendez service en le mangeant parce que demain je suis fermée, et je devrais les jeter à la fin de la journée donc…

Elle dépose la tasse et le muffin devant moi. Mon ventre se met à gargouiller, je n'ai rien mangé depuis presque une journée, j'ai picoré des chips mais rien de bien consistant. Charlie amorce un demi-tour pour repartir de là où elle vient mais je l'arrête.

— Merci de votre générosité. Est-ce que je peux vous être utile à quelque chose en attendant mon rendez-vous ?

— Vous me direz ce que vous pensez du muffin. D'ailleurs, avant de croquer dedans, pas d'allergie ?

— Non.

— Super, c'est un muffin au chocolat blanc et cranberries. Nouvelle recette donc j'aimerais bien connaître votre opinion.

— Avec plaisir, dis-je en en prenant un bout et en l'enfournant dans ma bouche.

Je mastique un instant avant de dire :

— Mmmhhh, c'est un délice. Merci.

— C'est gentil. N'hésitez pas à venir me voir si vous avez besoin de quelque chose, sourit-elle en se dirigeant vers d'autres clients.

La bouche pleine de cette délicieuse gourmandise, je ne vois pas Charlie revenir, trop concentrée à essayer de ramasser les miettes tombées sur mes genoux pour les porter à ma bouche.

— Ah ! Au fait, au fond du café, il y a une bibliothèque si vous voulez lire un bon livre en attendant. Je vous conseille *Kafka sur le rivage* de Haruki Murakami.

Troisième étagère sur la droite, explique-t-elle avant de partir.

Je reste perplexe devant cette femme à la personnalité aussi solaire que ses cheveux, mais je me dirige quand même vers la fameuse bibliothèque et trouve le livre qu'elle m'a conseillé. Je retourne me pelotonner sur son canapé, en sirotant son délicieux chocolat chaud avec des guimauves et cet incroyable muffin dont les saveurs explosent en bouche et ravissent mon estomac en manque de nourriture solide depuis trop longtemps.

Dans cette atmosphère presque magique, je ne vois pas le temps passer et me laisse emporter au sud du Japon par cet adolescent curieux et ce vieillard attachant. Je ne me suis pas sentie si bien depuis une éternité. Depuis quand n'avais-je pas pris le temps de lire un bon bouquin ? Je me sens en sécurité dans cet endroit chaleureux. Est-ce que je viens de trouver mon chez-moi ?

Chapitre 2

« Si l'amitié doit ressembler à quelque chose, je suis sûre que c'est à cela. Une ligne de force qui vous relie et qui vous aide à tenir debout. Un sentiment proche de l'amour mais qui a l'avantage de se vivre sans la peur permanente de perdre l'autre »

Sylviane Jaoui,
Ma vie selon moi, Tome 1 :
le jour où tout à commencer

Logan

— Salut les AA, crié-je en passant la porte.

— Les AA ? questionne Astride de derrière l'îlot central de sa cuisine.

Je m'approche d'elle et dépose un baiser sur sa joue. Elle affectionne particulièrement cette habitude typiquement française et finalement je me suis habitué à embrasser une femme sans penser à coucher avec elle.

— Oui les AA. Aaron et Astride, donc les AA.

— Tu m'as fait peur, je pensais que tu faisais référence aux alcooliques anonymes.

Elle rigole doucement. Astride est la régulière de mon meilleur ami, française, lumineuse et d'une énergie positive à la limite de l'agaçant. Cette femme ne sait pas ce que veut dire non et arrive à faire de nous, des bikers sans pitié, de parfaits gentlemans. Enfin gentlemans peut-être pas mais en tout cas nous avons appris à nous tenir en sa présence. Suspicieux, je la regarde me tendre une tasse de café en rigolant.

— T'as pas de la bière ?

— J'en ai, mais comme je n'ai pas le droit d'en boire, tu me soutiens moralement en n'en buvant pas toi non plus.

— Putain, encore six mois de cette connerie.

— Je t'interdis de parler de mon futur enfant comme d'une connerie, m'engueule Aaron qui arrive dans mon dos.

— La paternité te rend chiant, remarqué-je en portant ma tasse aux lèvres.

Aaron arrive vers nous, il me met une tape derrière la tête un peu violemment. Puis se dirige avec un regard énamouré vers sa régulière qui le contemple de la même façon. Quand je suis avec eux, j'ai le sentiment qu'il manque quelque chose à ma vie. Mais dès que je retourne au club entouré de mes frères célibataires et aussi queutards que moi, ce sentiment de vide me quitte rapidement, comblé par une brebis avide de prendre soin de moi et de ma queue.

J'observe mes amis lovés dans les bras l'un de l'autre. Ils vont me filer la gerbe, alors je questionne Aaron sur la raison de son appel.

— Bon, pourquoi tu m'as réveillé aussi tôt ? Et d'ailleurs où est Elliot ?

— À l'école, répond Aaron en secouant la tête. Il est presque midi. Tu es venu pour me donner un coup de main pour préparer la chambre du bébé, m'explique-t-il en posant la main sur le ventre à peine visible de sa femme.

— Aaron refuse que je l'aide à débarrasser la chambre, de peur… De peur de quoi d'ailleurs ? questionne-t-elle en se tournant vers lui, les mains sur sa taille.

— Je refuse que tu te fasses mal, que tu portes quoi que ce soit de lourd. Si j'en avais la possibilité, je t'enfermerais à double tour dans notre chambre.

— Juste pour que je me repose ? demande-t-elle d'un ton taquin.

Les yeux d'Aaron s'illuminent d'une lueur que je connais trop bien.

— Eh les excités, je suis là, et puis elle est déjà en cloque donc pas la peine d'en remettre une couche.

— Ce n'est pas parce que la place est prise qu'on ne peut pas essayer d'y faire rentrer ma…

Mon meilleur ami ne finit pas sa phrase, se prenant un coup de poing de sa brune irascible, ce qui me fait marrer. Elle me jette un regard noir qui me stoppe net.

— Je vais bosser, dit-elle. Ça m'évitera d'entendre vos conneries.

Elle attrape son sac, n'embrasse même pas son homme et part en claquant la porte.

— Je reviens, m'informe Aaron.

Il court après sa femme et la rattrape certainement dehors pour se faire pardonner. Il revient, un sourire radieux aux lèvres. Depuis qu'il est avec elle, il est toujours de bonne humeur.

— Les hormones, explique-t-il en attrapant une bière dans le frigo et en me la tendant.

— Enfin, nous parlons le même langage.

Je délaisse le café pour me concentrer sur ma bière.

— T'as une sale gueule, peut-être que c'est le café qu'il te faut !

Je lui fais un doigt d'honneur en buvant une gorgée.

— J'ai eu une nuit agitée, je réponds en haussant les sourcils. Nous avons de nouvelles brebis belles, fraîches et pas farouche si tu vois ce que je veux dire…

— Mmhh.

— La petite Kim m'a taillé la meilleure pipe de ma vie avec sa copine Dakota, elles ont utilisé leur langue pour…

— Stop, je t'arrête ! Trop de détails, mec !

Son air outré me fait rire. Jusqu'à sa rencontre avec Astride, Aaron était aussi queutard que moi. Et là, il est dans une relation monogame, marié et bientôt père, alors qu'il changeait de filles plusieurs fois par jour. Je change de sujet par respect pour sa princesse même si elle n'est pas là.

— Alors Aaron, que veux-tu qu'on fasse ?

— Déjà, débarrasser la chambre et trier les affaires qui s'y trouvent. Astride veut les amener au centre social quand on aura fini.

Nous nous dirigeons vers la pièce qui sera la chambre d'enfant. Je m'arrête sur le seuil, ahuri devant le nombre impressionnant de cartons.

— Putain, mais qu'est-ce que tu stockes ici ? J'espère qu'Astride y a laissé des sous-vêtements, dis-je d'un ton espiègle en attrapant un carton.

Aaron me fixe avec un air de tueur, celui-là même qu'il lui a permis de devenir le maître d'armes des Black's Soldiers. Un regard qui pétrifierait toute personne normalement constituée, mais pas moi.

— Désolé pour toi, mais tu trouveras peut-être les culottes de ma mère, réplique-t-il.

Je lâche le carton, horrifié par ce qu'il vient de dire et parce que je comprends ce que sont ces affaires. Ce sont celles de sa mère qu'il a récupérées après avoir obtenu la garde de son petit frère suite à son décès. Elliot est le seul gamin que je tolère dans mon entourage.

— C'est les affaires de ta mère ?

— Oui, je n'ai jamais eu le courage de les trier mais quelle plus belle occasion pour le faire que de préparer la chambre de ta ou ton filleul ?

— Mon quoi ? demandé-je, incrédule.

— Allez, ne me fais pas sortir les violons.

— Tu veux que je sois le parrain de cet enfant, répété-je pour être sûr d'avoir bien entendu.

— À qui d'autre pourrais-je le demander ?

Face à mon silence, Aaron me scrute. Il pense que j'hésite mais en fait je suis aux anges. Les AA et Elliot sont ma seule famille. Aaron et moi, nous sommes plus que des frères chez les Black's Soldiers, il est ma famille, mon frère, mon meilleur ami. Et cet enfant à venir va agrandir ma famille bancale que j'ai créée avec lui.

— En fait, cet enfant aura deux parrains. Astride veut que Lucas le soit aussi, alors…

— J'adore l'idée, et puis le petit Français est trop loin pour jouer ce rôle qui m'ira à merveille.

Lucas, le meilleur ami d'Astride vit en France, bien loin de notre Ohio, je serai donc le seul parrain réellement présent pour cet enfant. Ça leur ressemble bien finalement, rien de conventionnel. À l'image de leur couple, particulièrement différent et pourtant si assorti. Il ne pouvait exister de femme plus adaptée pour Aaron qu'Astride.

Depuis qu'Aaron m'a appris la grossesse d'Astride nous n'avons pas eu le temps d'en discuter tous les deux. Ce moment est idéal pour le faire. D'ailleurs je soupçonne Astride d'avoir fait exprès de nous laisser.

— T'es heureux ? questionné-je même si je connais déjà la réponse.

— Tu sais tout ce par quoi on est passés avant d'en arriver là, avec Astride. Donc oui je suis plus qu'heureux. Mais je sais aussi que sans toi, je n'aurais peut-être pas tout ça, donc que tu deviennes le parrain de notre enfant est la moindre des choses.

Putain, ce con serait capable de me faire chialer. Je préfère plaisanter pour ne pas me laisser affecter mais Aaron me connaît assez pour savoir que ce n'est qu'une façade.

— Cet enfant aura besoin d'une image masculine et forte parce que tu te ramollis, mon vieux. J'accepte d'être le parrain de ton enfant bien évidemment.

Depuis l'adolescence, nous sommes inséparables. Devenir le parrain de son gosse cimente un peu plus notre amitié indéfectible. Nous échangeons une accolade pas franchement virile. Nous trions, rangeons en silence. Aaron nous ravitaille en bière régulièrement et en sacs-poubelle. Au bout de trois heures et un nombre incalculable de voyage vers la benne du pick-up de mon ami, la pièce est enfin vide. Nous nous asseyons en son centre à même le sol.

— T'as une préférence ? questionné-je

— Sur quoi, la couleur des murs ?

— T'es con ! Bien sûr que non, Astride aura le dernier mot de toute façon.

— T'as raison, se marre-t-il.

— Sur le sexe. Fille, garçon ?

— Peu importe tant que j'ai Astride à mes côtés, je n'ai pas peur, dit-il avec un air déterminé. Sans elle, je serais incapable de faire tout ça.

— Tu en serais capable mais ça ne serait pas pareil. Astride te fait vraiment du bien.

— Et pas qu'au moral…

Je m'étouffe avec ma gorgée de bière. Aaron ne supporte pas qu'on puisse fantasmer sur sa régulière, alors qu'elle est magnifique et que plus d'un de nos frères a dû se branler en pensant à elle. Mais là il m'entrouvre une porte que je vais m'empresser d'ouvrir en grand.

— Ah ouais ? Elle est comment au pieu ? T'as jamais voulu m'en parler alors qu'on partage tout. Elle suce bien ? Elle te fait des trucs que seules les Françaises maîtrisent ?

— Elle est formidable comme elle l'est au quotidien. Et d'une créativité sans limite, je ne t'en dirai pas plus, mais sache que je ne m'ennuie jamais avec elle dans mon lit.

Son sourire lubrique et ses yeux qui pétillent m'en disent bien plus que ses paroles. J'imagine sans mal ce dont est capable Astride. Mes fantasmes sont interrompus par un violent coup dans mon épaule.

— Eh ! Je t'interdis d'imaginer faire quoi que ce soit avec Astride.

— Pour être honnête, dans ma tête, elle faisait tout le travail, dis-je un sourire goguenard aux lèvres.

Mon frère marmonne qu'il va me crever les yeux, ses bougonnements me font rire tellement il est ridicule. Pourtant, depuis qu'il a réussi à faire d'Astride sa régulière, je vois bien les deux personnalités distinctes de mon frère. Il y a d'un côté Hurricane, le biker implacable, capable de torturer les gens sans sourciller, et qui a une préférence pour les combats à mains nues. Et de l'autre, se trouve Aaron, le gamin maltraité enfant qui n'accorde pas facilement sa confiance, et aujourd'hui amoureux transi, complètement accro à sa femme. Aaron et Hurricane ont fusionné pour donner cet être complet assis à côté de moi.

Contrairement à mon frère, je n'ai aucun problème à régler avec la gent féminine. Ma personnalité est franche, sans fard, je suis bien dans mes bottes, pas de traumatismes d'enfance qui auraient fait de moi un être différent. Mon enfance a été pourrie mais comme celle d'un tas de gamins qui sont trimballés de familles d'accueil en foyers jusqu'à ce qu'on ne veuille plus d'eux. Je me suis fait une raison il y a longtemps. Je suis de nature joviale, là où mon frère est distant. Nous avons intégré les Black's soldiers ensemble, mais avant cela nous étions déjà inséparables. Notre amitié n'en est que plus forte, à l'instar de sa relation avec Astride, nos personnalités se complètent.

Est-ce que moi aussi un jour j'aspirerai à ça ? Est-ce que je rencontrerai une femme capable de me faire renoncer aux plaisirs charnels qu'offre la vie de biker ? Tous les soirs une femme différente dans mon lit, pas de contraintes, pas de comptes à rendre… Rien à part la liberté. Je ne suis pas prêt à renoncer à ça.

Chapitre 3

> « Il y a des moments où la chaleur d'une amitié, une main tendue, un sourire sincère sont aussi nécessaires que l'oxygène que l'on respire »
>
> *Anne Duguël, La bibliothécaire*

Mackenzie

Lovée dans ce canapé digne d'un hôtel cinq étoiles, je me laisse bercer au rythme de cette histoire magnifique que m'a conseillée Charlie. Comment a-t-elle pu savoir que ce livre me toucherait à ce point ? Je ne vois pas le temps passer et Charlie me ravitaille discrètement en muffins et autres gourmandises dont elle a le secret. Je relève la tête au moment où la chaleureuse blonde enlace une dame d'un certain âge puis me désigne du menton.

Cette petite femme se déplace avec aisance pour arriver jusqu'à moi, elle s'affale dans le fauteuil face à moi et ôte ses gants et son manteau dans de grands gestes désordonnés. J'hésite un instant à lui prêter main forte quand je la vois se tortiller pour enlever son écharpe enroulée autour de son cou. Je n'ai pas le temps d'agir que Charlie arrive une tasse de thé et un chocolat chaud sur un plateau et aide ma visiteuse à se dévêtir sans que cela vire au striptease.

— Gloria, vous ne pouviez pas attendre que je sois là, la gronde-t-elle amicalement.

— Écoute, ma belle, ça fait plus de quatre-vingts ans que je me débrouille toute seule et puis les gens de cette ville en ont vu d'autres...

— Elle aboie mais ne mord pas, explique Charlie à mon intention.

— Jeune fille, je ne te permets pas autant de familiarité, répond sèchement la vieille dame. Je me présente, je suis Gloria Cruz, c'est moi que vous avez eu pour l'appartement, dit-elle en s'adressant à moi.

Elle se saisit de son thé et me fixe en attendant que je lui réponde.

— Bonjour, je m'appelle Mackenzie Smith et je souhaiterais louer votre logement.

— Avez-vous des références, jeune fille ?

Avant, j'avais des références. Avant, j'avais un logement et pas besoin de fuir régulièrement. Avant, j'avais une vie. Mais ça c'était avant.

— Non aucune, mais je peux vous payer le loyer en avance.

— Pourquoi est-ce que je vous accepterais comme locataire ? Avez-vous un travail ? Comptez-vous rester longtemps ?

— Je voyage régulièrement à travers les États-Unis, et je n'ai pas de travail fixe mais j'ai toujours payé mon loyer à temps, dis-je avec mon plus beau sourire.

Je ne sais pas ce que je ferais si elle refuse de me loger. Je devrais dormir dehors, et bien que ça me soit déjà arrivé, ce n'est pas ce que je préfère.

— Écoutez, madame Cruz, je sais que je n'ai pas le profil de la locataire idéale, mais je suis discrète et serviable. Je peux vous aider si cela vous est nécessaire et je m'engage à vous payer chaque début de mois. Je n'ai pas de références mais j'ai ma parole et c'est tout ce que j'ai à vous offrir.

Mme Cruz me fixe encore d'un regard perçant. Elle a des yeux noisette qui tranchent avec le blanc de ses cheveux. Sa peau est ridée mais elle a été assurément une belle femme durant sa jeunesse. Elle est apprêtée comme pour aller à la messe. Cette femme dégage une force surprenante pour quelqu'un de son âge.

— Très bien, Mackenzie, nous allons faire un essai, mais si tu me poses le moindre problème, je n'hésiterai pas à te mettre dehors.

— Marché conclu, approuvé-je en lui tendant la main par-dessus la table basse.

Soulagée d'avoir un toit sur la tête, j'écoute distraitement mon interlocutrice parler.

— Je viens ici régulièrement, Charlie est une perle, un peu dans la lune et bizarre par moment, mais c'est une femme adorable. Maintenant soyons honnêtes, le logement que je te propose n'est pas très grand mais propre. Il est situé dans un quartier, comment dire… en pleine expansion. Voilà c'est le terme, en pleine expansion.

Même si elle me proposait un logement insalubre au fond d'une impasse repaire de dealers, je le prendrai quand même. Je déteste dormir à la rue donc…

— Pas de soucis, madame Cruz…

— Gloria, appelle-moi Gloria, « Madame Cruz » fait trop vieux jeu à mon goût. Je n'ai que quatre-vingt-un ans.

Elle me fait rire, cette femme. Finalement, les rencontres faites dans cette ville me plaisent.

— Très bien, Gloria, et vous pouvez continuer à m'appeler jeune fille, j'aime bien.

Gloria sourit et boit une gorgée de son thé.

— Parle-moi de toi.

Depuis deux ans j'ai rôdé mon discours donc je sais quoi lui répondre, un savant mélange de vérité et de mensonges. Quelque chose d'assez crédible pour ne pas la faire fuir et m'empêcher de trop en dire, ce qui pourrait s'avérer dangereux.

— Je m'appelle Mackenzie Smith, j'ai vingt-huit ans et je suis originaire de la côte Ouest. J'avais débuté un cursus de médecine puis un jour sur un coup de tête j'ai décidé de tout arrêter pour me lancer à la découverte du pays. En fait avant de m'encroûter dans une carrière professionnelle, j'ai eu besoin de vivre un peu de ma passion. J'avais toujours voulu être photographe donc je balade mon objectif de ville en ville. Je me pose quelque temps puis je repars. J'aime cette liberté.

La partie sur la médecine est vraie mais la suite est un tissu de mensonges qui enveloppe une vérité beaucoup trop sombre. Je n'ai pas choisi de devenir une fugitive et la photo est devenue mon exutoire. J'apprécie de ne voir les gens qu'au travers de mon appareil. Avant que tout cela n'arrive, j'étais une personne sociable qui aimait rendre service. Et quand je rencontre des gens comme Charlie, Gloria ou encore la belle rousse de la gare routière, je reprends espoir en l'espèce humaine. Mais toutes ces personnes ont un point commun : ce sont des femmes et je n'ai pas peur des femmes…

— La liberté, c'est bien mais tu n'as pas envie de te poser définitivement quelque part ? T'installer avec un gentil mari, avoir des enfants ? Attention je ne dis pas que c'est une obligation, mon Ernesto est mort depuis plus de vingt ans et même si je l'ai aimé de tout mon cœur, je n'ai jamais considéré que j'avais besoin de lui pour être épanouie. Une femme n'a besoin d'un homme que si elle le décide. L'inverse n'est pas forcément vrai.

J'aime de plus en plus ce petit brin de femme que les années ont tassé. J'ai rêvé de tout ça, du mari, des enfants, le chien, le monospace, la maison avec une barrière blanche… Et j'ai cru y être arrivée jusqu'au jour où j'ai pris la décision de partir.

— Pour l'instant ma vie de vagabonde itinérante me convient mais pourquoi pas un jour. Si je rencontre l'homme de ma vie…

— Bon, jeune fille, il se fait tard, je te propose de rentrer, dit-elle en frappant ses mains sur ses jambes.

Elle se lève difficilement mais refuse mon aide quand je la lui propose. Elle s'habille avec autant de mal. Je remarque pour la première fois ses doigts caleux et recourbés. Cette femme a exercé un métier manuel toute sa vie, un travail à l'usine ou couturière peut-être. En tout cas, elle doit souffrir d'une arthrose avancée au niveau des mains. Charlie s'approche d'elle, et lui met son écharpe autour du cou pendant que Gloria râle qu'elle n'est pas empotée, tout en se laissant faire.

Je la regarde trottiner vers la sortie après avoir embrassé la belle blonde. Elle ne se retourne même pas pour m'attendre. J'attrape mon sac à dos et mon appareil photo, m'approche de Charlie pour la saluer.

— Merci pour tout. Tes muffins étaient exceptionnels et ta gentillesse m'a profondément touchée.

— De rien, les amis de Gloria sont mes amis. Reviens quand tu veux.

Sur ces mots elle m'enlace aussi chaleureusement qu'une mère enlace son enfant. Cette chaleur m'avait manqué. J'en ai presque la larme à l'œil.

— Tu devrais te dépêcher. Gloria marche relativement vite pour quelqu'un de son âge.

Je me précipite dehors et vois ma logeuse tourner au coin de la rue. Elle semble m'avoir oubliée. Je la rattrape et passe mon bras sous le sien pour la soutenir. D'abord surprise, elle se laisse faire et commence à me parler du quartier vers lequel nous nous dirigeons.

Nous marchons un long moment, Gloria s'égare par moment dans ses souvenirs, mais reste toujours consciente de ma présence. Nous passons devant un bâtiment dont la façade a été refaite récemment. Sur le bas de la porte, une jeune femme discute avec un gars blond, style surfeur californien. La brunette lève la main et adresse un signe à Gloria qui le lui rend avec un sourire aux lèvres. Elle esquisse quelques pas de danse qui manquent de peu de la faire tomber. Heureusement que je la tiens.

Nous arrivons devant une bâtisse décrépie. L'immeuble est petit et ne paye pas de mine, environ deux étages. Une fois la porte passée, nous arrivons dans un monde parallèle : le couloir d'entrée est chaleureux avec une lourde tapisserie brodée de fleurs de lys, des cadres photos par centaines. Gloria se débat avec son manteau mais j'ai bien compris que je devais la laisser faire. Alors je focalise mon attention sur les photos vieillies ; sur les clichés je peux admirer Gloria dans ses jeunes années dansant le tango au bras d'un jeune homme qui la regarde avec amour.

— Ces photos sont magnifiques, dis-je, ébahie.

— Mon Ernesto était un danseur de tango exceptionnel.

— Vous aussi, vous êtes resplendissante.

Gloria regarde les souvenirs de sa vie avec une nostalgie évidente dans les yeux. Son regard se gorge d'humidité. Puis la pétillante octogénaire se ressaisit et se dirige vers l'étage. Nous passons devant une porte qu'elle désigne comme étant chez elle. Je monte l'escalier au rythme de ma logeuse, elle s'accroche à la rambarde mais grimpe d'un pas vaillant. Elle me tend un jeu de clefs où se trouve un porte-clef en fourrure en forme de cœur d'un rouge vif avec des strass dessus.

Gloria me laisse entrer la première dans ce logement qui va devenir mon chez-moi pour une durée indéterminée, elle attend patiemment sur le palier me permettant de découvrir seule le salon. L'endroit est cosy, une véritable bonbonnière pas du tout dans mon style mais tellement à l'image de ma logeuse que je trouve cela touchant. Gloria a aménagé cet appartement comme s'il était pour elle. Sur un canapé jaune canari, des tas de coussins aux couleurs chamarrées, une table basse en verre sur laquelle est posé un vase rose brillant rempli de fleurs fraîches. La cuisine est correctement équipée, un frigo, un four et une plaque de cuisson. C'est déjà plus que ce que j'ai eu ces deux dernières années. Je pose mon sac sur un des tabourets du comptoir de la cuisine et me dirige vers la chambre, un regard ému sur les photos de Gloria dansant au bras de son mari qui habillent les murs.

Cachée dans une alcôve, la chambre est lumineuse, une fenêtre donnant sur un escalier de secours, un immense lit bien trop grand pour moi toute seule. Le dessus de lit me fait sourire, d'un rose pâle avec d'immenses froufrous qui donnent un effet vague. Là aussi des coussins et oreillers en pagaille. Derrière moi une commode dans un style chinois aux poignées dorées. Sur ma gauche une porte également peinte dans une couleur vive, derrière laquelle se trouve une salle de bain petite mais propre et parfaitement équipée. Je n'ai plus habité dans un logement aussi digne depuis bien longtemps. Depuis cette terrible nuit…

Je secoue vigoureusement la tête pour chasser les fantômes du passé et retourne voir Gloria qui est entrée dans le salon.

— Ce logement est magnifique, dis-je, émue.

— Merci, jeune fille. Je t'ai fait deux courses pour que tu aies de quoi voir venir, mais j'aimerais bien que tu viennes manger avec moi ce soir.

— J'accepte avec plaisir.

Gloria ressemble à ma grand-mère, une force de la nature qui, sous des airs peu avenants, cache un cœur en or. Et c'est avec nostalgie que je l'accompagne jusque chez elle pour partager un moment hors du temps.

Chapitre 4

« Ils ne sont pas nombreux, les gens dont l'amitié offre un refuge. »

Sophocle

Logan

— Oh bordel !

Ce matin, je suis réveillé par la langue de Dakota qui me caresse le membre, lequel s'érige devant autant d'attention. Elle est rentrée sans autorisation dans ma chambre, et bien que cela m'énerve, je veux bien qu'elle fasse ça tous les matins si c'est pour avoir droit à un réveil aussi bon. D'une main, je flatte sa croupe nue alors qu'elle est accroupie à côté de moi. Elle suçote doucement mon gland et d'un coup de reins un peu violent, je propulse ma bite au fond de sa gorge dans un râle profond.

Dakota est une de nos nouvelles brebis fraîchement arrivée, avec la fougue de sa vingtaine. Elle manie sa langue avec expertise et m'entraîne vers un plaisir dont je ne saurais me passer. D'un mouvement brusque, je me retire, attrape un préservatif et couvre mon membre de latex. Je retourne ma partenaire de ce matin face au matelas et plonge en elle avec vigueur.

— Logan…

— C'est Wolve pour toi, je réponds en donnant des coups de reins énervés.

Il est hors de question qu'une brebis utilise mon prénom. Mon nom de route suffit amplement pour ce que je suis en train de lui faire. Wolverine étant jugé ridicule par mes frères, Elliot a décidé de le raccourcir et je dois avouer que cela me plaît bien.

— Wolve, encore !

— T'es une gourmande.

— Oui…

Elle essaye de lever la tête pour m'embrasser, mais d'une main ferme je la maintiens contre le lit et l'empêche de me toucher. Elle s'est introduite sans mon accord dans ma chambre, elle doit payer cet affront. Je ne cherche que mon plaisir et me fous royalement du sien. Elle gémit, mord les draps pendant que je la pilonne avec force. Dakota jouit au moment même où j'arrive à l'extase. Tant mieux pour elle.

Je me retire et me dirige d'un pas rapide vers la douche sans un regard pour elle. Chaque chambre est équipée de façon indépendante en sanitaires. Sous l'eau chaude, je me délasse, mais soudain j'entends la porte de la salle de bain s'ouvrir. Sans me retourner, je sais que Dakota va tenter de me rejoindre.

— Casse-toi.

— Mais Wolve…

— Dégage.

Dans le miroir, je la vois obéir. Elle sort d'un air résigné. Je ne veux pas qu'elle prenne ses aises. Depuis qu'elle est arrivée chez nous, elle me colle un peu trop mais je dois avouer qu'elle baise bien. C'est une belle fille mais je ne veux pas modifier mon mode de vie. Je déteste le changement, c'est d'ailleurs pour ça qu'à plus de trente ans, je vis toujours au club, je n'ai pas de maison, pas de régulière… Mon seul bien est ma Harley et cela me convient tout à fait.

Je m'habille et passe mon cuir par-dessus mon tee-shirt blanc. Dessus, j'aborde fièrement mes nouveaux patchs, ceux avec mon nom de route récemment adopté. Dans la cuisine, je retrouve Jazz un prospect, Weasel, notre hacker de génie, Snake notre VP et étonnamment Hurricane est là aussi. Ça fait un bail que je ne l'avais pas vu de si bonne heure au club.

— Salut les trouducs, lancé-je à la volée.

Chacun répond à ma provocation. Seul Jazz se tait, il cherche encore sa place. Je suis toujours un peu plus dur avec les prospects, parce qu'après ce que nous avons mangé avec Hurricane lors de notre année en tant que prospects, ils feront toujours pâle figure. Personne jusqu'ici n'a réussi à égaler notre nombre de jours au mitard, cent douze sur trois cent soixante-cinq, ça calme ou pas.

— Petit con, répond mon VP.

— Ta gueule, renchérit Weasel.

Hurricane ne répond pas mais me donne un coup de poing dans le bras avec force.

— Putain, t'abuses.

— Logan, tu devrais apprendre à fermer ta gueule.

— La vie de couple te ramollit, mon vieux, j'ai rien senti, dis-je en me servant un café.

Hurricane reste silencieux mais m'assassine du regard. Je me frotte discrètement le bras parce qu'il n'y est pas allé de main morte, le salaud. Mon frère sourit en me voyant faire, je le gratifie d'un magnifique doigt d'honneur. Obligé, je le taquine.

— Qu'est-ce que tu fous là de si bonne heure ? T'as eu la permission de sortir d'Astride ?

— Tu dis ça parce qu'elle n'est pas là, parce que sinon tu la ramènerais moins.

— Bordel, c'est clair !

Aaron sait que j'ai un immense respect pour sa femme et que je donnerais ma vie pour elle. Elle le rend heureux et elle est devenue avec le temps plus que la régulière de mon pote, c'est aussi mon amie.

— Comme à son habitude, Wolve ne sait pas quel jour on est et ne se rappelle pas la messe de ce matin, assène notre Préz qui vient de franchir les portes. T'as du cul de ne pas être en retard, sinon je t'aurais foutu de cambuse à la prochaine fête.

Je m'en sors bien : être de cambuse est une punition pour un gars comme moi. La sanction consiste à rester sobre de filles et d'alcool, et de veiller à ce que la situation ne dégénère pas entre les frères, les brebis et toutes les personnes présentes. C'est habituellement le rôle des prospects. Mais l'idée, c'est surtout de servir de larbin au Préz, qui trouve toujours un moyen de nous humilier pour nous rappeler où se trouve notre place.

— Je l'ai échappé belle alors…

Je souris de toutes mes dents devant leurs airs amusés.

Dans la grande salle, sans fenêtre et sans autre sortie que la porte par laquelle nous sommes entrés, nous nous installons autour de l'imposante table en bois. Tous les membres importants sont là, tous ceux qui jouent un rôle dans le club, du comptable à l'intendant en passant par Pyro, notre solution finale personnelle. Et il y a moi, je ne joue aucun rôle particulier dans le club, je refuse de prendre des responsabilités mais comme je suis partout, je ne rechigne pas à la tâche pour aider mes frères. Il a été décidé qu'il était plus simple que je participe aussi aux messes. En même temps, lors de la première j'étais planqué derrière la porte. Après m'être fait passer à tabac par Hurricane pour l'exemple, ils ont accepté ma présence.

Le Préz tape du poing sur la table pour obtenir notre attention. Ryder est un homme imposant, tant par son charisme que par sa stature. Petit mais trapu avec un cou de taureau, aucune personne saine d'esprit n'oserait s'opposer à lui. Son air mauvais trouve écho dans la force de ses poings.

— Ce matin, nous nous réunissons pour préparer la réunion du chapitre mère qui aura lieu dans deux mois à Phoenix. J'ai besoin des bilans comptables, de la liste des membres à jour, et de faire le point sur nos activités annexes. Weasel, tu me mets à jour les fichiers clients et membres. Pyro, tu tiens à jour la compta de ton garage, le clean et l'autre. Hurricane, tu prépares cette réunion et surtout le déplacement avec la plus grande minutie. Je ne veux rien laisser au hasard, nous jouons gros cette année.

Notre monde est régi par une hiérarchie et un code d'honneur que chaque club s'engage à respecter. Les Black's Soldiers existent à l'échelle nationale avec un président qui dirige le chapitre mère. Ryder est le président du chapitre de l'Ohio et il est en lice pour devenir le prochain vice-président national des Black's Soldiers. Une sacrée promotion pour lui et une belle réussite pour notre club. Tous hochent la tête, même moi alors que je n'ai rien à faire. Question d'habitude et de respect. Je repère le regard angoissé de mon ami, mais j'attendrai la fin de cette messe pour calmer ses craintes. Pendant près de deux heures, nous discutons de l'organisation de cette réunion qui nécessite quelques ajustements ici. Parce que pendant plusieurs jours, le club fera sans la présence de ses membres les plus importants, il faut donc s'assurer qu'aucun de nos ennemis s'essaye à un coup d'État pendant leur absence.

Une fois la messe finie, nous nous dirigeons vers le bar où Jazz, aidé de Dakota qui me jette des regards suggestifs, a déjà préparé des bières pour tout le monde. J'ignore la belle rousse sans état d'âme puis avec Hurricane nous attrapons nos verres et sortons nous installer sur une table en bois.

— Tu sais que je veillerai sur elle comme si c'était ma régulière, dis-je.

— Je sais mais je préfère que tu dises comme si c'était ta sœur, grogne-t-il.

Il restera éternellement possessif envers Astride, même avec moi.

— Sœur, régulière, c'est du pareil au même parce qu'il ne lui arrivera rien. Elle le sait ?

— Non, mais tu la connais, elle ne dira rien. C'est moi que ça emmerde de partir alors qu'elle est enceinte. Elle, elle me préparera mon sac en chantant parce qu'elle sait à quel point c'est important pour moi.

— Vous partez longtemps ?

— T'as rien écouté pendant la messe ?

— Comme d'hab…

— Environ une semaine, y a déjà deux jours de voyage aller-retour.

— Elle sera en cloque de combien ?

— Presque six mois, souffle Aaron.

Amicalement, je viens presser son épaule de la main.

— Allez, mon frère, je prendrai soin d'elle et d'Elliot. Ils seront là à ton retour, je te rappelle que ta régulière porte mon filleul donc…

— Tu sais que ça peut être une fille ?

Horrifié face à cette cruelle vérité, je mime l'effroi en portant mes mains à mon visage.

— Bordel ! Non, c'est pas possible ! C'est forcément un petit mec parce que je ne me vois pas jouer à la dînette avec elle. Et imagine son adolescence, si elle est gaulée comme sa mère. Le premier petit con qui l'approche finira au fond du lac, lesté par des parpaings.

— Putain. Tu sais que je n'y avais même pas pensé !

— Je plains d'avance cette pauvre gamine avec un père comme toi et un parrain comme moi. Donc pour notre santé mentale à tous vaut mieux un petit gars.

— T'as pas tort mais tu sais aussi qu'Astride ne nous laissera pas faire.

Il a on ne peut plus raison. Sa régulière nous arrachera les couilles avec un couteau émoussé plutôt que nous laisser enfermer sa fille dans une tour d'ivoire.

— Mouais.

Grâce à mes amis, j'ai l'impression de faire partie de quelque chose de plus grand. Je n'aspire pas à la vie qu'il a parce que ce n'est pas pour moi, la fidélité, la stabilité... mais il donne un sens plus humain à mon existence.

— Si tu veux je m'installe dans ton lit en ton absence.

Aaron me fait un doigt d'honneur avant de répondre.

— Elle ne te laissera même pas dormir sur le canapé. Je te rappelle que je n'arrive toujours pas à lui faire porter son cuir alors avoir un chien de garde à la maison pendant mon absence, c'est mort.

Il a raison, Astride refusera que je m'installe chez eux mais je peux me montrer très envahissant si c'est nécessaire. Je vais d'ailleurs dès demain m'incruster un peu plus au centre social afin qu'elle s'habitue à m'avoir dans son champ de vision. Si j'ai bien compris une chose avec elle depuis que je la connais, c'est de ne rien imposer de frontal, mais la jouer plutôt en douceur. Si, pour protéger mon amie et rassurer mon frère, je dois la jouer avec finesse, eh bien je serais aussi délicat qu'une danseuse étoile.

Autant dire tout à fait moi.

Chapitre 5

« On ne refait pas sa vie
On continue seulement
On dort moins bien la nuit
On écoute patiemment
De la maison, les bruits
Du dehors l'effondrement »

Philippe Djian, Tu ne me dois rien

Mackenzie

Les flammes, l'odeur âcre de la fumée. Je regarde impuissante le bâtiment face à moi aux prises avec les flammes. Les volutes de fumée s'envolent dans le ciel noir de cette terrible nuit de juin. Je suis debout sur le trottoir d'en face, hagarde, j'observe sans réellement les voir les pompiers se débattre contre cet incendie qui ravage le lieu qui m'a protégé ces six derniers mois. Cet endroit où je me suis sentie en sécurité et où je me suis dit qu'enfin j'allais pouvoir reprendre ma vie en main. Je vois les soldats du feu en combinaison rentrer dans l'immeuble afin de sauver les habitants. Des ambulances attendent qu'ils reviennent avec des survivants. Je n'entends pas les bruits autour de moi, enfermée dans un cocon qui n'a rien de protecteur mais qui m'isole du reste du monde. J'espère, je prie, j'implore, je supplie que toutes ces personnes s'en sortent vivantes. Elles ne méritent pas de mourir par ma faute, personne ne doit mourir pour quelqu'un d'autre. Je sais que c'est ma faute si mes amis sont en train de brûler vifs parce que j'ai cru en leurs discours selon lesquels j'avais le droit de vivre.

Sur ce trottoir, je me fustige toute seule de ne pas être avec eux. J'hésite à entrer dans le bâtiment pour accepter le châtiment qui est le mien, mais mes pieds refusent de coopérer. J'étais partie me réinscrire en fac de médecine pour finir mon cursus, j'ai toujours voulu devenir urgentiste. Et dans l'euphorie de ma journée, j'ai traîné pour faire des photos. Je suis rentrée plus tard que prévu, je savais que j'allais me faire engueuler par Alix qui fait son possible pour me protéger mais je n'avais pas connu ce sentiment de liberté depuis longtemps et j'ai eu envie d'en profiter.

En route vers l'association qui m'héberge, me soutient et m'accompagne depuis six mois, je suis doublée par des dizaines de camions de pompiers toutes sirènes hurlantes. Je n'avais pas compris que j'allais les retrouver devant les ruines de l'immeuble et de ma vie. À genoux, je vomis ma haine dans le caniveau, je pleure mon dégoût et crache ma peur.

Mathias m'a retrouvée. Je sais qu'il est l'auteur de ce carnage. Je dois m'enfuir à nouveau alors que je commençais à croire que j'avais le droit à une deuxième chance. Mais il faut croire que cela n'est pas pour moi.

Comme tous les matins, je me réveille en sueur, l'odeur de la fumée encore présente, la sensation de sentir les flammes lécher mon visage. Je sais que ce ne sont que des cauchemars mais ils sont les compagnons de mes nuits depuis si longtemps que j'ignore comment c'est de dormir sans eux. Ils sont toutes les nuits le rappel de ce que j'ai perdu et de ce que je ne dois pas avoir.

D'un pas traînant, je m'éjecte du confort douillet de mon lit et me jette sous l'eau de la douche, pour faire partir cette puanteur fantomatique et illusoire que je suis seule à percevoir. Je pioche une tenue au pif dans le choix faramineux que j'ai, c'est-à-dire deux jeans, trois hauts, un pull et un manteau, quelques babioles et accessoires, mais toutes mes possessions rentrent dans un sac à dos depuis deux ans. Je me suis faite à cette vie imposée de baroudeuse, joli terme pour ne pas dire de SDF. Heureusement, je n'ai jamais été matérialiste, mais j'avoue qu'avant aujourd'hui je ne m'étais pas rendu compte que le confort d'un intérieur chaleureux m'avait manqué. À quel point c'était rassurant et sécurisant de pouvoir fermer une porte à clef ! Mais mon cauchemar nocturne m'a rappelé qu'il est dangereux de ne pas rester vigilante.

Depuis mon arrivée, tous les matins, je retrouve avec plaisir Gloria qui écoute de la musique sur un vieux tourne-disque. Elle virevolte dans son salon d'un pas assuré. Gloria semble être plus à l'aise pour danser que pour marcher. Quand elle m'aperçoit, elle me sourit tendrement avant de me rappeler à l'ordre.

— Ah jeune fille, je me suis dit que tu devais avoir besoin de faire quelque chose de tes journées. Tu ne peux pas rester avec moi indéfiniment.

— Mais j'aime bien passer du temps avec vous ! J'aime vous entendre me raconter vos petites anecdotes lors de vos concours de danse… Mais vous avez raison, je dois me trouver un boulot pour vous payer mon loyer.

— Parfait ! Tu devrais te rendre au centre social au bout de la rue. Tu y rencontreras des gens formidables qui pourront certainement t'aider.

— Je ne sais pas, Gloria.

— Pssscht, souffle-t-elle en balayant ma réflexion de la main. Tu n'as rien à perdre, car, sauf erreur de ma part, tu ne connais pas un chat dans cette ville et une aussi belle fille que toi ne doit pas rester seule. Trouve-toi un homme, jeune fille, et si ce n'est pas pour l'amour, que ce soit au moins pour faire nettoyer la salle de jeux.

— Gloria ! hurlé-je, sidérée de l'entendre tenir des propos aussi graveleux.

Je secoue la tête en signe de désespoir, mais le regard espiègle de ma logeuse me fait rire.

— Ne me dis pas que tu es frigide parce qu'avec un corps comme le tien ça serait du gâchis de ne pas se faire un peu de bien.

— Gloria, répété-je, plus amusée que choquée. Avant que vous me racontiez vos parties de jambes en l'air passées, je vais sortir.

Je dépose un baiser sur sa joue et me précipite dehors. Je n'avais pas ri comme ça depuis longtemps et cette femme est un condensé de bonne humeur.

Attention, Mackenzie, ne t'attache pas trop !

Je passe ma journée à écumer les annonces pour trouver un boulot. Depuis le début de ma cavale, j'ai été serveuse un nombre incalculable de fois, vendeuse de tout et de rien, nounou et j'ai même participé à des essais cliniques. Mais dans cette petite ville, je pense que serveuse sera le job le plus adéquat.

Je me dirige vers un restaurant, un de ces vieux diners des années cinquante. Sur la porte, une annonce : ils recherchent du personnel. C'est une aubaine ! En attendant le patron, j'observe l'intérieur qui est comme je me l'étais imaginé. Banquettes en skaï rouge plus de première jeunesse, un jukebox, des vinyles en déco et Elvis en fond sonore. Tout est dans le cliché, sauf peut-être la tenue des serveuses, il ne manque plus que les patins et on dirait qu'elles sont prêtes à participer à une compétition de roller derby. Elles portent toutes un mini short en skaï noir et blanc à damier et un top croc noir avec le nom du resto.

Assise sur une banquette, je les regarde préparer le déjeuner en me disant que je n'ai pas le physique pour porter cela, ni l'envie d'ailleurs, mais j'ai besoin de ce job. S'installe face à moi, un type d'entre deux âges, cinquante, soixante ans. Un faux air de mafieux italien avec une chaîne en or et des bagues qui brillent à ses doigts. Son ventre menace l'intégrité des boutons de sa chemise qui s'apprêtent à abandonner leur fonction première, à savoir maintenir les deux bouts de tissu ensemble.

— Je suis Drew, le patron, explique-t-il en me reluquant de la tête au pied.

— Mackenzie.

— Tu veux bosser ici ? T'as de l'expérience ?

— J'ai déjà travaillé dans des restaurants, des bars et même des boîtes de nuit.

— Des références ?

— Non, des compétences.

Avant que ma vie ne parte en lambeau, j'étais une fille sûre d'elle et de temps en temps j'ai des sursauts d'orgueil. Drew tique face à moi mais son sourire se fait carnassier, mon attitude lui plaît.

— Très bien, puisque Madame a des compétences, ça ne lui dérangera pas de me les montrer ?

Cette phrase à double sens me met mal à l'aise.

— Tu accompagneras Brittany pendant le service. Pour l'uniforme…

Il me fixe, me reluque, me détaille et me déshabille en un seul regard, c'est très dérangeant.

— Taille 2 pour le short et 1 pour le haut.

— Non plutôt une taille au-dessus pour chacun.

— Tu feras avec ce qu'on a.

Il m'abandonne à Brittany, sans savoir si j'acceptais. Mais vu ma situation, je ne peux pas faire la fine bouche sur le job et ce type immonde doit le savoir. En soi, le boulot n'est pas difficile mais déambuler dans cette tenue est franchement difficile pour moi. J'ai plutôt l'habitude de me cacher que d'apparaître au grand jour dans des vêtements à faire rougir une prostituée. J'interroge Brittany sur la raison pour laquelle nous nous trimballons à moitié à poil.

— Pour les pourboires… et aussi à cause d'eux, dit-elle en désignant la porte qui s'ouvre.

Mon regard se dirige sur un petit groupe d'hommes qui franchissent la porte du restaurant comme s'ils en étaient propriétaires. Ils ont tous une carrure à faire pâlir Dwayne Johnson, un cuir sur le dos avec un squelette dessiné dessus, ils respirent la terreur et inspirent la crainte. Même de loin, planquée derrière le bar, je sens que je ne veux pas les approcher. Brittany les accueille chaleureusement alors qu'ils se sont déjà installés dans un box. À l'abri des regards, je les observe. Brittany discute avec un magnifique black qui lui fait les yeux doux. À son côté, un blond aux yeux clairs, et en face d'eux, deux bruns, l'un aux cheveux courts et aux yeux clairs et l'autre aux cheveux longs et au regard sombre.

Depuis leur entrée dans le restaurant, l'atmosphère est différente. Brittany revient vers moi avec leur commande et je l'interroge sur ce changement soudain d'ambiance.

— Ils imposent le respect, donc quand ils arrivent, les clients deviennent plus polis envers nous.

— Donc ils ne sont pas du genre à te mettre la main au cul ?

— Non, ils n'en n'ont pas besoin. Tu les as bien regardés ? C'est plutôt moi qui prendrais leur main pour les poser sur mon cul, si tu vois ce que je veux dire, glousse-t-elle avant de partir en cuisine.

Au cours du service, je les observe. Ce sont eux les fameux bikers dont m'a parlé la jeune fille de la gare. Ils sont respectueux avec les serveuses qui se présentent à leur table comme des mouches avec du vinaigre. Elles minaudent et battent des cils exagérément, elles délaissent leurs clients sans que cela ne génère une quelconque réaction de leur part. Une fois le service fini, Brittany m'explique qu'ils donnent les plus gros pourboires. Ces types me filent la chair de poule, alors je préfère rester loin d'eux. Je ne sais que trop bien ce qui peut se cacher derrière des sourires enjôleurs. Drew me donne le job et pour l'instant je travaillerai à temps partiel, trois déjeuners par semaine et le week-end. Le salaire est minable et Drew retient notre tenue sur notre première paye. C'est de l'escroquerie mais je ne peux rien faire. J'ai besoin de ce job facile où le patron n'est pas très regardant sur la légalité.

Je poursuis ma balade en ville, seule, je flâne jusqu'à arriver devant un bâtiment qui m'appelle autant qu'il m'effraie.

Incertaine, je fais les cent pas sur le trottoir qui fait face au fameux centre social. Je dois reconnaître que cela fait plusieurs jours que j'hésite à y entrer. Chaque fois que Gloria revient de cet endroit, elle est heureuse et épanouie d'avoir passé du temps avec des gens de son âge, mais pas que. Elle dit y revivre sa jeunesse. Je fais un pas en avant puis deux en arrière, je m'approche puis je recule, enfin, je tergiverse, mais je ne fais pas le pas qui me permettra de franchir les portes de cet endroit.

Chapitre 6

« Heureux soient les fêlés, car ils laisseront passer la lumière »

Michel Audiard

Logan

Comme promis à Aaron, je m'impose doucement dans le quotidien d'Astride pour qu'elle se fasse à ma présence. Nous avons beau être proches, elle n'est pas habituée à me voir traîner ici. Depuis plusieurs semaines, je passe quotidiennement au centre social. Cet endroit est le premier lieu clean où sont associés les Black's Soldiers, et finalement l'ambiance y est plutôt sympa, un mélange hétéroclite de gens, toutes générations confondues.

Le lieu d'accueil qu'a voulu Astride marche au-delà de toutes ses espérances. Le maire de la ville est même venu lui remettre une médaille pour service rendu à la collectivité. Astride a exigé notre présence et bien évidemment elle l'a eue. C'est la première fois que les gens de cette ville ne nous ont pas regardés avec défiance. Cette reconnaissance a donné des idées au Préz qui a finalement ouvert un garage que Pyro dirige en plus de celui qu'il possède déjà, qui est bien moins regardant sur l'origine des pièces et sur la gestion comptable ainsi qu'un salon de tatouage que gère Tania, la régulière d'un de mes frères. Il a plein d'autres projets qui nous rachètent une virginité auprès de la population locale, et donc par extension auprès des forces de l'ordre.

Aujourd'hui, on prépare le repas pour la distribution alimentaire prévue auprès des sans domicile fixe de la ville. Astride court dans tous les sens et j'ai un mal fou à la suivre, elle distribue les consignes, remue un plat, remplit les contenants... Bref, elle est partout et elle m'épuise. Si Aaron voyait que sa précieuse femme enceinte de son enfant ainsi, il piquerait une crise. Je vais essayer de calmer la furie pour qu'elle s'accorde un peu de repos. J'attrape une bouteille d'eau et m'approche d'elle.

— Fais une pause.

— Non.

En cet instant précis, je plains mon pote d'avoir pour régulière une femme encore plus têtue que lui et je me rappelle pourquoi je n'en veux pas. Je retente ma chance.

— Allez, Astride, fais une pause avec moi, quémandé-je en m'affalant sur une table.

Elle ne m'accorde même pas un regard et continue à s'agiter. Bon, je sais qu'elle va me souffler dans les bronches mais je n'ai pas d'autre moyen pour la faire se poser deux minutes. Elle s'est déjà éloignée de moi, alors je hurle à travers la salle pleine de bénévoles.

— Dans ton état, tu sais que...

D'un pas martial, elle se précipite sur moi en me jetant un regard noir, me martèle le torse avec son doigt.

— Ah non. Je sais que tu es là pour faire plaisir à Aaron mais je t'interdis de te transformer en lui, en me disant à tout bout de champ ce que j'ai le droit de faire ou de ne pas faire. Aux dernières nouvelles, c'est encore mon corps et je connais mes limites. Je refuse qu'un homme, quel qu'il soit, vienne me donner son avis sur un sujet qu'il ne connaît pas. Le jour où les hommes porteront les enfants, j'écouterai ce que tu as à dire. Donc pour l'instant, sois tu nous aides, sois tu te casses, mais en aucun cas tu utiliseras ma grossesse comme argument pour arriver à tes fins. C'est clair ?

Je la regarde, estomaqué. Elle m'avait déjà tenu tête avec brio la première fois que je l'ai rencontrée et je dois avouer qu'elle est toujours aussi impressionnante quand elle défend ses convictions. Debout face à moi, les mains sur les hanches, elle attend que je lui réponde.

— Logan, est-ce qu'on est OK ?

— OK. Tu sais que tu viens de me filer la trique, je réponds pour la faire descendre en pression.

— Demande à Aaron s'il est d'accord pour un plan à trois alors, réplique-t-elle avec sérieux.

Elle pose sa main à plat sur mon torse, et fait glisser ses doigts le long de mes abdos. Le silence s'abat sur la grande salle. Tout le monde nous observe avec un air ahuri, ma tronche à moi ne doit pas être mieux que la leur.

— Tu sais, les hormones me rendent très ouverte à ce genre de découverte, poursuit-elle en se penchant vers moi.

Je déglutis difficilement. Comment j'en suis arrivé là ? Je ne touche pas aux régulières et encore moins à celle de mon meilleur pote. Si je fais ça, je signe mon arrêt de mort. Je ne sais pas quoi faire toujours avachi sur la table, je pose mes mains sur ses hanches pour la repousser délicatement. Du bout des doigts, comme si j'allais me brûler, je tente de l'éloigner de moi quand elle se met à rire devant ma tête paniquée.

— Tu verrais ta tronche !

— Putain, tu m'as fait peur dis-je en me mettant debout face à elle. J'ai cru un instant que tu étais sérieuse et franchement, je flippais grave.

— Désolée pour toi, beau gosse, mais tu n'es pas mon genre.

— Je ne suis pas vexé, et même si tu étais réellement intéressée, je t'aurais repoussée : je tiens trop à la vie pour affronter ton excité de mari.

Cette fille est dingue ! Mais je l'adore. Elle se blottit dans mes bras et me souffle à l'oreille :

— Tu feras un parrain formidable.

Nous restons quelques secondes dans les bras l'un de l'autre et je dépose un baiser amical sur son front. Elle est vraiment la seule fille que j'apprécie pour autre chose que la baise.

— Merci.

Quand je lève les yeux vers la salle, tout le monde continue de nous observer. Je remets de l'ordre en prenant une voix autoritaire :

— Le spectacle est fini, tout le monde sait ce qu'il a à faire. Au boulot.

Astride regarde par la fenêtre et semble intriguée par quelque chose dehors. Je m'inquiète de savoir qu'Aaron ait pu nous surprendre à travers les vitres, mais si c'était le cas je ne serais déjà plus en vie. Alors je me place à côté d'elle pour regarder dans la même direction. J'aperçois une femme sur le trottoir d'en face, jeune, vieille, je ne saurais dire. Elle a la tête baissée, emmitouflée dans un manteau trop grand pour elle avec un bonnet qui cache la couleur de ses cheveux.

— Qui est-ce ? je demande curieux.

— Je l'ignore, ça fait plusieurs jours que je la vois hésiter à traverser la route pour rentrer dans le centre.

— Pourquoi tu ne vas pas la voir ?

— Parce que chacun a besoin de temps avant d'accepter de venir demander de l'aide. Elle y arrivera, mais à son rythme.

J'observe cette créature chimérique. Elle me fait de la peine, à faire les cent pas dans le froid. Elle devrait traverser parce que s'il y a bien quelqu'un qui peut l'aider, c'est Astride. Je reçois un coup de coude dans les côtes, baisse les yeux vers son origine.

— Peut-être que tu devrais aller la voir, dit-elle, énigmatique, avant de partir vers le fond de la salle.

J'attrape mon cuir et sors pour me diriger vers cette fille qui a l'air perdue. En me voyant arriver vers elle, elle se tétanise, son regard passe de moi à la rue comme si elle cherchait un moyen de fuir. Approchant, je lève les mains en signe d'apaisement. Elle ne part pas en courant mais reste tendue. Elle doit avoir à peu près mon âge, peut-être un peu plus jeune, mais ses vêtements ne la mettent absolument pas en valeur. Elle garde obstinément la tête basse.

— Salut, dis-je amicalement.

— Salut, répond-elle d'une voix à peine audible mais absolument charmante.

— Tu devrais rentrer te réchauffer, on a du café si tu veux.

Elle lève enfin ses yeux vers moi. Et quel regard ! Deux billes noires me fixent avec appréhension et crainte. On dirait une biche prise dans les phares d'une voiture. Sous son bonnet, j'aperçois les traits fins de son visage, la délicatesse de son nez et quelques petites taches de rousseur sur ses joues rosies par le froid. Je ne vois pas ses lèvres cachées par son écharpe, mais je les imagine aussi jolies que le reste de son minois. Je suis si happé par la profondeur de ses yeux charbons que, machinalement, je tends la main vers son visage pour déplacer une mèche de ses cheveux ébène qui cachent son œil droit. Elle a un mouvement de recul qui me fait me sentir mal, mais elle ne s'enfuit pas.

— Je suis désolé, je ne voulais pas t'effrayer. Je m'appelle Logan, tu n'as rien à craindre ici, expliqué-je en désignant le centre derrière moi.

— Merci mais j'allais partir, peut-être la prochaine fois, explique-t-elle avant de reculer.

Elle ne me tourne pas le dos et recule en me gardant dans son champ de vision. C'est étrange comme comportement. Je m'adresse à elle comme à un animal blessé.

— N'hésite pas à venir quand tu veux. Demain ?

— Demain ? Oui, peut-être demain.

J'ai besoin d'une dernière information avant qu'elle s'en aille.

— Comment tu t'appelles ?

Elle hésite, recule encore de quelques pas, puis souffle son nom dans une respiration.

— Mackenzie.

Chapitre 7

« Il y en a qui ont le cœur si vaste qu'ils sont toujours en voyage »

Jacques Brel

Mackenzie

Toujours le même cauchemar qui accompagne mes nuits. Tous les matins, le même rituel, la douche pour m'enlever cette odeur de fumée imaginaire, les mêmes gestes répétés inlassablement depuis presque deux ans. Enfin ça, c'est quand je peux me doucher. Et pourtant ce matin brille une lueur d'espoir dans mon enfer personnel. Je décide de peut-être passer les portes du centre social. Gloria ne tarit pas d'éloge sur une certaine Astride et trouve dans cette association un second souffle.

Au petit déjeuner que je prends avec elle, ma logeuse m'explique son point de vue avec la détermination d'une femme demandant le droit de vote.

— Tu sais avant que le centre social ouvre, les Black's Soldiers inspiraient la crainte, mais…

— Les Black's quoi ?

— Les Black's Soldiers. Cette ville a longtemps été le terrain de jeux de ce club de motards, ils sont craints et redoutés, bien que je n'aie jamais eu affaire à eux. Leur réputation n'est pas bonne mais depuis quelque temps, ils investissent dans la ville, ils ont créé ce centre social, ils ont ouvert des commerces... Ils se rachètent et je dois avouer que ça marche. Ils restent dangereux mais seulement pour les gens qui leur cherchent querelle. Et puis, ils sont sexy. Si j'avais quelques années de moins...

Je m'étouffe avec ma gorgée de café. Je ne me ferai jamais au franc parler de Gloria en ce qui concerne les hommes.

— Quoi, c'est parce que tu n'en as pas encore croisé un, car je te garantis que ces hommes mettent le feu à ta petite culotte en un regard.

Je repense à l'homme qui m'a abordée sur le trottoir. Ferait-il partie de ces pyromanes de lingerie dont parle Gloria ? En tout cas, il en avait l'apparence, tout comme les hommes du resto.

— Et qu'est-ce que tu y trouves, dans ce centre ? je demande pour recentrer le débat.

— Des amis, de l'occupation, du bénévolat... J'ai même participé à un atelier rap avec les jeunes du quartier. Astride, la personne qui gère cet endroit, a un véritable don pour réunir les gens. Elle est mariée à un des bikers.

Serait-ce la fille que j'ai aperçue dans les bras de Logan à travers la fenêtre ? De loin, elle semblait magnifique, ils forment un couple charmant. Cet endroit a l'air formidable mais j'hésite à y aller. Parce que je me sens bien ici, Gloria m'apporte un semblant de famille, et malgré une déco somme toute très particulière, j'adore mon logement. Mais je n'ai pas le droit de m'attacher aux gens, je ne peux pas les mettre en danger.

Pourtant à dix heures, je pénètre d'un pas décidé dans l'antre du renouveau comme l'appelle Gloria.

Je débarque dans une grande salle commune où s'activent en musique deux jeunes femmes. Elles préparent les tables avec des jeux de société et d'autres activités manuelles. Je suis subjuguée par la bonne humeur qu'elles dégagent.

Quand elles ressentent ma présence, la brune de l'autre jour se tourne vers moi avec un sourire radieux aux lèvres.

— Bonjour, je m'appelle Astride. Tu tombes bien avec Sam nous allions faire une pause et boire un café, ça te dit de te joindre à nous ?

Mon corps est tétanisé. Je suis toujours devant la porte d'entrée, prête à m'enfuir, et pourtant je réponds un oui plaintif. Astride fait un signe à Sam qui s'éclipse vers une pièce, nous laissant seules.

— Tu peux poser tes affaires sur le porte-manteau derrière toi.

Machinalement, j'obéis. Je défais mon blouson et ôte mon bonnet. J'ai honte de me présenter vêtue comme ça face à elle. Astride porte un jean brut et un chemisier jaune pâle ajusté avec une paire de bottines à talon. Sous mon manteau, je porte le seul pull de ma garde-robe, trop grand pour moi et à l'effigie des Giants, alors que je ne supporte pas cette équipe ni aucune autre d'ailleurs. Il m'a été donné dans une distribution de l'Armée du Salut, parce que quand j'ai quitté la Californie, je n'avais pas pensé qu'il puisse faire froid. Le soleil brûlant californien avait été ma seule météo jusqu'à maintenant. Mon jean noir est élimé par endroits et aux pieds, je porte mon indéboulonnable paire de Converse, noires elles aussi. Je me tords les mains ne sachant pas quoi faire. Je suis rassurée de voir qu'il n'y a personne et en même temps inquiète de me lier à d'autres, je ne sais plus être sociable. Astride tire une chaise qu'elle me désigne et s'installe en face.

— Assieds-toi.

Je me dirige mécaniquement vers elle. Je reconnais que Gloria avait raison, cette jeune femme a un don. Je ne sais pas comment elle fait, mais elle inspire instantanément confiance. Je m'assois face à elle, je n'ai toujours pas dit un mot mais cela ne semble pas déranger mon interlocutrice.

— C'est toi que j'ai vue devant le centre ces derniers temps. Je suis contente que tu te sois décidée à venir nous rencontrer. J'espère que tu trouveras ici ce que tu es venue chercher.

— Je ne cherche rien.

Mon ton est agressif malgré moi mais Astride ne s'en formalise pas.

— C'est encore mieux alors ! Tu trouveras forcément quelque chose si tu ne cherches rien de précis, répond-elle en souriant.

Cette femme est un concentré de bonne humeur.

— Tu t'appelles comment ?

— Mackenzie.

— Enchantée, Mackenzie.

Sam arrive avec un plateau et trois tasses. Elle a les cheveux d'un rouge flamboyant, une couleur qui lui va à ravir.

— Je ne savais pas si tu prenais du sucre ou du lait, alors j'ai tout apporté, explique-t-elle en posant le plateau entre nous. Toi, dit-elle en s'adressant à Astride, je t'ai fait une infusion.

Astride souffle mais se saisit quand même de la tasse.

— Chouette, de l'eau parfumée, j'en ai de la chance.

— Arrête, Astride, tu sais très bien que c'est mieux pour toi.

— Blablabla, vous m'énervez tous à me materner, mais merci pour l'eau chaude.

Je regarde cet échange sans comprendre. Astride m'explique alors.

— Je suis enceinte et donc tout le monde pense à ma place, mais comme ça part d'une bonne intention, je ne dis trop rien.

— Félicitations.

Quand je faisais mes études de médecine, l'obstétrique était un de mes services préférés. C'est un des rares services de l'hôpital, avec la maternité, où l'amour prévaut sur la peur. J'ai toujours eu un faible pour les urgences, car plus diversifiées en termes de cas médicaux, mais j'allais souvent me ressourcer en maternité.

— Vous en êtes à combien, si ce n'est pas trop indiscret ?

— Un peu plus de trois mois.

— Vous entrez dans le deuxième trimestre. Normalement, vos nausées ont dû disparaître si vous en avez eu et bientôt vous allez pouvoir connaître le sexe, si vous souhaitez savoir.

— Vous semblez vous y connaître. Vous avez des enfants ?

— Non, mais j'ai étudié la médecine… il y a longtemps.

Astride doit sentir que je ne veux pas m'étendre sur le sujet.

— Mon mari et moi, nous avons hâte de découvrir le sexe, mais je n'ai pas de préférence.

— Ce n'est pas le cas du parrain, s'esclaffe Sam.

— C'est vrai que lui souhaite un petit mec, mais comme il n'a pas son mot à dire on est tranquilles. De toute façon même si mon homme avait une préférence, il n'aurait pas le choix.

La porte s'ouvre derrière moi, laissant rentrer un courant d'air froid.

— D'ailleurs quand on parle du loup, dit Sam.

Je me retourne pour faire face à Logan qui s'approche de notre groupe. Il dépose un baiser sur la joue d'Astride, se positionne dans son dos et honore Sam d'un signe de tête. Il se tourne vers moi et me détaille.

— Salut, Mackenzie. Tu t'es décidée à entrer.

— Bonjour, dis-je en plongeant précipitamment le nez dans ma tasse à café.

— Je te remercie, Mackenzie, parce que c'est la première fois que je la vois assise ici, souligne-t-il en désignant Astride du menton.

Elle lui tape gentiment le ventre et le regarde avec un air amusé. Ils forment un couple très bien assorti. Astride est superbe et la grossesse la magnifie. Quant à lui, il est… Quel terme est correct pour ce type de spécimen ? Je ne savais pas que ça pouvait exister un modèle pareil, si… Viril ? Sexy ? Mâle ? Les trois à la fois. Je sens sur moi son regard lagon, il a des yeux d'une clarté époustouflante, à la limite du transparent. Ses cheveux blonds encadrent un visage proportionnellement harmonieux et si je laissais mon regard dériver sur son corps, je me doute de trouver un amoncellement de muscles et de formes toutes plus appétissantes les unes que les autres. Cet homme est un adonis qui aurait sa place dans un musée.

Astride se racle la gorge pour nous sortir de notre contemplation mutuelle. Je n'avais pas conscience que je fixais son mari comme ça, j'ai honte de moi et le rouge me monte aux joues. J'ose un regard vers elle, elle ne semble pas contrariée bien au contraire, son sourire mutin me trouble, tout comme celui de Sam.

— Tu fais de la photo ? demande-t-elle en désignant mon sac.

— Oui, c'est une passion, mais je ne suis pas très douée.

— J'aimerais bien en voir quelques-unes, si tu es d'accord.

Personne n'a jamais vu mes photos, mais c'est essentiellement parce que je n'ai personne à qui les montrer. Je hoche la tête et sors mon appareil. Nous nous rapprochons pour mieux voir sur le petit écran et je sens la main de Logan se poser sur mon épaule. Je frissonne sous ce contact pourtant innocent. Je fais défiler les photos, surtout des paysages et des anonymes pris sur le vif.

— Elles sont magnifiques ! s'exclame Sam.

— Elle a raison, renchérit Astride. Tu exposes ?

— Non, je n'ai pas d'endroit pour les développer.

— C'est dommage, les gens devraient pouvoir profiter de ce talent. Elles sont à la fois poétiques et tristes, m'explique Astride.

Elle semble vraiment s'intéresser à mes photos et ça me touche. La main de Logan sur mon épaule me caresse délicatement et je me surprends à apprécier ce contact.

— Elle a raison, New York, elles sont très belles.

Je me tourne vers lui.

— New York ?

— Oui, dit-il en désignant mon pull.

Je ne rebondis pas sur le fait que je n'ai jamais mis un pied à New York, mais finalement c'est peut-être mieux qu'ils pensent que je suis originaire de là-bas. Il n'y a pas plus éloigné de San Diego que la côte est, donc j'acquiesce.

— Bon, ce n'est pas tout, mais il nous reste un peu de boulot, dit Astride en se levant d'un bon.

— Je savais que ce moment de calme n'allait pas durer, râle Logan. Vas-y, exploite-moi, dit-il en ôtant sa main de mon épaule. Je suis ton homme.

— On va plutôt dire qu'aujourd'hui tu seras mon esclave, rigole-t-elle. Mackenzie, tu veux bien nous aider ?

Je sens encore la trace invisible de la main de Logan sur mon épaule. Je devrais refuser la proposition d'Astride, dire non. Fuir ces personnes qui ont l'air tellement sympa. Et pourtant, ma réponse est toute autre. Elle reflète mon envie plus que ma raison.

— Avec plaisir.

— Très bien. Logan, tu aides Sam à déplacer les tables pour la venue de la troupe de théâtre cet après-midi et avec Mackenzie nous allons finir de préparer les ateliers pour les enfants.

Logan part avec Sam dans une autre salle, non sans m'avoir détaillée de la tête au pied. Je me sens mal qu'il puisse avoir ce genre de comportement en présence de sa femme et en même temps, je ne peux empêcher les fourmillements ressentis sous son regard. Deux ans que je ne m'étais pas sentie exister dans le regard d'un homme. Dommage que ce soit dans celui d'un homme marié, mais en tout cas c'est très agréable, comme sensation.

— En quoi consiste ce que nous faisons ? questionné-je Astride en disposant des crayons de couleurs sur une table.

— Aujourd'hui nous organisons une journée parents/enfants. Les parents viennent avec leurs enfants pour passer du temps avec eux autour de jeux, d'ateliers et pour finir par une pièce de théâtre en fin d'après-midi. Nous allons partager le repas ensemble.

— J'adore l'idée !

— Merci, la plupart des gens qui vont venir n'ont même pas un jeu de cartes pour passer du temps avec leurs enfants donc nous mettons à disposition des jeux et faisons en sorte qu'ils se rencontrent. C'est comme ça que naît la solidarité.

— Je suis admirative, c'est tellement simple et pourtant tellement original.

— Est-ce que tu accepterais de rester et de prendre des photos ?

— Avec plaisir.

C'est ainsi que je passe la journée dans ce centre. Gloria a raison : Astride a un don et je me sens bien en sa présence. Je mitraille les personnes présentes, ces enfants radieux en passant du temps avec leurs parents. Ces adultes détendus et bienveillants les uns avec les autres.

Et Logan !

Je me surprends à le prendre également en photo, alors qu'il joue avec des gosses, ou qu'il taquine sa femme. Je sens sur moi son regard dès que j'ai le dos tourné, mais pas seulement. Par moment, mes yeux se plongent dans les siens et je me sens désirée. C'est mal de faire ça sous le nez d'Astride, mais elle ne semble pas le remarquer. Logan me frôle, passe près de moi, m'effleure dès qu'il en a l'occasion et moi je le laisse faire. Je crois même que, inconsciemment, silencieusement, je l'encourage à s'intéresser à moi.

Bien que troublée par Logan, je passe une excellente journée, entourée de gens formidables, faisant ce que j'aime. La peur, qui pourtant est ma compagne de route depuis tant d'années, ne semble pas avoir franchi les portes magiques de cet endroit. Je me sens à nouveau moi et encore plus sous le regard envieux d'un biker sexy.

Chapitre 8

« La découverte est un plaisir aussi subtil et intéressant que la connaissance. »

Jacques Lamarche, Eurydice

Logan

Astride est infatigable et j'ai bien compris que je ne suis pas assez fort pour l'empêcher de courir partout. J'ai d'autant plus de respect pour mon meilleur ami d'arriver à canaliser sa furie. Quand je suis arrivé, elle était en pleine discussion avec Mackenzie, ce petit animal perdu qui traînait sur le trottoir la veille. Débarrassée de son manteau, elle est plutôt jolie, un corps svelte en forme de sablier mais difficile d'en voir plus avec ce pull immonde qui ne lui va pas du tout. On pourrait croire qu'elle a piqué ses fringues à son mec et qu'elle cherche à ne surtout pas se faire remarquer.

J'avais décidé de ne rien faire, juste d'être là et d'attendre patiemment que la journée se termine. Aaron est débordé avec la préparation de la grande messe à Phoenix, donc j'assure la surveillance de sa précieuse moitié. Il est un poil surprotecteur mais on le serait tous, c'est vrai que depuis qu'elle a été enlevée, séquestrée et laissée pour morte par un gang rival, y a de quoi flipper. Mon pote ne s'en remettrait pas s'il lui arrivait quelque chose.

La présence de Mackenzie a modifié mon plan initial, pour une raison inconnue j'ai envie de l'impressionner. Quand j'ai posé ma main sur son épaule, j'ai senti comme une décharge électrique passer dans le bout de mes doigts. Je ne me remets toujours pas de son regard noir, charbonneux mais à la fois lumineux et chaleureux. Je ne sais pas comment décrire ses deux billes d'obsidienne qui font passer dix mille émotions à la seconde.

Alors j'ai passé ma journée à jouer avec des gosses, à distribuer des repas, à écouter des gens… mais j'ai surtout passé ma journée à essayer de capter l'attention de New York. Cachée derrière son appareil photo, elle semble s'animer comme si le fait d'être planquée derrière un objectif la protégeait du monde extérieur. J'ai surpris des regards furtifs, des sourires discrets à mon intention. En tout cas, c'est comme ça que je les ai interprétés puisqu'aucune fille ne me résiste, elle ne doit pas faire exception.

Quand la journée touche à sa fin, je n'ai pas eu le temps de m'attaquer au cas Mackenzie et je suis en train de chercher un angle d'attaque quand Astride vient se pendre à mon bras.

— Tu as été très sage aujourd'hui, je t'en félicite.

Je ne détache pas mon regard de Mackenzie et de ses cheveux ébène, elle est à l'autre bout de la salle à discuter avec Sam et Mike.

— Tu vas me donner un bon point ? Une image ?

— Non, un coup de pouce, dit-elle d'un ton espiègle.

Je n'ai pas le temps de l'interroger sur ce qu'elle veut dire par là qu'elle a déjà interpellé Mackenzie.

— Mackenzie, tu peux venir, s'il te plaît ?

— Qu'est-ce que tu fous ? je demande, perplexe.

Elle m'ignore. Putain qu'est-ce qu'elle peut être agaçante quand elle fait ça.

— Oui ? questionne ma jolie poupée en nous rejoignant.

Pretty doll, j'avoue que ce surnom lui va comme un gant. Elle dégage quelque chose de fragile derrière un minois d'ange.

— Je te remercie d'avoir passé cette journée avec nous. Tu nous as été d'une grande aide. J'espère pouvoir voir tes photos rapidement.

— Tu peux les voir de suite puisque je ne peux pas les développer.

Astride balaie sa réflexion de la main. Puis, elle se tourne vers moi, l'air mutin. Elle manigance quelque chose, c'est certain, mais quoi ? Elle pose sa main sur mon bras.

— Logan va te raccompagner chez toi. Il est tard et je suis sûre que tu n'avais pas prévu de rester si longtemps avec nous.

C'était donc ça. Elle joue les entremetteuses, maintenant.

— Ce n'est pas la peine, répond Mackenzie sans un regard vers moi.

Tout dans son attitude m'appelle à relever le défi que représente cette nana. Et puis je suis curieux à l'idée de voir son petit corps sans ses fringues qui ne la mettent absolument pas en valeur.

— Je suis certaine que ça ne le dérange pas. N'est-ce pas, Logan ?

— Non. Je ne vais pas laisser une aussi jolie fille rentrer toute seule, dis-je avec mon plus beau sourire. Mais toi ? demandé-je en me tournant vers Astride.

— Sam et moi, on a prévu de la comptabilité ce soir. Elle me ramènera.

— Quoi, mais non, je... commence à protester Sam.

Mais le regard de tueur que lui lance la brunette à côté de moi la fait se reprendre instantanément.

— Je déteste la comptabilité, souffle-t-elle.

— Voilà une affaire de réglée ! Ne t'en fais pas, Mackenzie, et reviens nous voir bientôt, déclare Astride en entraînant Sam de force vers le bureau.

Je rigole des agissements de mon amie et encore plus parce que Mackenzie ne semble n'y avoir vu que du feu. Je me tourne vers elle, mais elle a le regard fixé sur ses chaussures.

— Bien allons-y, *pretty doll*, dis-je en posant ma main dans le bas de son dos pour la diriger vers la sortie.

En m'entendant utiliser ce surnom, elle rougit. Le courant électrique passe de mes doigts à sa peau qui frissonne à mon contact. Elle me laisse la raccompagner, elle passe son manteau et son bonnet. Il faudrait vraiment que Sam s'occupe de son cas lors de ses ateliers « estime de soi » ou plutôt « rendez-moi baisable » comme j'aime les appeler. Je suis sûr que sous cette couche de vêtements se cache un joyau à l'état brut. J'enfile mon cuir et nous sortons dans le froid. Arrivés en bas des marches, je fais face à un dilemme. Merde, j'espère qu'elle n'habite pas loin parce que je refuse qu'elle monte à l'arrière de ma moto. De tout temps, cette place a toujours été réservée aux régulières, et même si je n'ai pas l'intention d'en avoir une, je respecte les traditions.

Alors que je me débats avec moi-même, je la vois tourner à gauche sur le trottoir sans se soucier de savoir si je la suis ou non. Je la rattrape en deux enjambées.

— Attends-moi, New York.

— Tu n'as pas à faire ça.

— Je ne laisse pas les jolies filles rentrer toute seule quand je peux jouer au chevalier servant pour les raccompagner.

Elle hasarde un regard indéchiffrable vers moi en levant la tête dans ma direction. Elle est vraiment plus petite que moi, je dirais un mètre soixante, soixante-cinq. Son observation terminée, elle reprend sa route en serrant son sac photo contre sa poitrine.

— Ça fait longtemps que tu fais de la photo ?

— J'en ai toujours fait, mais je m'y suis réellement mise il y a deux ans. Et toi, ça fait longtemps que tu joues au chevalier servant ?

— Depuis aujourd'hui et seulement pour toi.

De nouveau, elle s'arrête pour me fixer intensément, ses yeux me rendent fou et j'ai une furieuse envie de l'embrasser. J'avance d'un pas, approche ma main de son cou, elle me regarde faire, perplexe et limite en colère. La flamme ardente que je vois briller dans ses yeux d'onyx me donne un début d'érection. Alors que je me penche pour goûter à ses lèvres tentatrices, Mackenzie s'échappe et reprend son chemin comme si cet interlude n'avait jamais eu lieu. Elle marche d'un pas rapide devant moi, mais dès que je me mets à sa hauteur, elle accélère la cadence. Je ne comprends pas ce changement d'attitude, mais ça serait mal me connaître de penser que je vais abandonner la partie si facilement. En attendant, je fais profil bas, bien que ça ne fasse pas partie de mon caractère. Je reste persuadé que je peux tirer quelque chose de bon de ce petit jeu.

Nous marchons tranquillement dans un silence oppressant pour moi, mais qui semble convenir à ma compagne de route. Nous arrivons devant un vieil immeuble qui n'est pas de première jeunesse, mais rien d'inhabituel dans ce genre de quartier. La petite voix mélodieuse de Mackenzie me sort de ma contemplation.

— On est arrivés. Merci de m'avoir raccompagnée.

— C'est ici que tu habites ?

Question débile, réponse tout aussi débile.

— Évidemment.

— Tu me fais visiter ?

Je sors mon plus beau sourire, celui-là même qui m'ouvre les cuisses de toutes les filles à qui je l'ai adressé. De par mon appartenance aux Black's Soldiers, j'avoue que je n'ai pas beaucoup d'efforts à fournir pour m'envoyer en l'air. D'ailleurs ce soir si elle ne cède pas, une brebis m'attendra au club pour satisfaire mon envie. Mackenzie se tord les mains et me fixe avec un air qui me fait dire que ce n'est pas ce soir qu'elle va me céder. Elle n'est pas du genre à être attirée par le danger, elle semble même plutôt le fuir. Je la vois chercher une réponse politiquement correcte, elle ouvre la bouche puis la referme. Je m'amuse de la voir hésiter et décide donc d'attendre et de ne pas mettre fin à son calvaire. Je croise les bras sur ma poitrine et patiente en la détaillant ; elle est plutôt jolie.

Au bout d'un temps qui me paraît infini, elle souffle un grand coup et amorce un début de phrase quand la porte s'ouvre à la volée. Mackenzie sursaute en poussant un petit cri apeuré, elle se positionne derrière moi pour se protéger de l'intrus. Le mâle dominant que je suis jubile de la voir faire. Je me tourne vers l'origine de ce moment de panique que je lis dans les yeux de ma belle.

— Ah c'est toi, ma jolie ! Vous m'avez fait peur, déclare une petite mamie dans un peignoir rose fuchsia avec des plumes sur l'encolure. Oh ! Mais qui est donc ce charmant jeune homme que tu me ramènes ? Mais venez, entrez, je manque à tous mes devoirs.

Sans laisser le temps à Mackenzie de réagir, la pétillante vieille dame m'entraîne chez elle. D'une main, je saisis ma *pretty doll* pour qu'elle nous suive. Je l'entends souffler de mécontentement dans mon dos.

— Asseyez-vous. Je suis tellement contente de vous rencontrer. Vous restez dîner avec nous ?

Elle s'est déjà enfuie dans sa cuisine alors que je pénètre dans son logement. Wouah ! La déco est, comment dire… particulière. C'est rose, c'est chargé… c'est tout sauf à mon goût.

— Gloria, il ne peut pas rester, il m'a juste raccompagnée, intervient Mackenzie qui reprend des couleurs.

Comme j'aime bien l'énerver, j'en profite.

— Absolument pas, je serais ravi de passer du temps avec la famille de Mackenzie, dis-je en la regardant dans les yeux.

Devant moi, je la vois se décomposer. Elle porte ses mains à sa poitrine et ses yeux s'humidifient. Merde ! Qu'est-ce que j'ai dit encore ?

— Nous ne sommes pas de la même famille, glousse Gloria dans mon dos. Mackenzie habite le logement au-dessus. Mais j'avoue que je l'aime bien et vous, jeune homme ?

— Moi quoi ? demandé-je perplexe.

— Quelles sont vos intentions vis-à-vis d'elle ?

Je m'étrangle devant la question de la vieille femme. En tout cas, elle ne manque pas d'aplomb. Elle s'est posée devant moi, les mains sur les hanches et attend une réponse. Mes intentions vis-à-vis de Mackenzie ? À part la mettre dans mon lit et la faire hurler de plaisir ? Ben pas grand-chose… Comment répondre à cette question épineuse sans faire bondir Gloria et sans faire fuir Mackenzie ?

— Il est déjà en couple, tranche ma belle dans mon dos. Mais il est serviable et m'a gentiment raccompagnée du centre social.

Son intervention me sauve. Je n'aurais pas choisi l'excuse d'être en couple pour éviter de répondre à cette question, mais au moins je n'ai pas à me justifier sur mes intentions pas très catholiques à l'égard de sa petite protégée. J'acquiesce et valide donc ce mensonge que Mackenzie ne peut croire. Il est évident qu'un type comme moi ne peut pas être en couple.

— Oui, voilà on va dire ça.

— Oh ! Comme c'est dommage, vous formez un couple si charmant, reprend Gloria. T'as passé ta journée au centre ? Quelle joie ! Tu t'es enfin décidée à m'écouter. Tu as rencontré Astride ? C'est une perle, cette fille. Si vous n'êtes pas attendu ailleurs, je souhaiterais quand même que vous restiez à dîner. Ça fait longtemps que je n'ai pas eu de beau mâle à ma table ! Désolée, Ernesto, déclare-t-elle en caressant une photo du bout des doigts. Et puis j'ai toujours été curieuse de votre mode de vie.

C'est à peine si elle a respiré entre chaque phrase de son monologue.

— Mon mode de vie ?

— Oui, j'ai reconnu votre blouson, vous êtes un membre des Black's Soldiers. C'est tellement excitant de pouvoir vous posez toutes les questions qui m'intriguent.

Cette Gloria me fait rire ! Entre son franc-parler et son look décalé, elle arrive à détendre l'atmosphère. En règle générale, les gens ont peur de nous, alors j'apprécie le naturel de cette femme. Je me retourne vers l'objet de ma présence ici. Elle lève les yeux au ciel pendant le babillage ininterrompu de sa logeuse et devient rouge pivoine au fur et à mesure. J'adore ! Je trouve ça adorable.

Hein ! Quoi ? Adorable… Non mais je délire.

— Venez, j'ai préparé des empanadas et un cazuela de berenjenas, déclare Gloria en m'entraînant à sa suite.

Elle me pousse carrément sur une chaise et indique à Mackenzie de se mettre à ma droite. La boule d'énergie qu'est Gloria s'active sans qu'on puisse l'aider. J'en profite pour glisser ma main sur la cuisse de New York qui se crispe mais ne la retire pas. Sous mes doigts, je peux deviner la finesse de ses jambes, et je m'amuse à la caresser de haut en bas. Elle déglutit et frissonne en fixant d'un regard perplexe ma main posée sur elle. Je sens ses muscles se contracter au passage de ma paume sur la surface de son jean. Ma queue se réveille et mon érection se fait visible aux yeux de Mackenzie mais pas de Gloria qui s'affaire à la cuisine pour revenir les bras chargés de plats. Ce petit jeu m'amuse beaucoup, je jubile devant la gêne évidente de Mackenzie, alors avant le retour de notre hôte, je remonte ma main vers son entrejambe, et me penche pour lui susurrer à l'oreille.

— Tu te proposes pour le dessert ?

— Tu n'auras plus faim après avoir mangé tout ce que Gloria a préparé.

Sa respiration l'a trahie, elle est troublée par mon contact.

— J'ai une faim de loup, insisté-je en caressant son sexe par-dessus son jean.

Mon érection me fait mal. Je penche vers elle et embrasse la base de son cou sous son oreille, et lui soutire un gémissement presque inaudible qui me fait bander encore plus.

— J'ai faim de toi. Et je t'autorise à venir le constater par toi-même, dis-je en désignant la bosse qui déforme mon jean.

— Heureusement que je fais attention à ma ligne et évite donc les desserts, répond-elle d'un ton qu'elle veut détaché en repoussant ma main.

Elle ose néanmoins un regard timide vers mon sexe, puis détourne les yeux pour se concentrer sur Gloria qui revient vers nous. Elle est frigide ?

Assise face à nous, la pétillante vieille femme me questionne sans retenue. Le repas est une réussite, Gloria monopolise l'attention, ce qui ravit Mackenzie. Je la contemple picorer son assiette, elle mange délicatement par petites bouchées. Il y a quelque chose de précieux dans ses gestes. Je n'en apprends pas beaucoup plus sur elle, mais je connais la vie de Gloria, il ne me manque que ses positions sexuelles préférées et je saurais tout d'elle.

Je quitte Gloria avec assez de Tupperwares pour nourrir un régiment. Il ne reste plus qu'à les disposer dans le frigo du club, et demain matin il n'y aura plus rien. C'est que ça bouffe, des bikers !

Plus par politesse que réelle envie, Mackenzie me raccompagne à la porte. Elle est vraiment charmante, pas une beauté brute, quelque chose de plus délicat, de plus discret. Un petit vent frais fait virevolter ses cheveux ébène, je souris en la regardant se battre avec les mèches rebelles qui lui tombent dans les yeux. Ses gestes sont enfantins et j'ai moi aussi envie de jouer avec sa chevelure, je l'imagine serrée dans mon poing pendant que ma queue se promène au fond de sa bouche.

Je me penche vers elle pour l'embrasser, je rêve de poser mes lèvres sur les siennes. Au dernier moment, elle tourne la tête et j'embrasse sa joue. Je souris devant sa tentative de fuite, mais je sens bien qu'elle est attirée par moi. Ses regards vers moi et sa peau qui frissonne à mon contact ne mentent pas, elle me veut aussi clairement que je la veux. Je vais la faire craquer, la petite New Yorkaise.

Chapitre 9

> *« Alarm clock ring, 6:45*
> *Must have hit that snooze button least 3 times*
> *Wishing this morning was a still last night*
> *On any other day, just might wanna die*[1] »
> *Bon Jovi, Another day*

Mackenzie

Je me réveille contrariée de la soirée de la veille. J'en veux à Gloria d'avoir invité Logan à rester avec nous.

Et lui, mais quel goujat !

Je ne comprends pas qu'il puisse se montrer aussi irrespectueux envers Astride, elle ne mérite pas d'être avec un mec aussi frivole. Et pourtant, si je suis tout à fait honnête avec moi-même, je l'ai laissé m'approcher, j'ai accepté ses caresses et j'ai failli céder à son baiser. J'avais envie qu'il m'embrasse, mais je me suis dégonflée. En plus de penser à Astride, le souvenir que, depuis plus de deux ans, je ne sais plus ce que

---

1. « Le réveil sonne, il est 6 h 45
Je dois frapper le bouton du réveil au moins trois fois
Espérant que ce matin soit encore la nuit précédente
Un autre jour, j'aurais pu vouloir mourir »

ça fait d'être avec un homme et cela m'effraie. Je n'ai pas été embrassée ni même touchée depuis… depuis lui. Je ne sais même pas si je suis encore à la hauteur. C'est con ! Une vraie midinette, mais face à ce mâle qui dégage tellement de testostérone et qui doit avoir un carnet de plans cul épais comme un annuaire téléphonique, j'ai eu peur. Peur qu'il me trouve ridicule et loin de ses critères. Je n'ai pas l'expérience requise pour sortir avec un mec comme lui, ni même coucher avec un mec comme lui. Je ne suis qu'une fille sans avenir et avec un passé envahissant. Je n'ai pas le temps pour quelque chose d'aussi normal que la rencontre d'un homme.

Je descends rejoindre Gloria, elle s'obstine à vouloir prendre le petit déjeuner avec moi tous les jours. Je pense que ma présence lui fait autant de bien que la sienne m'en fait. Gloria est un condensé de bonne humeur et chasse mes démons loin de moi en m'offrant l'illusion d'une vie de famille. J'adorerais pouvoir rester avec elle mais je sais que tôt ou tard je vais devoir partir. Il me retrouve toujours.

— C'est vraiment dommage qu'il soit en couple. Mais tu sais, j'ai vu comment il te regardait hier soir, si tu veux un coup vite fait bien fait, il serait ravi de t'aider, dit-elle d'un ton détaché.

— Gloria…

— Quoi, Gloria ? Ces bikers ne sont pas réputés pour leur fidélité et leurs femmes l'acceptent. Ça fait partie du deal quand tu rentres dans leur monde. Alors pourquoi tu n'aurais pas le droit à un peu de plaisir ? Un orgasme n'a jamais tué quelqu'un.

— Je ne suis pas ce genre de fille.

— Écoute, ma belle. Je ne te connais pas bien mais je peux voir que tu as un lourd passé. Tes yeux te trahissent mais ce n'est pas le problème. Tu as le droit à un peu de bonheur, même s'il est fugace, même s'il est éphémère, tu as le droit de te sentir de nouveau femme. Je vois bien que tu te caches derrière ces fringues immondes alors que tu es magnifique. Si j'ai un conseil à te donner, c'est de profiter de ce que Logan a à t'offrir. Et si c'est un orgasme, c'est encore mieux !

Dit comme ça, je me sens moins coupable d'être attirée par Logan.

— Tu m'énerves d'avoir raison. Mais je ne sais pas, ça fait tellement longtemps…

— C'est comme le vélo, ça ne s'oublie pas ! Et puis sinon il y a des très bons bouquins. T'as déjà lu la saga *The Boss* de Victoria Queen ? Si tu veux je te la prête, l'histoire est délicieusement crue et addictive.

— Tu lis ce genre de livre ?

— Et je ne fais pas que lire, si tu veux tout savoir, jeune fille.

Je ne me fais vraiment pas à sa manière d'aborder la sexualité comme si elle parlait d'une recette de cuisine.

— Tu trouves ça normal qu'une vieille folle comme moi ait une sexualité plus épanouie que la tienne ? Tu es belle, jeune et pleine de vie. Prends ce que ce garçon te propose, et puis, si sa femme n'est pas capable de le retenir, c'est qu'elle doit être nulle au pieu.

Je préfère taire que la femme en question est Astride. Mais j'avoue avec beaucoup de scrupules que Logan me plaît et que ce petit jeu de séduction m'avait manqué. Cet homme est un véritable dieu grec, blond comme les blés avec un regard d'un bleu céruléen, une bouche charnue et pulpeuse qui appelle aux baisers. Son cuir cache un corps massif et couvert de tatouages, tous visibles par transparence sous le pull blanc qu'il portait hier soir. Il est à l'opposé des types que je fréquentais dans mon ancienne vie et c'est certainement ce qui le rend encore plus attirant à mes yeux. Mais je ne dois pas céder. Ce n'est pas bien, non ?

Après plusieurs jours d'isolement dans mon appart, d'où je m'extirpe seulement pour aller bosser, je décide de partir me balader afin de sortir Logan de mon esprit. Les paroles de Gloria ont semé le doute dans mon esprit. Aujourd'hui encore, je suis partagée entre ma morale (qui en a pris un sacré coup depuis que je vis dans la rue) et mon désir. Sans y réfléchir, mes pas me mènent jusqu'au centre. Astride sort du bâtiment comme un diable de sa boîte en m'interpellant.

— Magnifique, tu es là ! Je n'avais aucun moyen de te joindre et j'ai eu une idée formidable, mais j'ai besoin de ton aide.

Cette fille est une vraie tornade. Sans me laisser le temps de répondre, elle m'entraîne à sa suite. Une fois débarrassée de mon manteau, Astride nous enferme dans son bureau. Elle s'assoit enfin face à moi, en posant une main protectrice sur son ventre de femme enceinte.

— Mackenzie, j'ai besoin de ton talent de photographe.

— Tu veux des photos de grossesse ? Je le ferai avec plaisir, dis-je en surprenant son geste.

— Non pas du tout ! Quoiqu'à y réfléchir, c'est une excellente idée, mais ce n'est pas pour ça que j'ai besoin de toi.

— Ah non ?

— Non. Tu ne sais peut-être pas mais ce centre fonctionne grâce à des subventions et des donations. Chaque année, j'organise un gala pour réunir les personnalités locales afin de les inciter à nous soutenir. Mais nous avons toujours besoin de plus de fonds pour mettre en place des projets d'envergure, m'explique-t-elle. J'envisage d'accompagner les gens dans la réhabilitation de leur logement mais pour ça nous avons besoin d'argent pour payer les matériaux... Bref, cette année j'ai eu l'idée de proposer tes photos à la vente. Tu auras bien évidemment un pourcentage sur chaque vente mais dans l'esprit d'une vente aux enchères silencieuse, nous mettrons en avant ton talent et peut-être te faire connaître. Qu'est-ce que tu en penses ?

— Euh... je ne sais pas, je n'ai jamais songé à exposer mes photos.

— Je comprends mais ça nous serait d'une grande aide. Tu veux bien y réfléchir ?

Elle me prend au dépourvu, mais sa bonne humeur et son regard implorant m'empêchent de décliner. J'ai déjà pris ma décision, ce centre apporte tellement à cette communauté que je ne me vois pas refuser. Et puis Gloria adore cet endroit et j'ai envie de lui faire plaisir. Cependant, il y a un détail gênant dont je fais part à Astride :

— Je n'ai pas d'ordinateur ni de labo pour développer mes photos, je ne vois pas bien comment tu pourras mettre en vente quelque chose qui n'est pas réel. Et puis je ne suis pas sûre d'avoir assez de clichés pour satisfaire ton ambition. Et puis imagine que mes photos ne plaisent pas et gâchent ton gala... Non c'est...

La panique m'envahit à une vitesse folle.

— Ce n'est rien du tout ! Tu te calmes et tu respires, dit-elle, en levant les mains. J'ai des solutions à tous tes problèmes. Premièrement, Logan a eu l'idée de faire un studio photo ici au centre. En ce moment, avec Weasel, ils sont en train d'installer tout le matériel nécessaire pour te permettre de développer ton travail. Deuxièmement, certes, il nous reste peu de temps avant le gala mais je sais que tu vas y arriver, je t'aiderai et Logan t'accompagnera en ville et partout où tu souhaiteras aller pour prendre des clichés. Je l'ai réquisitionné pour qu'il te serve de guide. Et dernier point, tu ne gâcheras pas mon gala parce que tu as beaucoup de talent, et ce, même si tu n'y crois pas. Si ça peut te rassurer, la vente des photos ne sera que du plus ! Les gens payent déjà un droit d'entrée de cinq cents dollars, la vente aux enchères n'a pas d'autre mission qu'augmenter notre capital, si cela est possible. Et si ce n'est pas possible, ce dont je doute, ce n'est pas grave, nous profiterons d'une magnifique soirée et d'un délicieux buffet. Ne t'inquiète pas, j'ai confiance en toi.

Astride et sa capacité à trouver les mots justes pour redonner confiance. Astride qui ne semble absolument pas gênée que son mec passe tout son temps libre avec moi. Bizarrement, j'ai l'impression qu'elle me pousse dans ses bras. Je ne comprends rien. Gloria a raison, peut-être sont-ils vraiment un couple libre ? Ou alors j'imagine cette solution qui me permet d'assumer sans culpabiliser l'attirance que j'ai pour son mari. Ce monde de bikers est vraiment un monde à part et en totale opposition avec mes convictions. Convictions qui sont parties en éclat dès que j'ai prononcé le fameux oui dans une église bondée. Et pourtant cet univers m'attire, moi qui n'ai connu que la fuite depuis deux ans. Leur monde représente la liberté, et Logan, l'interdit. Peut-être qu'en fait, ce sont eux qui ont raison, pas d'attaches, pas d'exclusivité, que du bon temps partagé. Alors que je suis perdue dans mes pensées, mon cerveau revient sur une phrase qu'elle a prononcée.

— Tu m'as dit que nous n'avions pas beaucoup de temps. Il est quand ton gala ?

— C'est là le hic, si je puis dire, c'est dans trois semaines.

— Hein ! Mais t'es folle, je n'aurai jamais assez de temps pour tout faire.

— Tu verras que, quand on n'est pas seule, on peut faire de grandes choses.

Sa phrase me laisse perplexe. Est-ce que ma solitude est écrite sur mon visage ? Est-ce que, finalement, auprès de ces gens aussi différents de moi, je me laisse aller ? En tout cas, la brunette face à moi ne me laisse pas le temps de réfléchir qu'elle est déjà sortie en trombe du bureau en criant après Logan.

Je reste assise, hébétée, je n'ai pas clairement accepté mais Astride a entendu un oui, je ne peux plus me défiler. Elle revient, suivie de Logan. Je ne l'avais pas croisé depuis plusieurs jours et le revoir me met un coup au cœur. Qu'est-ce qu'il est beau ! Et comme ça, se tenant à côté d'Astride, je trouve qu'ils forment un couple extraordinaire. Ce genre de couple qu'on a envie de détester sans le pouvoir, beau et sympa. La voix chaleureuse de Logan me caresse.

— Tiens, salut New York.

Ses yeux bleus me transpercent, je suis contente de le voir. J'ai honte de le regarder avec envie en présence de sa femme, mais il me plaît vraiment. Je surprends le sourire d'Astride qui passe de lui à moi. Confuse, je baisse les yeux. Je n'y comprends plus rien.

— Bon Logan, pas de temps à perdre. Si Mackenzie est disponible, je te propose de l'accompagner prendre des photos pour le gala.

— Mais où ? demande-t-il, paniqué. Et je n'ai pas fini avec Weasel.

— Mais où elle veut, en ville, au lac, à la campagne, sur le bord de l'autoroute ou dans une chambre d'hôtel, peu importe ! Tu vas là où elle te demande d'aller et moi je m'occupe de Weasel.

— Très bien, princesse, répond-il. On y va ?

La question m'est adressée. Enfin, je pense, à en croire son pas de côté pour me laisser sortir du bureau. Je me lève et le précède, obéissant machinalement. Une fois dehors, mes pas se stoppent, ne sachant pas où aller. Je me tourne vers Logan et l'interroge silencieusement.

— On commence par où ? La chambre d'hôtel ? demande-t-il en me déshabillant du regard.

Je rougis comme une tomate et sens monter la chaleur traîtresse du désir entre mes cuisses. Il est direct et ça m'excite beaucoup autant que ça m'agace. Je me retiens de lui sauter dessus, bien qu'au vu de son sourire lubrique, il me laisserait faire. Je détourne le regard.

— Je ne sais pas.

— Tu ne sais pas où aller, ou tu parles de la chambre d'hôtel ? Parce que si c'est moi qui choisis, c'est vite fait. Mais tu n'auras pas le temps de faire des photos, c'est moi qui te le dis ! Ou alors ton appareil fait aussi caméra, suggère-t-il en haussant un sourcil séducteur.

Ce rentre-dedans sans chichis me déstabilise et je n'arrive pas à savoir si c'est en bien ou en mal.

— La vidéo, ce n'est pas très approprié pour une vente aux enchères. Alors propose-moi quelque chose qui me permette de répondre à la commande d'Astride, car je ne connais pas la ville. Je ne suis là que depuis quelques semaines et je n'ai pas franchement pris le temps de jouer les touristes, m'énervé-je.

Il me fixe de son regard cristallin en penchant la tête sur le côté. Ses yeux m'étudient avec autant de curiosité que d'envie.

— OK, je te propose d'aller au lac avant qu'il fasse nuit, et demain on ira en ville et on finira par la chambre d'hôtel.

Sa voix se fait traînante et suave. Qu'est-ce qu'il fait chaud, d'un coup… Je me ressaisis en détournant le regard et en serrant les cuisses, sentant le désir pulsé.

— J'aimerais bien retourner à l'église que j'ai vue quand je suis arrivée.

— Laquelle ?

Je sors mon plan de la ville et lui montre l'adresse.

— Ah, Sainte-Catherine. OK, d'autres endroits ?

— Je ne sais pas, je vais y réfléchir.

— Très bien, en voiture ! dit-il en m'ouvrant la porte d'un pick-up.

— Je croyais que vous ne vous déplaciez qu'en moto, m'étonné-je

— Essentiellement mais nous avons des véhicules à quatre roues pour certaines occasions, sourit-il comme un gosse devant une glace.

Ce petit jeu m'a fortement émoustillée, je suis de moins en moins certaine de pouvoir lui résister. Ce mec est une bombe atomique qui arrive à me faire mouiller rien qu'en me parlant. Je n'ose imaginer s'il me touche… Dans une atmosphère chargée en électricité, nous roulons en silence vers une destination inconnue pour moi, mais étrangement je me sens sereine avec lui à mes côtés. Il ne me fera pas de mal, je le sens.

Chapitre 10

« Se met-elle à ma place quelquefois ?
Que faut-il que je fasse pour qu'elle me voie ?
Vivre l'enfer, mourir au combat
Veux-tu faire de moi ce que je ne suis pas ? »

Axel Bauer feat Zazie, À ma place

Logan

Heureusement, elle est venue sinon j'aurais trouvé un prétexte pour me pointer chez elle. Trois jours sans la voir, trois jours pendant lesquels je n'ai cessé de penser à elle. Quand j'ai évoqué l'idée de faire un studio photo pour elle à Astride, cette dernière a saisi l'occasion avec autant d'envie que moi. Je trouve le comportement de mon amie de plus en plus étrange. Elle me pousse dans les bras de Mackenzie, comme si c'était important pour elle. Elle n'avait jamais essayé de me caser avant. Ça doit être la grossesse qui la rend encore plus difficile à suivre que d'habitude.

Je suis aussi très content de m'éloigner de Weasel et de son installation. Face à l'ordinateur et au matériel que j'ai achetés pour elle, il est comme un gosse devant le père Noël ; il ne tient pas en place et m'interdit de toucher quoi que ce soit. Je préfère nettement être avec Mackenzie dans une voiture qu'avec lui, enfermé dans un bureau.

En silence, je l'accompagne vers le lac. Notre petite joute verbale m'a passablement excité et je ne sais pas si je ne vais pas lui sauter dessus avant la fin de la journée. En fait, je suis certain que si elle m'en laisse l'occasion, c'est exactement ce que je vais faire. J'ai envie de la voir nue et frémissante sous mon corps massif, la faire gémir d'extase sous mes caresses, la goûter de ma langue et m'enfoncer en elle jusqu'à ce qu'elle cède au plaisir. Assis à côté d'elle, je bande à en faire péter les coutures de mon jean. Je n'ai pas l'habitude de me retenir, j'ai toujours sous la main une brebis prête à me soulager. Si ça ne risquait pas de la faire fuir, je me masturberais bien devant elle. Cette idée est terriblement excitante.

En attendant que je me perde en elle – parce que je suis sûr que ça va arriver – je la détaille sans aucune discrétion. Elle me propose son profil gracieux. Son regard perdu vers l'horizon, elle est magnifique. Depuis que je la connais, je ne l'ai jamais vue maquillée, ce qui la rend encore plus belle. Sa carnation naturelle fait ressortir des taches de rousseur qui se perdent autour de son nez délicat. Elle a un grain de beauté à la commissure de ses lèvres qui appelle au baiser, et sous ses cils noirs et épais se cache ce regard ténébreux qui me fait craquer. Je continue mon observation vers le haut de son corps, sa poitrine que je devine sous ce pull monstrueux qu'elle porte tout le temps semble petite mais ferme. Je me demande si elle a des tatouages et si sa peau est aussi douce que je me l'imagine. Je poursuis mon exploration vers ses jambes fines et galbées, cette fille fait du sport ou en tout cas elle marche beaucoup. Je rêve de voir ses jambes enserrer ma taille alors que je la pilonne.

Je n'ai pas eu l'occasion de voir son cul mais il ne peut être qu'aussi délicieux que le reste de sa personne. La pression dans mon jean est douloureuse et je me déplace afin de me remettre le matos en place. Je ne cherche pas à être discret bien au contraire, j'ai envie qu'elle constate l'effet qu'elle me fait.

Nous arrivons face au lac, il n'y a pas grand monde, avec ce froid glacial. Mackenzie plonge son regard au travers du pare-brise et s'imprègne du magnifique panorama qui se présente à nous. Je la laisse profiter de cette vision enchanteresse, elle qui a l'air d'avoir vécu des choses terribles. Elle n'a rien dit mais son regard de biche apeurée ne ment pas, ni quand elle se planque derrière moi dès qu'elle a peur… Cette fille a un lourd passé. Mais qui suis-je pour la juger ? J'ai moi aussi quelques casseroles et je suis membre d'un club de bikers qui, bien que sur la voie de la rédemption, n'ont pas fait qu'enfiler des perles et aider les vieilles dames à traverser la rue. J'ai tué, séquestré, torturé, et ça sans jamais frémir ni trembler. Alors je ne la jugerai pas sur son passé.

Mackenzie n'a toujours pas décroché un mot. Elle sort de la voiture et s'approche de l'étendue d'eau en brandissant son appareil photo. Je n'ai pas la fibre artistique, je décide donc de rester en retrait, m'assois sur le capot du pick-up emprunté à Astride et la regarde faire ce qui la rend heureuse. Même à cette distance, je peux voir qu'elle est plus détendue et moins sur la défensive. Je ne sais pas comment l'aborder, elle semble réceptive à mes approches puis la seconde d'après, elle s'éloigne.

Je ne sais pas faire ! Je ne drague pas ! Je ne me plie pas en quatre pour plaire à une femme ! Et pourtant je suis là, à la regarder prendre des photos, et je lui ai acheté son matériel pour qu'elle puisse les développer. Et encore plus surprenant, je n'ai pas été un gros lourd avec elle, je n'ai presque pas tenu de propos graveleux, je ne l'ai pas coincée contre un mur pour lui faire sentir mon érection. Non, je suis sage, elle ne me donne pas envie de la brusquer. Ce petit bout de femme capture mon attention comme aucune ne l'avait fait auparavant.

Alors je reste là, à l'observer de loin. Concentrée, elle ne cherche pas à attirer mon regard et pourtant je suis à l'affût du moindre de ses mouvements. Elle s'allonge dans l'herbe à la limite de l'eau du lac, prend de la hauteur sur des pierres pour avoir un autre point de vue... Pendant plus d'une heure, elle photographie sans jamais jeter un coup d'œil au résultat. Ses longs cheveux s'échappent de son bonnet et viennent se coller à ses joues que je devine rougies par le froid. La température chute de plus en plus mais je ne veux pas mettre fin à ce moment qui n'appartient qu'à elle.

Depuis cinq minutes, elle est assise dans l'herbe face au lac. Je me lève pour la rejoindre et m'assois dans son dos, mes jambes de chaque côté de ses hanches. Au premier contact, elle sursaute puis se détend quand elle me reconnaît. Qu'est-ce qui peut bien autant l'effrayer ? Son corps frissonne quand elle sent mon torse se coller à son dos. En silence, je pose ma tête sur son épaule et fixe ce point imaginaire dans l'horizon qui accapare toute son attention. Étonnement, je ne ressens pas le besoin de parler, je la comprends mieux dans le silence. Silence qu'elle brise d'une voix ténue.

— C'est magnifique ici.

— C'est vrai mais je ne viens pas souvent.

— Pourquoi ? Si je pouvais, je resterais là toute ma vie.

— Et qu'est-ce qui t'en empêche ? demandé-je en passant mes bras autour de sa taille pour la lover contre mon torse.

Je sens les terminaisons nerveuses de ma peau s'agiter sous son contact et me surprends à apprécier ça. C'est inédit, je ne prends pas les femmes dans mes bras. Je les baise et plutôt bien mais je ne les câline pas. Elle se raidit contre moi, alors je dépose un baiser sur sa tempe pour l'apaiser.

— Je ne peux jamais rester longtemps au même endroit. Je suis une vagabonde, une sans attaches, explique-t-elle tristement.

— Tu n'es pas obligée de l'être. Si tu es bien ici pourquoi ne pas rester ?

— Je suis bien ici et encore plus maintenant.

Elle ne répond pas à ma question mais s'abandonne dans mes bras en pressant son corps contre le mien, elle pose sa tête sur mon épaule, me laissant accès à son cou. J'y dépose un délicat baiser puis un second plus appuyé. J'ai des fourmillements dans les doigts tant j'ai envie de la toucher. L'obscurité nous enveloppe et pourtant nous ne bougeons pas. Elle soupire quand je viens titiller du bout de la langue la peau fine sous son oreille. J'ai besoin de plus que ce contact furtif, je lève la main, la porte à son menton pour tourner sa tête vers moi.

Mes yeux plongent dans l'abysse ténébreux des siens et je me penche pour enfin goûter ses lèvres. Un effleurement d'abord pour en apprécier la texture, un frôlement plus appuyé pour en découvrir la forme puis un véritable baiser quand elle me donne accès à sa langue pour en savourer le goût. D'abord timide, Mackenzie participe à ce baiser en se tournant vers moi et en passant ses bras autour de mon cou. Sans décoller ma bouche de la sienne, je la retourne complétement pour l'installer à califourchon sur moi afin qu'elle sente l'effet qu'elle me fait. Son corps refuse d'être en contact avec ma queue qui pulse sous elle. En appui sur ses genoux, elle m'embrasse avec passion mais ne s'autorise pas plus de proximité entre nos deux corps. Je grogne mon mécontentement entre ses lèvres. Pourquoi hésite-t-elle ? J'ai envie qu'elle se laisse aller dans mes bras. Qu'est-ce qui la retient ? Pourtant je n'insiste pas, je la laisse mener la danse alors que je suis plutôt du genre dominateur. Mackenzie m'oblige à avoir une retenue qui n'est pas dans mes habitudes.

Au bout de quelques minutes d'échanges enflammés, je recule et pose mon front contre le sien. Dans la pénombre qui s'est installée autour de nous, je distingue à peine son regard et pourtant je le vois briller, les larmes au bord des cils.

— Ne me dis pas que j'embrasse aussi mal que ça ?

Elle se penche sur moi et dépose un délicat baiser sur mes lèvres.

— Tu n'y es pas du tout.

— Explique-moi alors.

— Tu…

— Je quoi ?

— Ça faisait longtemps qu'on ne m'avait pas embrassée comme tu le fais. Qu'on ne m'avait pas prise dans ses bras. Tout ce qu'on ressent dans les bras d'un homme, je l'avais oublié, dit-elle d'une voix cassée.

Sa vulnérabilité me brise le cœur, mais cet instant est trop beau pour que je la laisse s'abîmer dans des souvenirs qui la font souffrir.

— Si tu me laisses faire, il n'y a pas que les baisers que je suis prêt à rappeler à ta mémoire.

Mes mains sur ses flancs exercent une légère pression pour qu'elle se repose enfin sur moi. Elle cède à ma demande et quand son corps entre en contact avec le mien, je gémis mon plaisir dans un râle, elle soupire d'aise en sentant mon désir pour elle. Je savais qu'elle me désirait. Inconsciemment, son corps exerce déjà un mouvement de va-et-vient sur ma queue gonflée. Ses yeux plongés dans les miens, elle me met au supplice. Ma bite tressaute, emprisonnée dans mon jean, et ne demande qu'à sortir pour plonger en elle. Mes mains glissent sous son pull, elle pousse un petit cri très sexy en sentant leur froideur sur sa peau, je m'en excuse d'un baiser délicat. Je confirme, sa peau est douce comme du velours. Mes doigts remontent vers sa poitrine tendue et caressent ses globes à travers sa lingerie.

Je reprends possession de sa bouche, alors que ses mains viennent se perdre dans mes cheveux. Elle ondule contre moi dans un rythme envoûtant, elle ahane contre mes lèvres, exerçant une pression de plus en plus forte contre mon membre. Je bascule mon bassin pour que son clitoris frotte contre mon sexe tendu. Elle est absolument divine quand elle se laisse aller au plaisir. Sa respiration se fait hachée et la mienne se fait rare, j'aspire ses soupirs qui m'excitent terriblement. Je veux la voir jouir, je ne la baise peut-être pas, ma queue ne la pénètre pas mais je sais que je peux lui donner un orgasme rien que comme ça et je tiens à lui en donner un.

Je retire mes mains de sa poitrine et les repositionne sur ses hanches harmonieuses, je l'oblige à faire plus fortement pression sur moi. Excité, je l'aide à trouver son plaisir en saisissant son cul ferme et délicieusement pulpeux pour que son sexe appuie sur le mien. Mackenzie souffle contre ma bouche mais ne m'embrasse plus, les sons qui sortent de sa gorge sont sexy, elle est au bord du précipice, ses yeux se révulsent et son corps se tend sous mes à-coups. Tout dans son attitude me pousse vers l'orgasme. Mais elle d'abord.

— Jouis, je t'en supplie.

Je quémande sa jouissance, je demande à pouvoir assister à son plaisir, j'ordonne son orgasme. Mackenzie se cambre en arrière et se laisse emporter par la sensualité du moment, par le plaisir de l'orgasme. Elle est si belle, accrochée à moi et libérée de ses chaînes invisibles, que je la rejoins à mon tour dans un râle bestial.

Essoufflés, nous reprenons notre respiration sans un mot. Sa poitrine monte et descend à un rythme rapide, tout comme la mienne. Putain, j'ai joui dans mon froc comme un ado prépubère devant un catalogue de lingerie. J'ai presque honte de cette minable performance mais en voyant le sourire béat ainsi que le regard satisfait de la jolie créature dans mes bras, je n'ai pas l'ombre d'un regret. J'embrasse ses lèvres qui me tentent tant et elle répond à mon baiser.

— Merci.

— De quoi ?

— De m'avoir fait ressentir à nouveau du plaisir, dit-elle, gênée.

— Alors si l'on en est à se remercier pour ça… Je dois te le dire aussi, *pretty doll*.

Elle hausse un sourcil comme si elle doutait de mon sérieux. Quoi, elle pense que je n'y ai pas pris de plaisir ? Cette fille est cinglée.

— Toi, tu veux me remercier ? questionne-t-elle, incrédule.

Mais c'est quoi cette conversation de dingue ?

— Bien sûr ! J'ai éjaculé dans mon froc comme un ado et ça ne m'était pas arrivé depuis… ben depuis que j'étais ado. Donc oui, j'ai pris du plaisir avec toi et je veux bien recommencer ailleurs que dehors, parce que ce que j'envisage ne nécessite pas que tu gardes ton bonnet, expliqué-je en embrassant le bout de son nez gelé.

Merde ! Elle est glacée, il faut qu'on rentre avant de chopper la mort et pourquoi pas nous glisser sous une douche chaude ensemble, puis dans ses draps… Je me lève en l'emportant avec moi, elle se retrouve dans mes bras en gloussant et enroule ses jambes autour de ma taille. Je la porte, mes mains sous ses fesses pour la soutenir jusqu'à la voiture. La dépose de son côté du véhicule, puis la plaque contre la carrosserie pour l'embrasser. Je ne suis pas rassasié de ses baisers, j'ai hâte de pouvoir faire courir ma langue sur son corps et pouvoir le découvrir dans son intégralité, surtout ses replis les plus cachés. Mackenzie participe à ce baiser avec entrain et je recommence à bander. C'est hallucinant l'effet qu'elle a sur moi. J'ai toujours été porté sur le sexe mais là, je n'ai jamais rebandé aussi vite après avoir joui. À contrecœur, je m'éloigne d'elle d'une démarche de funambule pour pouvoir la raccompagner jusque chez elle et profiter encore de son corps. Mon boxer me colle et la sensation est franchement désagréable, il me tarde de le retirer.

Nous roulons depuis dix minutes quand je reçois un texto. Je le lis et râle parce qu'il compromet mes plans pour la soirée. Pourquoi est-ce que j'ai pris sa voiture pour accompagner Mackenzie ? Je sais pourquoi, parce que je ne voulais pas qu'elle monte sur ma bécane. Maintenant, il faut que je la lui ramène. Aaron et elle ont prévu d'aller acheter le lit du bébé. Putain ça fait chier.

— C'est Astride, dis-je. Je dois aller la voir, je te dépose chez toi ?

— Oui merci, répond-elle froidement.

L'air entre nous passe d'électrique à glacial. Elle se recroqueville contre la fenêtre de son côté de l'habitacle et s'éloigne quand j'essaye de lui caresser la joue. Je ne comprends pas son changement soudain de comportement. Nous venons de partager un moment d'extase et là, elle est aussi froide que la banquise.

Arrivé devant chez elle, je n'ai pas le temps de descendre du véhicule qu'elle ferme agressivement la portière en me jetant un merci morne et s'engouffre chez elle en claquant la porte d'entrée. Mes mains viennent frapper le volant avec force. Je repars, énervé, en accélérant brusquement.

Décidément, je ne comprends rien aux femmes.

Chapitre 11

> « Elle avait un vrai talent pour le silence. On pouvait se taire avec elle sans jamais sentir qu'on n'avait rien à se dire »
>
> *Romain Gary,*
> *L'angoisse du roi Salomon*

Mackenzie

Je suis en colère contre moi-même d'avoir cédé à quelque chose d'aussi bestial et primaire que le plaisir.

Mais d'aussi bon !

J'avoue que je n'avais pas goûté au plaisir d'un orgasme ni ne m'étais abandonnée ainsi dans les bras d'un homme depuis longtemps. J'étais prête à faire abstraction de toutes les raisons pour lesquelles on ne peut pas être ensemble, pour avoir le droit à quelques minutes de bonheur dans les bras de Logan. Ce type est un fantasme vivant, son corps est dur comme du béton, ses mains sont fortes et agiles et sa bouche… Putain !

Et pourtant je culpabilise, je ne veux pas avoir la place de l'autre femme, celle qui détourne un homme marié de sa femme enceinte. J'ai été à la place d'Astride, j'ai été celle qu'on trompait et je ne veux pas de ça pour elle.

C'est pas déjà trop tard ?

Bien sûr que c'est trop tard. Dès que j'ai cédé à ses lèvres, il était trop tard. Astride me donne une chance de faire quelque chose de bien. De me sentir utile, de ne plus être un fantôme dans un monde qui ne me voit pas et moi je gâche tout en laissant Logan me faire jouir. Je ne sais pas si je vais pouvoir la regarder en face, elle ne mérite pas ça. Je serais prête à partir dès maintenant, à quitter cette ville pour aller me planquer ailleurs comme je l'ai toujours fait. Mais je n'ai plus d'argent et surtout j'ai promis à Astride que je l'aiderai et je ne veux pas lui faire faux bond. Je ne veux plus être lâche.

Ce matin, je traîne au lit puis dans la douche. Mais je n'ai pas une garde-robe suffisamment fournie pour perdre du temps en jouant les divas devant le miroir. Miroir que j'évite soigneusement de regarder, refusant de voir mon propre reflet. Parce que si je suis totalement honnête, si Astride n'avait pas envoyé un message à Logan hier, je l'aurais invité à monter et à poursuivre plus en profondeur la découverte de nos corps. Jusqu'à son appel, j'avais l'esprit échauffé par des visions de lui et moi transpirants dans mon lit, mais dès qu'il a prononcé son nom, le désir s'est enfui pour laisser place à la culpabilité.

Bien qu'il soit tard, je passe dire bonjour à Gloria. Je rentre sans frapper comme elle me l'a demandé et me retrouve nez à nez avec un dos massif et des épaules larges, le tout enveloppé dans un blouson de cuir. Sur le cuir, un squelette brandissant des armes monté sur une imposante moto noire. Je sais à qui appartient ce dos, et je souffle de mécontentement parce que je n'ai pas envie de le voir.

— Ma belle, Logan me disait justement que tu avais accepté d'aider Astride pour le gala annuel.

C'est formidable ! Je ne savais même pas que tu faisais de la photo. Moi franchement quand je m'y mets ! Je ne verrais même pas la poutre dans mon œil.

Gloria continue son monologue sans que ni lui ni moi ne l'écoutions. Je suis bloquée par ses iris azur qui me dévorent et me désirent. Je voudrais ne pas réagir à sa présence, mais mon épiderme me trahit en se couvrant de frissons. Je serre mes bras autour de mon corps, Logan semble interpréter ça comme un signe défensif alors qu'en fait je m'empêche de faire une bêtise. Je me retiens de lui sauter au cou pour l'entraîner dans ma chambre. Je me déteste d'être aussi faible face à lui.

— Logan m'a dit qu'il t'accompagne pour faire des photos. Tu devrais aller au belvédère du parc Destiny et puis au musée de la ville. Le musée est sans intérêt mais le bâtiment est magnifique…

— Oui d'accord, dis-je pour la faire taire.

Quelle pipelette ! On ne l'arrête plus.

— Gloria, on y va.

— D'accord, à plus tard.

Logan me suit alors que je sors la première. J'inspire une grande bouffée d'air pour reprendre mes esprits. D'un geste brusque, il m'attrape le bras, me fait tourner vers lui et m'embrasse avec autorité. Je fonds complétement sous cette intrusion, mes mains viennent se perdre dans ses cheveux et ses doigts palpent mon cul avec force, ce qui me soutire un cri de plaisir. Au bout de plusieurs minutes, Logan se détache de moi, satisfait de lui et de mon état, il pose sa main sur ma chute de reins.

— En route, New York.

Je monte dans la voiture. À la fois inquiète et curieuse de savoir comment va se passer cette journée. Je ne me fais pas confiance quand je suis en présence de cet homme, il détraque mes sens, fait de moi l'autre femme et, peut-être le plus effrayant pour moi, il me donne envie de ne plus fuir. D'une façon que j'espère discrète, je le regarde alors qu'il nous conduit à travers la ville. Dans un silence apaisant, il pose sur moi un regard tendre qui me fait fondre. Alors qu'il gare la voiture le long du trottoir, il se penche vers moi pour désigner le bâtiment derrière moi.

— Oh l'église Sainte-Catherine !

Tandis qu'il est toujours penché vers moi, je dépose un baiser affectueux sur sa joue. Je n'ai pas pu résister, son odeur virile parle directement à mes hormones. Il ferme les yeux quelques secondes puis se détache de moi.

Je ne peux vraiment pas me faire confiance.

Cette église est superbe, un style gothique qui me rappelle celle dans laquelle je me suis mariée. Si j'avais su qu'après cette cérémonie, je passerais ma vie à courir, je me serais enfuie. Mais je ne l'ai pas fait et après ça, ma vie est devenue un enfer quotidien jusqu'à ce jour terrible…

Je refuse de laisser des souvenirs désagréables gâcher cette journée. Je m'immerge alors dans l'univers religieux de cette église. Je déambule entre les bancs, caresse du bout des doigts une bible et m'imprègne de la sérénité de l'endroit. Le monde autour de moi n'existe plus, je respire l'odeur de l'encens qui brûle près de l'autel et aspire à vivre dans cette quiétude aussi longtemps que possible. Je m'installe sur un banc et observe les vitraux. Aujourd'hui, ils sont ternes par la faute de la pluie fine extérieure. La lumière n'est pas assez intense pour subjuguer ces petits bouts de verre coloré, et pourtant je les trouve magnifiques. Je ne sais pas combien de temps je reste là assise seule à regretter mes choix, à prier pour que ma vie prenne un autre chemin, à espérer que demain je respirerai encore.

Derrière moi, près de la porte d'entrée, Logan m'observe en silence. Cet homme me questionne beaucoup, il m'intrigue autant qu'il m'attire. Il a le visage du gendre idéal et le corps d'un tueur à gages. Il sait se montrer charmant et, en même temps, l'adultère ne lui pose pas de problème, à moi non plus quand il me regarde aussi intensément. Tant de contradictions qui me font me demander : qu'attend-il de moi ?

Je me décide à faire ce pour quoi je suis venue. Alors je mitraille l'intérieur de cet édifice religieux, je m'abîme dans ce monde abstrait où il n'existe que moi, mon appareil et le sujet de la photo. Cette trilogie a quelque chose de sécurisant. Peut-être parce que Mathias ne s'est jamais intéressé à ça et que cela reste donc la seule chose qu'il n'a pas réussi à détruire.

Au détour de ma visite, à travers le viseur de mon appareil photo, je découvre une statue qui me fait rire. Je désigne l'objet de mon hilarité soudaine à mon guide.

— Qu'est-ce que c'est que ce truc ?

— On ne critique pas.

— Je ne critique pas mais je me demande comment un blouson en cuir à l'effigie de ton club a pu atterrir sur les épaules de cette madone ? Tu m'excuseras mais le décalage entre la piété de cette sainte et la signification de votre emblème a quelque chose de risible.

— C'est la sainte patronne de la miséricorde, avec le temps elle est devenue notre sainte patronne. Nous avions besoin d'un endroit où l'on peut penser à nos frères tombés, un endroit où poser les armes.

Pendant qu'il m'explique en quoi c'est important pour lui et ses frères d'avoir la possibilité de se recueillir ici, même en n'étant pas croyant, je photographie cette vierge qui prend sous les flashs de mon appareil une aura de mystère. Si j'ai le temps de la travailler un peu je pourrais faire de cette Madone aux mains jointes le joyau de la vente aux enchères.

Cette matinée est parfaite, je fais ce que j'aime le plus, en charmante compagnie. Logan est prévenant, attentionné mais surtout il ne m'interroge pas quand il me voit me perdre dans mes souvenirs. Et au cours de la journée, j'ai été submergée plus d'une fois par la nostalgie. La vision d'une petite fille en train de courir vers sa mère en riant m'a rappelé que je ne verrais peut-être plus jamais mes parents. Ils me manquent tellement, mais je n'ai plus de nouvelles, ils doivent penser que je suis morte et c'est certainement ce qui les protègent le plus de la folie de mon mari. La dernière fois que je les ai vus, je venais de prendre la décision de quitter Mathias, j'allais leur demander de revenir vivre chez eux le temps d'officialiser mon divorce. C'était il y a presque deux ans et aujourd'hui je ne suis toujours pas divorcée de mon bourreau.

Dans ces moments d'absence, je sens le regard inquiet de Logan sur moi. Le silence entre nous est étrangement réconfortant. Logan me ramène de temps en temps dans le présent en posant sa main sur ma joue ou en m'embrassant sur la tempe. Je ne saurais dire le nombre de fois au cours de cette journée où je me suis retrouvée dans les bras chaleureux et protecteurs de ce biker au grand cœur. Et ô combien j'ai aimé y être ! Si je me laissais aller, je pourrais envisager de rester ici avec lui, mais je sais que c'est impossible, alors je profite du moment présent et de ce qu'il veut bien m'offrir.

Chapitre 12

« Donnez-moi un rêve où vivre parce que la réalité est en train de me tuer »

Jim Morrison

Mackenzie

Ponctuel, Logan vient me chercher tous les matins pour m'accompagner faire des photos. Aujourd'hui, c'est le dernier jour, après j'aurai assez de clichés et pas mal de boulot pour les rendre présentables.

Toute la semaine, nous avons arpenté les rues, la forêt… Mon guide m'a fait découvrir des endroits merveilleux qui rendent cette ville formidable. Je ne me suis jamais sentie autant en sécurité. Même à l'époque où je n'étais pas en fuite, je n'ai jamais été aussi sereine. La présence de Logan n'est pas étrangère à cette quiétude, bien au contraire. Il fait naître en moi un sentiment encore plus insidieux que le désir, plus sournois que la peur : l'espoir. L'espoir, ce sentiment qui nous laisse à penser que nous sommes invincibles, que tout est possible. Celui qui fait que je baisse la garde et commence à y croire. Croire en quelque chose qui me fait défaut depuis si longtemps : un avenir.

Chaque matin, Logan m'embrasse avec passion et chaque matin je me laisse faire. Mon cœur oscille entre la culpabilité et l'adoration que je voue à ses baisers. Au cours de nos explorations photographiques, Logan m'a parlé du club et de ce qu'il représente pour lui. De son attachement fraternel pour son ami Aaron et de son admiration pour Astride. Quand je le regarde parler d'elle, je ne décèle pas d'étincelle dans ses yeux – ou alors ça m'arrange de le croire – en tout cas les regards qu'ils me lancent sont sans équivoque. Je lui poserais bien la question mais je suis trop lâche pour connaître la réponse. Même si c'est mal, cette ignorance reste mon dernier rempart avant de faire de moi officiellement l'autre femme. Je me cache derrière le fait que je ne sais pas pour ne pas avoir à affronter ma propre culpabilité.

Je me retiens de lui sauter dessus et l'empêche de déraper quand ses mains deviennent plus entreprenantes. Mais je ne résiste pas à ses baisers et lui accorde l'accès à mes lèvres sans restriction. Je sais que c'est mal, mais il faut avoir été embrassé par Logan pour comprendre qu'il est impossible de lui résister. Ses lèvres sont pleines et soyeuses, quand elles sont sur les miennes, elles deviennent tendres, et quand sa langue vient chercher la mienne, elles se font sauvages. Bref, un baiser de Logan vous fait perdre la tête.

Alors que je prends les derniers clichés qui sonnent la fin de notre semaine ensemble, la voix de Logan me sort de ma rêverie.

— J'ai la dalle, dit-il alors que je photographie un couple de dos marchant dans la rue.

— On peut rentrer si tu veux. J'ai ce qu'il me faut.

Il me fixe, incrédule, puis secoue la tête.

— Non, on va bouffer.

Il m'entraîne vers le *diner* et, avant que je n'aie le temps de dire quoi que ce soit, me voilà assise face à lui, un menu entre les mains. Brittany ne m'a même pas remarquée, trop focalisée sur l'apollon qui me fait face. Je ne peux pas lui en vouloir, Logan est un régal pour les yeux. Quand elle tourne les yeux vers moi, elle me salue chaleureusement avant de prendre notre commande.

— Tu la connais ? demande-t-il en la désignant pendant qu'elle s'éloigne de notre table.

— Je travaille ici, dis-je, honteuse.

— Mmmhh, intéressant. Et c'est quoi tes horaires de travail ? Parce que j'avoue que je voudrais bien te voir dans ce petit short.

Son regard est plongé dans le mien. Sans aucune honte, il me fait part de ses pensées. Cet homme n'a aucun filtre et je me surprends à apprécier ça.

— Je ne te le dirai pas…

Brittany revient avec nos plats. Logan a pris un hamburger avec des frites et moi une salade. Mon choix de repas n'a rien à voir avec une envie de garder la ligne, mais plutôt avec ma capacité financière.

— Tu aurais pu prendre quelque chose de plus consistant.

— Ça me va très bien.

Je mens, j'ai froid et j'aurais bien pris un plat chaud. Je détourne la conversation.

— Alors comment on devient un Black's machin chose ?

Il s'étrangle avec une frite.

— Un Black's Soldiers. Imprime bien : Black's, plus loin, Soldiers. C'est pas compliqué pourtant. Et puis tout le monde nous connaît ici, ça devrait être facile pour toi de t'en rappeler.

— Désolée mais de là où je viens il n'y a pas de Black's Soldiers, dis-je en exagérant chaque syllabe.

Il me sourit. Pas le sourire carnassier qu'il me fait quand il parle avec des sous-entendus, non, un sourire sincère et tendre. Il penche la tête sur le côté pour me détailler puis répond à ma question.

— On postule, on passe des tests et l'on est accepté.

— Comme pour intégrer une fraternité à la fac ?

— Exact. Tu es allée à la fac ?

— Oui, c'était y a longtemps.

Les souvenirs m'assaillent de nouveau. La fac de médecine, les amphis pleins à craquer, l'odeur du labo de science… Je n'entends pas Logan me parler mais sa main posée sur la mienne me ramène au moment présent.

— Pardon, tu disais ?

— Tu étudiais quoi ?

— La médecine.

— Et comment une étudiante en médecine vient se perdre ici ?

Que répondre à cela ? Un mariage raté avec un type malsain ? Une erreur de parcours qui me poursuit ? Bien évidemment que non.

— Une envie de voir du pays, dis-je sans conviction en baissant les yeux.

Logan n'est pas dupe, je sens son regard lourd sur moi. J'ose lever les yeux sur lui et suis happée par la clarté de ses iris. Sa main vient caresser la mienne, mais il ne m'interroge pas. Il ne me croit pas mais reste silencieux. Nous passons le reste du repas dans un silence agréable, les yeux dans les yeux, sa main ne lâchant jamais la mienne.

Après que je me suis battue pour payer ma part, ce qu'il a refusé, nous sortons du resto et Logan passe son bras autour de ma taille pour m'attirer contre son torse. D'une main, il replace une mèche de cheveux derrière mon oreille.

— Tu es magnifique.

Sa voix me caresse comme une agréable brise d'été et ses yeux d'océan brillent d'une intensité nouvelle. Il penche la tête pour m'embrasser, ses lèvres frôlent les miennes quand notre bulle explose. Logan est interpellé par des cris venant d'une altercation quelques rues plus loin.

— Reste là, *pretty doll,* je reviens.

Logan se précipite vers un bar. Je me retrouve seule au milieu de cette grande rue, et sans lui, j'ai peur. Moi qui ne compte que sur ma petite personne depuis plusieurs années, je me sens abandonnée par Logan. Mon corps tremble, tétanisé par la peur. Sa présence manque à ma sécurité, j'entends des hurlements ou alors c'est uniquement dans ma tête. Je devrais rester là, attendre que Logan revienne, pourtant mes pas me dirigent vers l'endroit de sa fuite. J'ai besoin de savoir.

Au détour d'une ruelle, je l'aperçois. Logan est au cœur d'une bagarre, que dis-je, une rixe, un règlement de compte… c'est violent. Ils sont deux : Logan et un autre type avec le même cuir que lui ; ils échangent des coups avec quatre hommes. Le combat n'est pas équitable en nombre mais Logan et son ami se défont rapidement de deux d'entre eux. Voir Logan se battre me coupe le souffle, je respire mal. Ma tête me renvoie à des souvenirs difficiles, ceux que j'ai le plus enfouis au fond de ma mémoire, ceux où je suis la victime, où c'est moi qui prends les coups. Quand l'adversaire de Logan sort un couteau, je ne peux retenir le cri qui était coincé dans ma gorge depuis que je les ai vus. Logan se retourne en entendant le son de ma voix.

— Mackenzie, dégage de là.

Je hoquète de surprise devant l'agressivité de sa voix. Je me fige complétement quand je vois la lame le toucher au niveau du flanc. À partir de là, je vois flou, cette violence me plonge encore plus dans des souvenirs oubliés et je me mets à vomir sur le trottoir, je crache ma colère et ma peur. Je suis à la limite de la crise de tétanie mais je sais que je ne dois pas rester là si je veux survivre. J'ai déjà vécu ça, je sais ce que je dois faire. Mon instinct reprend le dessus. Dans un ultime effort, je pars en courant. J'entends mon prénom, c'est Logan peut-être, mais je ne me retourne pas. Deux coups de feu sonnent la fin de cette magnifique journée. Encore une fois, je m'enfuis.

Chapitre 13

« Les yeux trahissent, ce que les lèvres retiennent »

John Joos

Logan

Je viens de passer les deux dernières heures à chercher Mackenzie à travers la ville, sans aucune idée de l'endroit où elle a pu se cacher. Je suis retourné à l'église, au lac, au parc… bref tous les endroits que nous avons visités ensemble et je ne l'ai pas trouvée. En même temps, elle est à pied, où aurait-elle pu aller ?

— Bordel.

Je tape sur le volant en prenant la direction de chez elle. Pourquoi ne m'a-t-elle pas écouté ? Pourquoi a-t-il fallu qu'elle me rejoigne dans cette ruelle ? Pourquoi ne pouvait-elle pas rester sagement là où je l'avais laissée ? Et pourquoi est-ce que je m'inquiète autant pour elle ?

Parce que son regard de biche apeurée s'est transformé en terreur quand elle nous a vus nous battre. Et parce que ça m'a fait mal au cœur de la voir aussi terrorisée. Elle n'avait pas peur pour moi, elle vivait cette violence comme si elle la touchait personnellement. Je suis certain que ce n'est pas le sort des skinheads que nous avons tabassés avec Pyro qui lui importait. Ces quatre déchets de l'humanité ont commencé à détruire le salon de tatouage qui appartient au club, parce que Rose a refusé de leur tatouer une croix gammée.

Non, Mackenzie ne semblait même pas les voir. C'est comme si mes coups lui étaient destinés, comme si c'était elle que j'avais frappée. J'ai douloureusement pris conscience que son état émotionnel m'affecte plus que je veux bien l'admettre. La peur inscrite dans son regard m'a détourné de mon adversaire, assez longtemps pour qu'il ait eu le temps de me lacérer le flanc avec son couteau.

La douleur commence à se rappeler à moi, la blessure s'est réouverte et le sang recommence à maculer mon tee-shirt, mais je l'ignore. J'arrive devant chez elle et me gare. Si elle n'est pas là, je n'ai aucune idée d'où la trouver. Et si elle avait quitté la ville ? Elle m'a confié être une vagabonde. Cette idée me fait mal au bide, me serre le cœur.

Devant la porte d'entrée, je frappe, mais personne ne vient m'ouvrir. C'est vrai que Gloria n'est pas là ce soir et que l'appartement de Mackenzie se trouve à l'étage, elle ne doit pas m'entendre si elle est là. La rue m'a appris quelques petits trucs utiles : je sors mon kit du parfait cambrioleur puis force la serrure. Une fois à l'intérieur, je tends l'oreille mais c'est le silence qui me répond. Je monte les marches et m'arrête devant une porte entrebâillée.

Le logement est à l'image de Gloria, une bonbonnière rose aux couleurs chatoyantes. Ce n'est toujours pas mon truc ! Mais je ne suis pas là pour ça. Mes yeux balaient la pièce du regard et je la vois. Enfin ! Je sens un poids énorme quitter ma poitrine. Mackenzie est là devant moi, assise sur son lit. Sa posture reflète une angoisse évidente, ses mains posées sur ses genoux tremblent, hagarde elle a le regard dans le vide. Elle ne semble pas se rendre compte de ma présence. Je me racle la gorge et m'approche d'elle doucement, afin de ne pas l'effrayer.

— *Pretty doll*, ça va ? questionné-je d'une voix douce.

D'une voix qui n'est destinée qu'à elle. Après un sursaut, elle lève vers moi un regard morne et vide. Putain, ça fait mal ! Elle est blanche et semble au bord de l'apoplexie. Je ne sais pas quoi faire, j'ai la sensation qu'un seul mot de travers et elle m'échappera encore.

— Tu vas bien ? Je me suis inquiété.

J'avance prudemment vers elle jusqu'à ce qu'elle n'ait plus que moi dans son champ de vision. Je suis tellement près d'elle que mes doigts me démangent de la toucher. De vérifier qu'elle est bien réelle face à moi et pourtant je ne bouge pas, je la laisse s'habituer à ma présence. Je fais preuve d'une patience qui m'étonne moi-même. Des larmes coulent silencieusement sur ses joues, elle tremble comme une feuille dans une tempête.

La voir dans cet état me terrifie ! J'ai eu peur pour elle, mais surtout je ne peux occulter les émotions qu'elle fait naître chez moi, c'est puissant, violent mais c'est surtout inédit. J'ai un besoin urgent de la prendre dans mes bras, ce que je fais une fois que je me suis assuré qu'elle m'accepte. Je l'enlace délicatement, ma main se pose derrière sa tête alors qu'elle appuie son front contre mon torse dans un soupir. Je m'avance un peu plus vers elle pour me glisser entre ses jambes afin de pouvoir la sentir encore plus contre moi. Je respire un peu mieux.

Elle brise ce moment magique d'un cri strident.

— Tu es blessé.

— Ce n'est rien.

Elle entreprend de me déshabiller pour voir ma blessure. Brusquement, elle lève mon tee-shirt, ce qui me soutire un gémissement de douleur. Elle se lève d'un bond et se précipite vers la salle de bain.

— Assieds-toi, ordonne-t-elle.

J'obéis, la préférant largement s'animer que léthargique comme elle l'était y a quelques minutes. Elle revient avec une serviette humide et d'autres choses. Elle s'accroupit devant moi, son visage à hauteur de mon bas-ventre, ce qui provoque une réaction immédiate dans mon boxer. C'est dingue l'effet qu'elle me fait. Je tends la main vers son visage, je meurs d'envie de l'embrasser. Elle ne remarque pas ma tentative d'approche, ne voit même pas ma queue qui la salue. Elle est focalisée sur ce qu'elle est en train de faire, à savoir me déshabiller pour pouvoir me soigner. Elle dégage le cuir de mes épaules, me soulève le tee-shirt que je finis par retirer moi-même. Ses yeux sont fixés sur ma blessure, sa respiration est lente. Elle prend la serviette et tapote délicatement pour nettoyer la plaie. Elle a pris le temps de l'humidifier avec de l'eau chaude, et malgré les tiraillements, la sensation est agréable. Surtout grâce à ses doigts agiles qui me touchent enfin. Je m'allonge sur les coudes pour la laisser faire. Elle est concentrée sur sa tâche et semble maîtriser ses gestes. Elle est magnifique dans tout ce qu'elle fait, que ce soit derrière un appareil photo ou en jouant les infirmières.

— La plaie n'est pas trop profonde, pas besoin de points de suture. Je vais faire un pansement.

— Je t'avais dit que ce n'était rien, dis-je en passant ma main sur son visage.

Elle ignore mon geste et se concentre sur le pansement, désinfecte la plaie, ce qui me fait grimacer. Puis délicatement, elle positionne une compresse qu'elle fait tenir avec du sparadrap. Elle regarde le résultat, satisfaite de son travail, un petit sourire aux lèvres. Je suis presque content de m'être blessé si c'est pour la voir sourire.

— Merci, dis-je en l'aidant à se relever. Mackenzie, tu veux bien me dire pourquoi tu t'es enfuie ?

Elle se met à trembler, alors je la prends dans mes bras et l'attire pour l'allonger sur moi. Je caresse tendrement son dos pour apaiser ses tremblements, je lui laisse tout le temps dont elle a besoin parce que je compte bien en apprendre un peu plus sur elle. Voyant qu'elle ne me répondra pas, je décide de raffermir ma prise et emboîte son corps contre le mien.

C'est étonnant comme ils s'imbriquent bien.

Ma bouche vient d'elle-même déposer des baisers sur son front, ses tempes. Mes mains la caressent dans de petits mouvements circulaires dans le bas de son dos. À l'endroit précis où sa peau est exposée. Mackenzie se détend peu à peu, je sens son corps se relâcher sous mes attentions. Je m'enhardis et m'autorise à lui faire lever la tête de ma main posée sous son menton. Je me retrouve face à ce regard sombre qui me captive ; les yeux humides, elle expulse un petit filet d'air qui vient me caresser la joue. Je suis de plus en plus fébrile, j'ai envie de la posséder comme elle ne l'a jamais été. Ça fait trop longtemps que je lui tourne autour sans avoir pu réellement me perdre en elle. Je ne suis pas un type patient et encore moins avec les femmes mais devant ce regard bouleversé, je refrène mes ardeurs.

Cette femme ne sait pas à quel point la situation est inhabituelle pour moi. Être allongé dans un lit et ne pas baiser est complètement inédit. Et pourtant je me sens bien, du bout des lèvres je butine son visage, son front, son nez, ses paupières... Mes lèvres la découvrent. Je prends mon temps pour m'imprégner de chaque détail. Mackenzie me laisse faire et je sens ses doigts frôler la peau tendue de mes abdos, je frissonne sous cette petite victoire. Je ne tiens plus, j'ai besoin de plus et pourtant je résiste bravement à mes pulsions. Si je ne la sentais pas aussi fragile, je serais déjà en train de la pilonner, ma bite bien au chaud au fond de sa chatte brûlante.

Je nous remonte vers la tête de lit et pose ma petite infirmière contre mon torse, son visage collé au mien sur un seul et même oreiller. Je plonge mon regard dans le sien et attends de savoir ce qu'elle va vouloir faire de moi. Je suis prêt à tout et pourtant je ne fais rien. Concentrée, elle dessine mon visage du bout des doigts, son geste est léger, elle caresse mes lèvres. Puis ses doigts sont remplacés par sa bouche, Mackenzie dépose un baiser aérien sur mes lèvres, un effleurement, quelque chose de beaucoup trop délicat pour être réel. J'appuie un peu plus fortement et lui propose ma langue qu'elle accepte dans un souffle. Nos langues dansent ensemble, nos lèvres se caressent, nos respirations se mélangent, je sens l'afflux sanguin tendre ma queue alors que je la presse encore plus contre moi. Ses baisers sont torrides et les miens se font plus affamés, intransigeants, autoritaires. Mes mains deviennent baladeuses et remontent le long de son échine, du bas de son dos vers sa nuque que je saisis pour me fondre complétement en elle.

Mackenzie participe, ses doigts vagabondent le long de mon corps, grimpent sur mon torse, et ces petits gestes pourtant presque innocents me donnent des frissons. Ma main libre s'aventure sous son tee-shirt, caresse son ventre plat, chemine vers sa poitrine que je titille du bout des doigts. Son corps s'anime sous mes caresses, sa respiration se fait plus hachée et sa bouche me dévore littéralement, nos langues s'entrechoquent dans une danse violente. Je vais enfin la posséder et ma bite tressaute par anticipation.

Je l'allonge sur le lit afin de la clouer sur son matelas et la dominer de ma stature. Je détache mes lèvres pour me plonger dans son regard dans le but de pouvoir y lire le même désir qui m'anime. Pourtant, ses yeux ne reflètent pas de l'excitation, il y en a, mais ce n'est pas ce qui me frappe en premier. L'appréhension, le doute et l'hésitation sont les sentiments que je peux lire. Alors je prends la décision la plus difficile de ma vie, je ne la baiserai pas ce soir. Elle n'est pas prête et en réfléchissant bien ce n'est pas surprenant. Nous n'avons absolument pas parlé de ce qu'il l'a fait fuir.

Je me rallonge à côté d'elle et l'attire contre moi. Elle ne comprend pas ma décision et se crispe.

— Tu n'en as pas envie ? questionne-t-elle, inquiète.

Si elle savait à quel point j'ai envie d'elle. J'ai les couilles pleines et une érection douloureuse.

— Si, mais toi non.

Mackenzie se redresse en prenant appui sur ma poitrine pour plonger son regard dans le mien. J'adore quand elle fait ça, j'ai l'impression de la laisser pénétrer mon âme. Elle penche la tête sur le côté, doutant de mon désir pour elle. Cette fille est folle si elle pense que je ne rêve pas de la baiser. Je saisis sa main et la pose sur ma bite, ce simple contact me soutire un râle.

— Sens, si tu ne me crois pas. Je rêve de te pénétrer et de faire jouir à en perdre la raison. J'ai très envie de sentir tes mains sur mon corps et ta bouche sur ma queue. Tu me supplierais de te baiser tellement je te donnerais du plaisir en bouffant ta chatte, et tu continuerais à me sentir en toi même quand j'aurais fini. Si je n'avais pas lu le doute dans tes yeux, c'est ce que nous serions en train de faire. Alors, ne va pas t'imaginer que je n'ai pas envie de toi, je veux juste que tu sois dans les mêmes dispositions que moi. J'attendrai, je t'attendrai.

Je n'ai jamais eu l'âme d'un poète, mon langage est cru mais sincère. Ma belle déglutit à mes propos puis se redresse et dépose un tendre baiser sur mes lèvres.

— Merci.

Elle se positionne, la tête sur mon torse, son bras en travers de mon ventre, et s'endort tout habillée rapidement. Moi je ne dors pas, trop excité pour pouvoir fermer l'œil et beaucoup trop bouleversé par cette femme pour sombrer dans le sommeil.

Chapitre 14

« La vie est un spectacle, autant faire sa propre mise en scène. »

William Shakespeare

Mackenzie

Je suis étalée sur une montagne de muscles qui me sert de matelas. Hier soir, malgré son envie, il n'a rien tenté. Je voulais vraiment céder à mes pulsions, revivre l'orgasme entre ses bras et pourtant j'ai eu peur. Peur de lui dans un premier temps, le voir violent et se battre m'a rappelé les coups que je prenais de Mathias. Je n'ai pas pu soutenir son regard et j'ai pris mes jambes à mon cou, je ne pouvais faire face de nouveau à un homme violent, c'était au-dessus de mes forces. J'ai connu et je me suis promis de ne plus jamais céder.

Et puis, une fois qu'il m'a retrouvée et que j'ai vu la douceur dans son regard et dans ses gestes, j'ai eu peur de moi-même. Peur de ne pas être à la hauteur, j'avoue avoir été effrayée à l'idée de coucher avec cet homme. Je n'ai plus fait l'amour depuis tellement longtemps que je ne suis pas certaine de savoir comment faire. Logan est un biker, un homme qui doit avoir un nombre impressionnant de conquêtes à son actif et doit certainement coucher indifférem-ment avec une ou plusieurs femmes en même temps. Qu'est-ce que moi, la petite ingénue qui a peur du sexe, peux bien lui apporter ? Je ne serai jamais à la hauteur et pourtant j'ai envie de me laisser ten-ter. Comme le dit Gloria, c'est comme le vélo, ça ne s'oublie pas.

Je sens la chaleur de sa peau sous mes doigts. Je détaille ses tatouages pendant qu'il dort. Son torse est totalement recouvert de ces peintures corporelles. Une ancre marine attire mon regard, autour d'elle s'enroule un lierre noir parsemé de roses d'un rouge sombre, sur son bras des griffes en relief, près de son cœur, un jeu de quatre cartes, une des cartes représentant un biker, sur la deuxième deux lettres entrelacées, un E et un A, et les deux autres sont vides. Ce tatouage est magnifique. L'emplacement n'est pas anodin, la signification doit être hautement symbolique. La main sur son cœur, je le dessine du bout des doigts, je vois sa peau se couvrir de chair de poule. Je relève la tête et me trouve instantanément plongée dans l'océan de Logan.

— Bonjour, dit-il, un sourire aux lèvres.

— Bonjour.

Logan m'allonge et se positionne au-dessus de moi, m'écrasant de son poids. Il se penche pour m'embras-ser, un baiser torride et suave qui me rend instantané-ment folle de désir. Je sens son sexe bandé peser contre mon ventre.

— Alors, on est dans quelles dispositions, ce matin ? questionne-t-il avec espoir.

Ses yeux brillent de désir et de luxure. Hier soir, je nous ai laissés frustrés, lui et moi, alors je joue un rôle que je n'ai pas joué depuis longtemps, je me fais séductrice.

— Tu devrais le vérifier par toi-même.

Pour l'inciter à faire, j'écarte les jambes et mes doigts viennent déboutonner son jean. Logan grogne sa satisfaction directement dans le creux de mon oreille.

— Avec plaisir, *pretty doll*.

J'adore qu'il m'appelle ainsi, quand il prononce ce surnom, sa voix se fait plus rauque et chaude. Les yeux dans les yeux, sa main glisse de mon cou à ma poitrine qu'elle effleure à peine. Elle poursuit son chemin vers mon ventre et s'attaque aux boutons de mon jean. Logan ne détourne pas le regard, il ne cherche pas à m'embrasser, il me fixe pour s'assurer de ma détermination. C'est déroutant d'être la cible de ses deux billes bleues, et en même temps terriblement excitant. Alors quand ses doigts se faufilent sous la barrière de mon jean puis de ma lingerie et effleurent mon clitoris, mon corps entier se cambre à la recherche de plus. Logan sent mon désir pour lui et accentue la pression sur cette zone sensible que personne n'a touchée depuis trop longtemps. Je ferme les yeux, me laissant envahir par le plaisir qu'il m'offre. Dans un état second, sa voix me ramène vers lui.

— Tu es magnifique, j'ai tellement envie de te baiser que je ne suis pas sûr de tenir longtemps. Tu m'as déjà fait jouir dans mon froc alors…

Sa voix traînante ainsi que sa main me caressent l'âme et le corps. Il introduit un doigt en moi, me soutirant cette fois un cri. J'avais oublié à quel point c'était bon !

— Très bien, nous allons commencer par le début.

Ne comprenant pas ce qu'il entend par là, j'ouvre les yeux au moment même où il retire sa main de mon sexe. À peine ai-je commencé à signifier mon agacement que ses lèvres fondent sur les miennes.

Je l'accueille dans un souffle étouffé. Mes mains se nouent autour de son cou et ma langue s'harmonise avec la sienne, ses baisers sont suaves, sensuels. Logan est un amant autoritaire, cela se sent dans ses gestes exigeants, dans ses baisers intransigeants. Il ne fait pas dans la demi-mesure.

Après un échange buccal des plus langoureux, il se détache de moi et s'attaque à m'ôter mes vêtements. Mon tee-shirt et mon jean disparaissent en un éclair. Logan détaille mon corps alors que je suis en lingerie devant lui. J'ai honte de ne pas avoir de dessous plus sexy, de mon corps trop maigre et de ma poitrine trop petite, et je tente maladroitement de me soustraire à son examen. Mes mains et mes bras viennent entraver mon ventre et mes seins. Entre deux baisers, il me rassure.

— Ne te cache pas. Tu es absolument divine, mais je suis sûr que nue, tu le seras encore plus.

Logan s'éloigne de moi pour s'agenouiller à mes côtés, il m'attire vers lui et je me retrouve propulsée contre son corps massif. D'une main experte, il détache mon soutien-gorge, le fait glisser sensuellement le long de mes bras pour ensuite le jeter hors d'atteinte. Il baisse la tête pour embrasser ma poitrine, joue avec mon sein droit tandis que sa main s'occupe du gauche. Je me cambre contre lui, passant mes bras derrière sa tête pour le maintenir contre moi. Mes mains caressent ses épaules musclées, ses biceps bandés. Son corps aurait sa place dans des manuels de médecine, tout est parfaitement dessiné et proportionné. Je sens sous mes doigts sa peau s'animer à mon passage, j'aime être à l'origine de ces frémissements. Logan vénère ma poitrine avec ardeur, d'une légère morsure sur mon téton érigé, je bascule dans un monde à part, un monde où il n'existe que lui et moi, un monde de plaisir charnel.

Le corps de mon amant fait pression sur le mien afin de nous rallonger sur le lit, sa bouche vagabonde sur moi au rythme de ses envies. Il joue avec mes réactions et mes sens, chatouillant mes côtes, caressant mes seins… Logan lèche ma peau avec délectation, embrasse mes cuisses en même temps qu'il m'ôte le derrière rempart à ma nudité. Je ferme les yeux dès l'instant où ses lèvres entrent en contact avec mon intimité. Sa langue embrasse mon clitoris alors que ses doigts se faufilent à l'intérieur de moi. Quelle délicieuse sensation !

— Putain !

— Je ne t'avais jamais entendue jurer, rigole-t-il en enfonçant un deuxième doigt en moi.

Mes gémissements se font de plus en plus bruyants, je plaque ma main dans ses cheveux pour inciter sa langue à reprendre son office sur le point le plus sensible de mon anatomie. Logan me dévore littéralement, je n'arrive plus à savoir si je préfère sa bouche ou ses doigts. Certainement les deux combinés qui me propulsent vers un orgasme terrible.

— Logan… Tu vas me faire jouir… Seigneur.

Je lâche sa tête pour saisir les draps sous moi et mon corps décolle carrément du matelas quand je jouis.

— C'est ça, ma belle, laisse-toi aller.

Mon orgasme dure encore alors que Logan remonte vers moi, sa main toujours plongée en moi. Il se retire puis porte un doigt à sa bouche, instinctivement mes lèvres vont rejoindre les siennes et je lèche ses doigts recouverts de mon plaisir. Je suce avec avidité son index qui m'a donné tant de plaisir sous le regard affamé de Logan. Je peux lire dans ses yeux qu'il verrait bien ma langue lécher autre chose.

— Tu aimes ? questionne-t-il d'une voix voilée par le désir.

Je ne lui réponds pas, préférant lui montrer à quel point j'ai aimé. Surtout, j'ai envie moi aussi de le voir se laisser aller sous mes attentions. Je pousse son torse afin qu'il s'allonge sur le lit, Logan se fait docile et accepte de me laisser les commandes. Je m'installe à califourchon sur lui, soutenue par mes jambes, et je me penche sur lui, l'embrasse langoureusement, puis lui mordille la mâchoire, descends lécher son cou. Logan soupire son plaisir en posant ses mains sur mes fesses nues qu'il malaxe avec force. Mes lèvres retrouvent ce tatouage magnifique habillant son cœur. Je sens son rythme cardiaque sous ma langue qui dessine les contours de cette œuvre d'art marquant à tout jamais sa peau. Mes doigts s'aventurent plus au sud, animés par la volonté de découvrir cet homme dans son plus simple appareil. Je finis de défaire les boutons de son jean et crochète mes doigts pour caresser son sexe. Je baisse d'un geste son pantalon et son boxer pour me retrouver face à sa queue turgescente. Logan se redresse sur ses coudes pour me regarder faire.

Sous le laser de ses yeux, je me penche pour déposer un délicat baiser sur son gland. Mes mains viennent tenir compagnie à ma bouche qui suçote sa bite. Je la caresse sur toute la longueur, griffe légèrement sa peau fine et rose qui me fait envie. Logan se tend sous moi en sentant son gland buter au fond de ma gorge quand je le prends entièrement en bouche. J'avale sa queue avec avidité. J'ai toujours aimé faire des fellations, c'est tellement grisant de voir un homme succomber au plaisir. Et quel homme ! Je le lèche sur toute la longueur faisant tourner ma langue autour de son gland. Après plusieurs minutes de ce traitement, je sens ses mains se perdre dans mes cheveux, il les ramène en poing dans sa main pour pouvoir mieux me regarder faire. Quand je commence à malaxer ses bourses d'une main ferme pendant que je le torture de ma langue, je le sens perdre pied. Son bassin s'agite et enfonce sa queue de plus en plus profondément dans ma gorge jusqu'à y être entièrement. Le plaisir est partagé, il est beau comme ça, tendu par le plaisir qui monte en lui. Logan grogne sa satisfaction.

— Bordel, tu maîtrises ton sujet…

D'un geste un peu brusque, il m'attire vers lui et me retourne afin que je sois emprisonnée par son corps massif.

— J'ai besoin de me perdre en toi maintenant.

Dans un grognement typiquement masculin, Logan me pénètre vigoureusement. Sa queue m'étire et prend toute la place en moi. Je gémis sous cette intrusion aussi soudaine que délicieuse. Son front posé contre le mien, il me laisse le temps de m'habituer à son imposant gabarit, ou alors c'est lui qui en a besoin.

— Putain, qu'est-ce que tu es étroite ! C'est terriblement bon, ahane-t-il en commençant à se mouvoir.

— Et toi, tu es imposant…

— Je sais.

Son sourire satisfait me fait rire. Il sait qu'il est bien monté mais je peux le taquiner.

— Maintenant, reste plus qu'à me montrer que tu sais aussi t'en servir.

Logan se positionne au-dessus de moi, un rictus carnassier aux lèvres. J'ai allumé la mèche et il va se faire un plaisir de me démontrer qu'il sait parfaitement l'utiliser. Il se retire et revient souder nos corps d'un coup de reins violent. Son torse s'éloigne du mien, Logan se positionne à genoux toujours planté en moi, il soulève mes jambes pour les poser sur ses épaules et maintient mon dos contre le matelas, d'une main sur mon buste. Dans cette position, le seul point que j'ai pour m'arrimer à lui sont ses poignets qui enserrent mes hanches. Logan me pilonne avec force, il rentre et sort sa queue dans un rythme effréné. Sous ses assauts, mes jambes flageolent et je ne peux que crier mon plaisir. Mon formidable amant bascule son corps pour que mon clitoris frotte contre son pubis à chaque à-coup. Ses gestes sont violents mais la tendresse que je lis dans ses yeux me pousse vers un orgasme dément.

— Loogaaan !

— Oui, c'est ça, ma belle, crie mon nom.

Il ne s'arrête pas, il a une endurance phénoménale. Logan retire mes jambes de ses épaules et plonge vers mes lèvres pour les embrasser alors que ses mains rejoignent ma poitrine qu'il malaxe. Sa langue cherche la mienne et la trouve, son souffle se mélange au mien. Je halète encore, proche d'un autre orgasme. Il compte m'en donner combien ? Je sais que je n'ai pas pratiqué depuis longtemps mais cet homme est une véritable machine à plaisir. Je lui souffle ma satisfaction au creux de l'oreille.

— C'est trop bon.

— C'est toi qui me rends bon. Encore un et je te rejoins.

Il veut encore me donner un orgasme. Cet homme est un dieu du sexe. Je sens sa bite gonflée encore en moi, je me sens écartelée par cette queue qu'il utilise avec virtuosité. Je succombe encore alors qu'il me fait coulisser autour de lui. Mon corps s'arcboute sous la violence de cet orgasme, dans un long gémissant. Logan se fige en moi, plonge ses yeux dans les miens et jouit dans un râle.

— Putain, Mackenzie…

Chapitre 15

« Les erreurs ne se regrettent pas,
elles s'assument.
La peur ne se fuit pas,
elle se surmonte.
L'amour ne se crie pas, il se prouve. »

Simone Veil

Logan

Je m'effondre sur Mackenzie, repu et satisfait de ma prestation. Elle a eu trois orgasmes, tous plus beaux à voir les uns que les autres. Cette femme est absolument divine quand elle oublie sa retenue. Toujours planté en elle, je n'ai pas envie de quitter l'antre soyeux de sa chatte accueillante. Je n'avais jamais ressenti autant de plaisir en baisant, c'est comme si nos corps avaient fusionné pour n'en former qu'un seul complètement anéantit de plaisir. Son sexe est maintenant l'endroit que je préfère au monde, doux et chaleureux.

Je reprends ma respiration au même rythme qu'elle, elle me serre dans ses bras tendrement. Je l'ai baisée brutalement tout en gardant un œil sur elle pour savoir si elle allait bien. Je ne suis pas du genre à me soucier du bien-être de mes partenaires, de leur plaisir, oui, mais pas du reste. Je ne regarde jamais une femme dans les yeux quand je jouis – je trouve ça trop personnel, intime – et pourtant j'ai plongé dans le regard corbeau de Mackenzie parce que je ne voulais pas qu'elle rate ce qu'elle déclenche chez moi.

Je me retire délicatement, soutirant une grimace à ma partenaire qui doit se sentir bien vide après que ma queue l'a prise d'assaut. En me retirant, je constate que j'ai oublié de mettre un préservatif. Quel con ! Je me tape le front du plat de la main en me laissant tomber de dos contre le matelas. Dans un premier temps, Mackenzie ne comprend pas mon énervement soudain, puis sentant certainement mon sperme débordé de ses lèvres, elle se met à paniquer.

— T'as oublié le préservatif…

Je n'apprécie pas son ton accusateur. Certes j'ai oublié cette putain de capote, mais elle aussi. Ce que je ne manque pas de lui faire remarquer de façon agressive.

— Toi aussi !

— Oui pardon, nous avons oublié le préservatif, s'excuse-t-elle.

— Je suis clean, ne t'inquiète pas, je ne baise jamais sans.

Régulièrement, je fais des tests pour être sûr. Elle ne se détend pas pour autant et ne me rassure pas.

— Et toi ?

— Je suis clean mais…

Son hésitation fait monter mon taux d'adrénaline en flèche. Son corps se fige. Qu'est-ce qu'elle me cache ?

— Mais quoi ?

— Je n'ai aucun moyen de contraception, souffle-t-elle.

Je me tourne vivement vers elle, elle évite mon regard mais je sais qu'elle dit vrai. Elle se met à trembler de façon incoercible, respire fort et panique vraiment. Est-ce que c'est le fait d'envisager d'avoir un enfant avec moi qui la fait autant flipper ? Je suis certain que je ferais un super père.

Hein qu'est-ce que je raconte ? Je ne veux pas de gosse et j'en suis presque à lui reprocher de ne pas en vouloir avec moi. Cette fille me détraque complètement. Énervé par ce constat, je m'en prends à elle.

— Et pourquoi tu ne prends pas de pilule ? Tu voulais te faire engrosser par le premier mec venu ?

C'est dégueulasse, un coup bas, mais je n'arrive pas à garder les idées claires. Je me lève d'un bond et commence à m'habiller en maugréant malgré moi contre mon comportement de connard que je n'arrive pas à refréner, quand je l'entends me répondre d'une toute petite voix.

— Je n'ai pas de contraception parce que je n'en ai pas les moyens. Je te l'ai dit, je suis une vagabonde. Je ne veux pas te piéger, je suis désolée, pleure-t-elle.

Et merde, je ne suis qu'un abruti. Comment rattraper ça maintenant ? Je respire un grand coup et m'assois sur le lit, mon tee-shirt encore à la main. J'ai envie de la serrer dans mes bras, elle a de nouveau son regard d'animal traqué, celui qui me fend le cœur chaque fois que je le vois. Ses yeux débordent et ses larmes creusent un sillon sur ses joues, je ressens un besoin irrépressible de la consoler, de lui apporter le réconfort et la chaleur qui lui manquent et dont elle a cruellement besoin. D'être l'homme qui la réconforte plutôt que celui qui la blesse. J'approche ma main de son visage mais elle s'éloigne, évitant tout contact avec moi. Y a pas dix minutes, on baisait comme des bêtes, et sans capote en plus, et maintenant elle ne veut même plus que je la touche. Dépité, je souffle en me tournant vers elle.

— Je suis désolé, j'ai réagi comme un con. Tu iras acheter la pilule du lendemain.

— Je n'ai pas d'argent.

— Alors j'irai. Je suis aussi responsable que toi.

Je la saisis par le poignet et l'attire contre moi. Elle se laisse faire et je peux enfin la serrer dans mes bras, enfin la consoler. Son corps frêle s'imbrique parfaitement contre le mien. Les doigts crispés sur ma peau, elle reste méfiante envers moi et ça me fait mal. Je demanderai à Astride de m'aider sur ce coup-là. Je reprends doucement.

— Excuse-moi de t'avoir accusée. J'aimerais qu'on reparte sur de bonnes bases. Est-ce que tu accepterais de dîner avec moi ce soir ?

Mais d'où ça sort ça ? Depuis quand je la joue sentimentale et romantique ? J'ai l'impression que les AA déteignent sur moi, ce n'est pas possible autrement. Et pourtant je n'ai pas envie de retirer ma proposition, j'ai même très envie qu'elle l'accepte. Elle se love un peu plus contre moi et je resserre mon étreinte, je la respire, mon odeur lui colle à la peau et j'adore ça. J'attends qu'elle me réponde. Si j'ai bien compris une chose avec elle depuis que je la connais, c'est qu'il ne faut pas la brusquer.

— D'accord mais je m'occupe du repas. Ici, à 20 heures ?

Je lui fais lever la tête et dépose un délicat baiser sur ses lèvres.

— Je serai là.

Nous restons blottis l'un contre l'autre un petit moment. Puis je me décide à partir pour mieux revenir ce soir.

*

— Allez, Astride, sois sympa !

Mon amie rigole à gorge déployée. Je viens de lui demander d'aller chercher la fameuse pilule à ma place et elle, elle se marre. J'ai envie de l'étrangler.

— Attends, Logan, faut que tu m'expliques. Toi, tu as oublié de mettre une capote ? Dis-moi quelle brebis aura la chance de porter ta progéniture ? Ne me dis pas que c'est Dakota parce que celle-là, je ne la sens pas.

Autant imaginer Mackenzie portant mes enfants ne m'a fait que légèrement frémir. Autant imaginer Dakota me donne des sueurs froides. Devant mon air sceptique, Astride arrête de rire, elle me fixe et quand elle fait ça, j'ai toujours l'impression de passer au microscope. Il est clair que mon pote ne pourra jamais rien cacher à sa femme, c'est un véritable détecteur de mensonges.

— Attends, ne me dis pas que… Non, ce n'est pas possible, t'as pas fait ça ? J'espère que tu ne t'es pas comporté comme un connard avec elle, explose-t-elle en me tapant le bras.

Son regard se fait inquisiteur, elle a deviné qu'il était question de Mackenzie et que j'ai été égal à moi-même. Comme j'ai vraiment besoin qu'elle aille dans cette putain de pharmacie à ma place, je cède.

— Je ne suis pas un connard.

Je ne vais certainement pas lui répéter les horreurs que je lui ai jetées à la figure. J'ai ma fierté et même si c'est la régulière de mon meilleur pote, je ne veux pas qu'elle ait une mauvaise opinion de moi.

— Si tu veux tout savoir, on dîne ensemble ce soir.

— Sois sympa avec elle. Cette fille en a bavé et en plus je l'aime bien.

— Elle t'a un peu parlé d'elle ?

— Non, mais même si elle l'avait fait je ne te dirais rien. Mais ça se voit, elle a le regard des gens qui ont tout perdu, des gens qui n'attendent plus rien de la vie. À toi de lui donner envie de se battre.

Astride est brillante et je suis certain qu'elle a cerné Mackenzie mieux que moi. Je la regarde quitter l'habitacle de la voiture pour se diriger vers la pharmacie. Elle se retourne vers moi et me lance une dernière provocation.

— Tu sais qu'ils vont me dire que c'est certainement trop tard, rigole-t-elle en désignant son ventre arrondi.

Je pouffe comme une collégienne en me demandant comment on vivait avec Aaron avant qu'elle n'entre dans nos vies.

*

20 heures pétantes, je me présente devant sa porte. J'ai encore crocheté la serrure pour éviter de me retrouver face à Gloria. Cette bonne femme ne sait pas se taire, j'ai donc préféré l'esquiver pour directement me concentrer sur l'objet de ma venue ici : la douce et belle Mackenzie.

Elle m'ouvre la porte, un sourire tendre aux lèvres, je la prends alors dans mes bras pour l'embrasser. Je suis étonné de voir à quel point elle m'avait manqué et je suis content de la revoir. Je ne sais pas comment on se comporte dans ce genre de situation, je ne suis pas le genre de type à sortir les filles au restaurant. Soit elles écartent les cuisses directement, soit j'ouvre celles de leurs copines. Mais ça, je ne sais pas faire. La drague, le flirt, très peu pour moi. Alors j'utilise l'humour pour détendre l'atmosphère.

— Si j'étais un gentleman, j'aurais apporté des fleurs, mais comme je suis un connard de biker, j'apporte la pilule du lendemain.

— J'ai plus besoin de cette pilule que de fleurs, répond-elle en se saisissant du sachet.

Je suis presque contrarié qu'elle ne se montre pas plus déçue à l'idée de prendre ce médicament. Je débloque complétement, et pourtant quand je la vois avaler le comprimé, je suis presque sur le point de l'en empêcher. Y a quelque chose qui ne tourne pas rond chez moi ! Je dois me ressaisir. Mackenzie se dirige vers la cuisine et me propose de m'assoir sur un des tabourets face à elle. J'ôte mon cuir et saisis la bière qu'elle me tend. Elle est distante, non pas que d'habitude elle soit plus accessible mais ce soir, elle est particulièrement tendue.

— Qu'est-ce que tu nous as fait de bon ?

— D'avance, je te préviens que je suis une piètre cuisinière, je n'avais pas eu de cuisine depuis longtemps. Donc ce soir, j'ai fait des pâtes avec une sauce tomate.

— Excellent, j'adore les pâtes. Comment ça tu n'as pas eu de cuisine depuis longtemps ?

— Tu n'as toujours pas assimilé le fait que je n'avais pas d'attaches. Je vais là où l'on veut bien de moi et je repars le moment venu.

Son explication est confuse, mais l'intonation de sa voix est cassée. Qu'est-ce qui a bien pu arriver à cette fille pour qu'elle soit en fuite ? Parce que je suis certain qu'elle fuit quelque chose, ou même quelqu'un. Je la questionne sur son avenir.

— Et tu comptes repartir bientôt d'ici ?

— Je n'ai jamais de date précise mais arrive toujours le moment où je dois partir. C'est inévitable.

Son ton résigné et fataliste me brise le cœur. Comment ne peut-on pas avoir envie de se poser ? Depuis que j'ai intégré les Black's Soldiers, j'ai trouvé une famille que je ne quitterais pour rien au monde. Devant moi se tient un oisillon blessé tombé du nid, d'une fragilité déconcertante. Je ressens son envie d'être rassurée alors je me lève pour la prendre dans mes bras. Je l'enserre contre moi et lui parle doucement à l'oreille.

— Raconte-moi.

Elle se crispe, son corps est parcouru de tremblements au point que ses jambes ne la soutiennent plus. Je la soulève contre mon torse et la porte jusqu'à son lit où je nous allonge. Elle est toute petite et sa tête repose sur ma poitrine. Je sens ses larmes passer au travers de mon tee-shirt. Qu'est-ce qui a bien pu lui arriver ? Je n'avais jamais fait preuve d'autant de patience. J'attends qu'elle ouvre la bouche.

— Je ne peux pas, sanglote-t-elle.

— Bien sûr que si. Je t'aiderai à surmonter ça. Ici, tu n'es pas seule, tu as Gloria, Astride, et tu m'as moi.

Loin de la radoucir, ma phrase semble l'agiter encore plus. Je lui fais lever la tête pour la regarder dans les yeux afin qu'elle soit assurée de ma détermination à connaître la vérité.

— Mackenzie, parle-moi. Tu ne peux pas continuer à porter ce fardeau toute seule.

Chapitre 16

« Non, ce n'est pas toujours de tristesse que l'on pleure, il entre bien des sortes de sentiments dans la composition des larmes. »

Madame De Sévigné,
Lettre à Madame de Grignan

Mackenzie

Dans ses bras, je me sens en sécurité, un sentiment que je n'avais pas ressenti depuis tellement longtemps que je ne peux retenir mes larmes. Mais je ne peux pas lui dire, je refuse de leur faire courir le moindre risque à lui, à Gloria ou encore à Astride. Mathias est puissant, Mathias est dangereux et même à des milliers de kilomètres, il reste un homme d'influence, quelqu'un de craint et de respecté. Par le passé, j'ai déjà partagé mon fardeau et quand je me souviens de comment cela s'est terminé, je ne veux pas que ça leur arrive, je ne supporterais pas d'être responsable de la mort de l'un d'entre eux.

Et pourtant, j'ai besoin que Logan me comprenne et peut-être qu'il accepte l'inévitable. Alors blottie contre lui, j'enfonce un peu plus ma tête dans son tee-shirt comme si je voulais fusionner avec son corps et je me lance. Pas dans la version officielle, pas celle où je suis responsable de la mort de gens bien. Non, la version soft, celle avant ma cavale. Celle qui est à l'origine de ma situation actuelle. Celle qui ne me fait plus rien parce que j'ai appris à vivre avec mes mauvais choix, mes erreurs.

— Avant de commencer, je te demande de ne pas m'interrompre. Et quand j'aurai fini, je ne répondrai à aucune question. Tu ne me demanderas rien de plus que ce que je suis prête à te dire. On est d'accord ?

— Mackenzie, tu ne peux pas exiger ça.

— C'est à prendre ou à laisser.

Il essaye de me faire lever la tête mais je refuse de le regarder. Logan maintient un silence pesant, il hésite à accepter mais finalement cède.

— J'accepte même si je ne suis pas d'accord.

— Très bien.

Je prends une grande inspiration et me lance, d'une voix monocorde :

— Je me suis mariée à vingt-trois ans avec celui que je considérais être l'amour de ma vie. À l'époque, j'étais étudiante en médecine, je venais de commencer ma première année d'internat, je touchais du doigt mon rêve de travailler aux urgences. J'avais des amis, un mari attentionné, une situation et surtout un avenir. Bref, j'étais heureuse. Mes études me demandaient beaucoup de temps et comme j'étais passionnée, il m'arrivait régulièrement d'être en retard, d'oublier nos rendez-vous et mon mari le supportait de moins en moins bien. Mais j'étais tellement investie dans mes études que je ne me rendais pas compte à quel point c'était difficile à vivre pour lui. Un soir, après une garde de vingt-quatre heures à l'hôpital, il m'attendait assis sur le canapé chez nous. Son regard était injecté de sang et sur la table devant lui une bouteille de vodka presque vide. J'étais crevée et lui bourré, un mélange explosif. Ce soir-là fut le premier où il leva la main sur moi. Rien de bien méchant, une simple gifle.

Sous ma joue, je sens les muscles de Logan se tendre. Il ouvre la bouche pour intervenir mais je l'en empêche.

— Tu connais les règles.

Il grogne mais ne dit rien, me laissant poursuivre.

— Après ce soir-là, il est redevenu pendant quelques semaines l'homme que j'aimais : attentionné, doux et amoureux. Notre vie avait repris son rythme d'origine et nous n'avons plus jamais parlé de cet incident, j'ai mis cet écart sur le compte de l'alcool et de mon absence. Ce fut ma première erreur. La deuxième fois où il a levé la main sur moi, il m'a foulé le poignet en me le tordant dans le dos et m'a frappée au point de me faire vomir. J'ai voulu fuir, mais il m'a enfermée dans notre chambre et m'a séquestrée pendant trois jours. Trois longs jours où il a tenté de se faire pardonner et où il me disait que c'était ma faute, que je ne m'occupais pas assez de lui. Quand j'ai pu sortir, j'ai parlé avec mes amies de mon envie de le quitter, elles m'ont déconseillé de le faire. La police ne m'a pas non plus soutenue. Mon mari sait se montrer charmant quand il veut. Alors que j'avais pris la décision de partir, je suis allée chez mes parents pour organiser mon arrivée chez eux et préparer mon divorce. Je n'avais pas grand-chose à récupérer, tout était à lui. Quand je suis arrivée, il était là, assis sur le canapé tel un nabab, avec autour de lui trois gorilles à l'air peu avenant. Il m'a dit que si j'essayais de le quitter, il tuerait mes parents. Alors ce jour-là nous avons dîné tous ensemble comme nous l'avions fait des centaines de fois, comme un couple normal. Tout le long du repas, il faisait pression sur ma cuisse, tellement fort que j'en ai eu des marques pendant plusieurs jours. Je me suis sentie perdue et pas soutenue, nos amis avaient pris parti pour lui, me reprochant mes absences du fait de mes études. Et même quand il m'a trompée, là encore c'était ma faute. Et tu veux savoir le pire, c'est que j'ai fini par y croire. Je me suis sentie coupable de ne pas être celle qu'il attendait. Ce fut ma deuxième erreur.

Je marque une pause pour reprendre mon souffle et refouler les larmes qui menacent de couler. La Mackenzie de cette époque ne mérite pas de pleurs.

— Ensuite, la situation n'a fait que se dégrader. Violences, brimades, menaces étaient mon lot quotidien, mes études m'ont permis de ne pas totalement sombrer. Un jour, j'ai eu le courage d'en parler à mon médecin référent, il a constaté les coups et m'a fait un certificat médical pour que je puisse porter plainte. Le soir même, mon médecin s'est fait renverser par une voiture sur le parking de l'hôpital. Bref, j'étais seule face à un homme puissant avec les bonnes relations et les bonnes connexions. Il était au courant de tous mes faits et gestes et toute personne qui essayait de m'aider en a payé le prix fort. Alors pendant un an, j'ai subi, j'ai souhaité mourir, j'aurais pu mourir mais je ne voulais pas lui donner ma vie. Je ne sais pas comment te l'expliquer mais je voulais rester maîtresse de mon destin. J'avais peur, il me frappait sans raison, juste pour le plaisir, je ne me reconnaissais plus, j'ai perdu beaucoup de poids ainsi que le sommeil. Il me dénigrait continuellement et il avait le soutien de nos amis, alors invariablement, à un moment on finit par y croire. Croire que l'on ne vaut rien, que l'on mérite ce qui nous arrive. Tu veux savoir le plus drôle ? dis-je dans un rire sans joie. C'est que dans mon boulot, j'accompagnais ces femmes qui subissaient la même chose que moi. Je les incitais à faire ce que moi-même je n'étais pas capable de faire : quitter leur mari.

En y repensant, je me trouve pathétique. Les cordonniers sont les plus mal chaussés, le proverbe dit bien vrai.

— Un jour, alors que j'étais de garde aux urgences, j'ai fait la connaissance de Mathew, un SDF qui m'a raconté son histoire et j'ai vu dans cette rencontre ma porte de sortie.

Toujours silencieux, Logan s'agite sous moi mais ne dit rien. Je sens que cela lui coûte de ne pas parler. Sa rage passe au travers de sa peau, je peux la sentir rayonner tout autour de nous comme un spectre maléfique. Pourtant je n'ai pas peur parce qu'elle n'est pas dirigée contre moi. Dans un souffle, je finis mon histoire.

— Pendant plusieurs mois, j'ai consciencieusement organisé ma fuite. J'ai mis de l'argent de côté, préparé des affaires de rechanges à l'hôpital… J'ai fait ça discrètement pour ne pas qu'il s'en rende compte. Je n'ai jamais pu récupérer mes papiers d'identité qu'il avait détruits. Et donc un soir après ma garde, j'ai pris mon sac à dos avec mes maigres affaires, mon appareil photo, et je me suis enfuie. Je suis devenue, avec l'aide de Mathew, l'une des leurs. J'ai vécu dans la rue, dans des centres d'hébergement, rarement à l'hôtel. Depuis deux ans, je traverse le pays pour échapper à mon mari, vivant de petits boulots, et jusqu'à présent il me retrouve à chaque fois. C'est pourquoi je suis toujours sur le départ, pourquoi je suis et je resterai toujours une vagabonde.

J'ai fini. Je me sens libérée d'un poids. Je ne pensais pas être aussi soulagée de partager mon fardeau avec lui. Bien sûr, il ne connaît pas toute l'histoire, il ne connaît pas le plus noir de mes secrets. Il ignore mon identité et encore plus celle de mon mari. Mais ce soir, lovée contre Logan, je me sens moins seule et en sécurité.

Bien que je lui aie spécifiquement demandé de ne pas me poser de questions, son silence m'inquiète. Je lève la tête vers lui en m'appuyant sur mon coude, une main sur son cœur. Son rythme cardiaque est anarchique, ses pulsations beaucoup trop rapides et ses muscles tendus. Il essaye de se contenir. Ses yeux sont fermés, il respire fort par le nez, la mâchoire crispée, les dents serrées. Il va exploser, je n'aurais pas dû lui dire.

Logan ouvre enfin les yeux pour les poser sur moi. Son regard est brillant et brûle d'une rage évidente. Pourtant il porte une main sur ma chute de reins et l'autre à ma nuque pour me faire glisser jusqu'à sa bouche. Il se saisit de mes lèvres avec délicatesse, il m'embrasse doucement, presque chastement. Notre baiser s'interrompt lorsqu'il pose son front contre le mien.

— Je t'ai dit que je ne te questionnerais pas aujourd'hui, je ne t'ai jamais promis que je ne le ferai jamais. En attendant, comment est-ce que je peux t'aider ?

M'aider, il ne le peut pas. Mathias est trop dangereux. Et malheureusement pour moi, je me suis déjà trop attachée à ces personnes extraordinaires. Partir sera douloureux et difficile mais je me dois de les protéger de la folie de mon mari. Ce soir dans les bras de cet homme fort et attentionné, je prends la décision de partir dès que j'ai fini ce que j'ai à faire ici avec Astride. Je refuse de la laisser tomber, je ne veux pas que Mathias me vole ces quelques moments de bonheur. Et puis quand je n'aurai plus la force de fuir, quand Mathias me réglera mon compte, j'aurai laissé quelque chose : mes photos seront mon héritage.

Mais en attendant, je décide de profiter de l'instant, d'être avec cet homme formidable une nuit de plus.

— Aide-moi à oublier.

Chapitre 17

« Lying close to you, feeling your heart beating
And I wondering what you are dreaming
Wondering if it's me you are seeing
Then I kiss your eyes and thank god we're together
I just want to stay with you in the moment forever, forever and never[1] »

Aerosmith,
I don't want to miss a thing

Logan

La mâchoire serrée à m'en faire péter les dents, je bouillonne intérieurement. Je vais le tuer, ce mec. Ce connard qui lui a fait du mal. Cet enfoiré qui a levé la main sur elle. Ce trou du cul qui lui fait vivre un enfer depuis deux ans. Putain, deux ans qu'elle fuit ce type. J'ai des millions de questions à lui poser. Qui

1. « Allongé contre toi, sentant ton cœur battre
Et je me demande ce à quoi tu rêves
Je me demande si c'est moi que tu vois
Alors j'embrasse tes yeux et remercie Dieu que l'on soit ensemble
Je veux juste rester avec toi en cet instant pour toujours, toujours et à jamais »

est-elle ? Pourquoi n'a-t-elle pas déposé plainte ? Et la plus importante : qui est-il ? Pour pouvoir le tuer, il me faut son nom, mais Mackenzie est restée très évasive sur leurs identités. Mais je me fais la promesse qu'elle sera libérée de lui ; peut-être qu'elle arrêtera de fuir. Peut-être qu'elle restera avec moi ?

Je comprends maintenant pourquoi elle a eu peur de moi quand elle m'a vu me battre. Elle a eu peur de ma violence. Oui, je suis un biker, oui, je n'hésite pas à casser quelques doigts, péter quelques rotules et plus si besoin, mais au grand jamais je ne lèverai la main sur une femme. Je les aime beaucoup trop pour ça.

Elle m'a demandé de ne pas avoir pitié d'elle, bien sûr que j'ai pitié d'elle mais je la trouve aussi incroyablement forte. D'une force invisible qui la rend meilleure que n'importe qui. Quand je la regarde, je la vois, elle. Avec ses fragilités, ses épreuves et son incroyable courage.

Mackenzie tremble dans mes bras, je me dois de la rassurer, elle s'est confiée à moi et m'a demandé de l'aider pour oublier et ça, je peux le faire. Et même très bien. Je scelle nos lèvres dans un baiser délicat, je butine son visage en lui caressant les cheveux. Ma main descend vers son cou où je sens les pulsations désordonnées de son cœur. Ses doigts fins viennent caresser mes abdos et soulever mon tee-shirt, je l'aide à me le retirer, ses yeux cherchent instinctivement ma blessure, puis elle déplace sa main vers mon cœur, dessine du bout des doigts ce tatouage qui l'intrigue tant. Celui qui est le plus important pour moi. Je ne peux retenir un frisson quand elle dépose un baiser dessus. Son toucher est aussi délicat que la caresse d'une plume et contraste avec la dureté de mes muscles tendus par le désir. Elle lève vers moi un regard fragile et déterminé. Tellement de contradictions dans ce lac noir qui me plaît tant. Délicatement, elle trace les contours de mon visage, d'un geste léger et aérien, quelque chose de presque imperceptible et pourtant de terriblement sensuel. Je la laisse me découvrir à son rythme, j'adore sentir ses petites mains sur mon corps. Ma peau réagit à son contact comme jamais auparavant. Elle est fragile et délicate, là où je suis fort et brusque. De parfaits opposés.

Je lui demande l'autorisation de la dévêtir, elle me l'accorde dans un hochement de tête timide. Une fois son haut enlevé, se dresse face à moi cette jolie petite poitrine engoncée dans un soutien-gorge basique. Elle n'a pas besoin de lingerie affriolante pour être sexy. J'embrasse ses seins à travers le tissu, puis le dégrafe afin de pouvoir jouer avec cette poitrine délicieusement addictive. Je la lèche, l'embrasse, la vénère, faisant rouler ma langue autour de ses tétons, Mackenzie presse ses doigts dans mes cheveux et soupire d'aise quand je la mordille. Ma queue me fait mal, à l'étroit dans ce putain de jean et pourtant j'adore prendre soin d'elle. J'aime voir le plaisir colorer sa peau d'albâtre, son buste rosir sous mes attentions. Sa beauté naturelle me coupe le souffle. Toujours à vénérer sa poitrine, je défais les boutons de son jean et le lui retire rapidement, emportant sa culotte au passage. Ma patience s'amenuise, j'ai de plus en plus besoin de plonger en elle. Face à mon regard qui la détaille, elle rougit, presque honteuse de son corps. Elle semble toujours surprise que je puisse la désirer et pourtant elle est délicieusement sexy. Un petit corps tout en finesse, très féminin et très à mon goût. Je la rassure.

— Tu es magnifique. N'en doute jamais.

— Merci, souffle-t-elle

Je me penche pour goûter à son paradis, mais elle m'en empêche d'une main sur mon torse. Inquiet qu'elle puisse ne pas se sentir à l'aise, je la questionne du regard. Elle sourit malicieusement pour me répondre.

— Tu triches, je veux qu'on soit à égalité, dit-elle en désignant mon jean.

À la fois rassuré et ravi de me débarrasser de ce vêtement beaucoup trop encombrant, j'accède à sa demande. Je me saisis d'un préservatif avant de le jeter quelque part derrière moi. Autant ne pas refaire les mêmes erreurs. Elle approuve d'un mouvement de tête quand elle me voit poser la capote sur l'oreiller. Elle servira plus tard, nous n'avons pas fini notre découverte.

Une fois nu comme elle, je vais pour reprendre là où j'en étais avant qu'elle m'interrompe à nouveau. D'un mouvement vif, elle se saisit de ma queue ravie d'avoir de l'attention et se penche pour la prendre en bouche. Je hoquète de surprise. Elle se retrouve à quatre pattes devant moi, son petit cul attirant mon regard et mes mains alors que je suis à genoux face à elle. Cette vision de Mackenzie penchée sur moi en train de me sucer comme un bonbon, le cul relevé, me donne envie de jouir et hantera mes nuits pendant un bon moment. Je me retiens in extremis de ne pas éjaculer dans cette bouche si accueillante, mais je ne retiens pas le grognement de satisfaction qu'elle arrive à me soutirer. Sa langue autour de ma queue joue terriblement bien son rôle et quand elle suçote mon gland du bout des lèvres, je veux moi aussi participer.

Je la laisse continuer à jouer avec moi mais m'allonge sur le lit en la positionnant sur moi afin de me retrouver face à sa chatte suintante de désir. Avide, je plonge en elle, mes mains malaxent son cul pendant que je la lèche avec force. Je veux qu'elle jouisse sur mon visage, je veux sentir son plaisir, me délecter de sa jouissance. Ma langue pénètre sa fente trempée, je glisse un doigt, puis deux. Mackenzie s'agite au-dessus de moi, les gémissements qu'elle émet sont étouffés par ma queue qui gonfle dans sa bouche. C'est le soixante-neuf le plus torride que j'aie jamais fait. Mes lèvres suçotent son bourgeon gonflé pendant que les siennes aspirent le liquide qui s'écoule de mon gland. Nous nous dévorons mutuellement, mais je veux qu'elle craque la première pour pouvoir la posséder ensuite. J'accélère l'allure alors qu'elle m'enfonce au plus profond de sa gorge. Je la sens de plus en plus fébrile, ses jambes qui enserrent ma tête tremblent de plaisir. Elle a arrêté de me sucer, poussant des râles de plus en plus incontrôlés. Si sa bouche a arrêté sa délicieuse torture, ce n'est pas le cas de sa main qu'elle fait glisser le long de mon manche.

— Seigneur… Logan…

J'adore l'entendre prononcer mon nom d'une voix teintée de plaisir. Elle se cambre sous mes doigts alors que je ne maîtrise plus le rythme que je leur donne. D'un léger coup de dent sur son clitoris, elle jouit sur moi, en mordant l'intérieur de ma cuisse. Son plaisir inonde mon visage, j'aspire jusqu'à la dernière goutte.

Je ne la laisse pas vraiment reprendre ses esprits et je l'empêche de reprendre sa délicieuse pipe qui finira par avoir raison de moi. Je l'allonge sur le lit, me couvre du préservatif pour présenter ma queue devant son entrée. Je n'ai même pas besoin de la guider, elle la pénètre avec aisance, comme si elle avait toujours été à sa place en elle. Mackenzie croise ses jambes dans mon dos, alors que je la pilonne avec force, ses seins bougeant au rythme de mes à-coups. Je voudrais lui donner un autre orgasme mais je suis déjà moi-même au bord du précipice. Je ralentis le rythme et prends le temps de l'embrasser. Je respire comme un bœuf, sous ses doigts mes muscles sont tendus. Mackenzie joue avec sa langue dans ma bouche, puis dans mon cou. Quand elle sent mes doigts s'agiter sur son clitoris, elle sait ce que je veux. Être l'auteur d'un autre orgasme. Elle frémit alors que ma langue vient se perdre sur ce grain de beauté au coin de ses lèvres, cette petite tache sexy qui m'appelle depuis le premier jour. Je me retiens tellement que c'en est douloureux, ma queue est gonflée au maximum, gainée par ses parois accueillantes qui se contractent à chaque intrusion de ma part. Mackenzie me mordille le lobe de l'oreille et me souffle les mots qui me font perdre toute retenue.

— Logan, jouis. Je te suis…

Typiquement le genre de phrase que je pourrais dire, mais là c'est elle qui fait céder mes digues. Dans un dernier coup de reins, je me crispe pour me vider en elle dans de violentes saccades. J'en suis à regretter la présence de cette putain de capote entre nous. Parce que jouir directement en elle, la marquer de ma semence, de mon désir, était vraiment ce que j'ai connu de mieux.

— Bordel, Mackenzie.

Elle n'a pas menti, elle explose en même temps que moi. Je me suis redressé pour assister à sa jouissance et elle est magnifique. Les cheveux en bataille, la peau rosie, les yeux voilés de désir. Cette vision d'elle, ma queue plantée au plus profond de sa chatte, son regard onyx qui me couvre de tendresse et sa bouche qui me souffle son plaisir est la plus belle chose que j'ai pu voir.

Mon cœur s'agite dans ma poitrine et ce n'est pas dû à l'orgasme incroyable qu'elle vient de me donner.

Non, c'est parce qu'il se dit que peut-être il a trouvé sa moitié.

Je me retire puis m'allonge à côté d'elle. Je tire la couverture à froufrous rose monstrueuse sur nous puis positionne Mackenzie afin que sa tête repose sur mon torse, que ma main caresse son dos, que ses jambes s'emmêlent aux miennes et que mon nez plonge dans ses cheveux.

— Bonne nuit, beauté.

— Tu restes ? demande-t-elle.

— Je ne voudrais être ailleurs pour rien au monde. Repose-toi, je veille sur toi.

Elle m'embrasse puis se recale contre moi. Je la regarde dormir paisiblement. Je suis certain qu'elle dort mieux quand je suis là. Elle ne me l'a pas dit mais je le sens. Son souffle qui effleure ma peau s'insinue en moi et atteint mon âme. Je me dis que je commence à trop m'attacher à elle et ça je ne veux pas. Enfin si peut-être, je ne sais pas. Je ne sais pas faire ça. Je me suis toujours vu comme un homme sans attaches et jusque-là ça m'allait très bien. Pourtant cette petite nana aux cheveux ébène et au regard noir me déstabilise plus qu'aucune autre auparavant. Elle est en train de foutre un beau bordel dans ma vie. Sa fragilité m'émeut, son histoire me bouleverse et par-dessus tout son plaisir exacerbe le mien. Baiser n'a jamais été si satisfaisant, phénoménal.

Je ne veux pas la faire souffrir en lui donnant de faux espoirs. Pas après tout ce qu'elle a déjà subi, je ne serai pas le connard qui lui brisera le cœur, je la respecte bien trop pour ça. Il faut que je prenne du recul sur sa situation et sur la mienne, parce que je ne sais pas si je serai capable d'être l'homme d'une seule femme. Est-elle celle que je ne cherchais pas ?

Chapitre 18

> « Être comme un sourire qui passe. Parce que c'est quand même le plus beau cadeau que l'on puisse faire. Que reste-t-il de nous quand nous ne sommes plus là, sinon le souvenir d'un cœur qui a donné plein d'amour ? Le reste n'est que du vent »
>
> *Nadine Monfils, Le rêve fou*

Mackenzie

Après une nuit sans cauchemars, sans flammes et sans cris, je me réveille seule. Logan est déjà parti, je sais qu'il ne s'est pas juste levé, les draps sont froids. Il est parti de chez moi. Son odeur de musc flotte autour de moi comme un rappel de la nuit que nous venons de passer. Et quelle nuit !

Deux jours consécutifs qu'il dort avec moi, deux jours où il ne rentre pas chez lui. Je ne comprends vraiment rien au fonctionnement de ce club, mais à aucun moment hier soir, il n'a manifesté l'envie de prévenir Astride de son absence.

Merde, Astride ! Je me sens terriblement mal par rapport à elle. Je suis une garce d'avoir couché avec son mec, pas juste une fois, non, plusieurs fois. J'enfonce ma tête dans l'oreiller pour crier ma rage. Je devrais partir d'ici maintenant, je ne pourrais plus la regarder en face. Et pourtant je ne veux pas l'abandonner après tout ce qu'elle a fait pour moi, elle m'a tendu la main. Et égoïstement, je ne peux pas partir sans l'avoir revu, lui. Si je suis complétement honnête envers moi-même, je suis mal d'avoir pris autant de plaisir avec lui, mais à aucun moment je ne le regrette.

Depuis deux ans, je m'interdis toute relation, qu'elles soient amicales ou autres, et d'autant plus amoureuses. Mais depuis que je suis ici, je me suis attachée à tellement de personnes que je ne sais pas si je serai capable de leur tourner le dos. Et si Mathias ne me retrouvait jamais ? Si je pouvais me poser ici avec eux ? Je secoue la tête, mettant fin à ces rêves illusoires. Non, il m'a toujours retrouvée, ce n'est qu'une question de temps.

Je me lève et file sous la douche pour me débarrasser de son odeur ; ce n'est pas l'odeur des flammes que je veux faire partir. Non, c'est celle d'un homme viril et sexy. Je frotte ma peau à en faire rougir l'épiderme, j'ai envie de l'arracher pour ne plus ressentir ce que je ressens.

Habillée et prête à affronter le monde extérieur, je n'arrive pas à avancer. Je suis censée avoir rendez-vous avec Astride pour développer les photos, les choisir, les retoucher... Le gala est dans quelques jours et je ne peux pas me terrer chez moi. Si je fais ça, autant me barrer de suite.

La première personne que j'affronte est certainement la plus facile : Gloria. Arrivée chez elle, je la trouve en train de chantonner devant une splendide robe sur un mannequin. La robe longue est en satin d'une couleur violine très clair.

— Bonjour, Gloria. Cette robe est superbe, c'est vous qui l'avez faite ?

— Oh, bonjour jeune fille. Oui, tu sais que j'étais couturière avant et j'avais envie de m'y remettre. D'ailleurs est-ce que tu veux bien la passer pour que je puisse voir le tombé ? Parce que sur un mannequin, c'est pas évident.

Elle ne me laisse pas le temps de refuser que je me retrouve en robe de soirée, plantée au milieu de son salon. Le tissu est aérien et d'une douceur extraordinaire, chaque pas dévoile ma jambe puisqu'elle est fendue jusqu'à mi-cuisse. Les bretelles fines se croisent dans le dos, dénudant ma colonne vertébrale. Le devant de cette splendeur est recouvert d'une dentelle fine qui ne dévoile rien mais suggère tout. Une véritable œuvre d'art.

— Gloria, vous avez de l'or dans les mains, elle est extraordinaire, je me sens comme une princesse.

Moi, je suis nulle en couture. Autant je sais recoudre une plaie, autant je ne sais pas recoudre un bouton.

— Merci, il y a encore plein de petits défauts que je vois maintenant que tu la portes. Attends, ne bouge pas.

Elle se précipite sur moi avec son matériel de couture, pose des épingles pour rectifier la longueur, place des repères là où elle trouve que la dentelle n'est pas bien cousue… Pendant une demi-heure, je la regarde me tourner autour, fascinée par ses gestes assurés malgré son âge. Gloria rayonne en faisant ce qu'elle aime. Je ne peux qu'avoir un pincement au cœur en me disant que bientôt je partirai. Elle aura été une de mes plus belles rencontres.

— Pourquoi tu pleures ? demande-t-elle, inquiète. Elle ne te plaît pas ?

Je ne m'étais même pas rendu compte que je pleurais.

— Vous n'y êtes pas du tout, Gloria. Mais ça fait tellement longtemps que je ne m'étais pas sentie aussi bien, aussi femme. Cette robe est absolument divine. Vous l'avez créée pour une occasion spéciale ?

Son regard se fait fuyant. Quand on connaît le personnage, c'est étonnant, voire inquiétant.

— Non, aucune occasion, j'avais juste envie de me remettre à la couture. C'est vrai qu'avoir à ma disposition une jeune fille aussi belle pour les essayer m'a donné envie de coudre. Tu es très belle, Mackenzie.

— Merci de m'avoir fait sentir comme une princesse.

— Mais toutes les femmes sont des princesses. À l'inverse, tous les hommes ne sont pas des princes, certains sont des crapauds hideux. D'autres sont des grenouilles, et plus difficile à trouver encore, certains sont des perles rares, comme l'était mon Ernesto.

— Vous voulez bien me parler de lui ?

— Tu as du temps à perdre ? Parce que si je commence, je ne m'arrête plus.

— Je ne suis pas pressée.

— Très bien…

Et voilà comment je passe une bonne partie de ma journée et de ma soirée à écouter Gloria parler de l'homme de sa vie. Ernesto était chauffeur de taxi, alors qu'elle était couturière dans un petit théâtre de New York. Chacun avait ce travail pour payer les factures, mais leur passion, c'était le tango. Ils se retrouvaient tous les soirs dans un petit club, ils ont gagné quelques prix mais pas de quoi vivre de la danse. Ils n'ont jamais eu d'enfant et ont vécu l'un pour l'autre jusqu'à la disparition d'Ernesto. Une pneumonie. Gloria a les yeux qui brillent quand elle repense à sa demande en mariage, aux surprises du quotidien qu'Ernesto lui faisait. De ce tour en taxi toute une nuit pour pouvoir profiter du soleil couchant sur une plage avant de retourner travailler… L'amour qu'a connu Gloria est celui donc rêve toutes les filles. Celui que je pensais avoir trouvé avec Mathias avant qu'il ne décide que ma vie n'avait pas de valeur. L'amour de Gloria et d'Ernesto est à la fois irréel et magique. Quand je l'écoute en parler, je me surprends à rêver. Pourquoi pas moi ? Pourquoi est-ce que je n'aurais pas le droit moi aussi de rencontrer un homme pour qui je serais toute sa vie ? Et pourquoi pas Logan ?

Je chasse cette pensée aussi vite qu'elle est arrivée. Non, Logan m'est interdit. Et l'amour en règle générale aussi. J'ai volé dans ses bras quelques instants de bonheur mais je n'en aurais jamais plus.

*

Je n'ai pas honoré mes engagements envers Astride hier. J'ai préféré passer du temps avec Gloria. La journée était superbe, l'octogénaire m'a projeté des années en arrière, quand ma grand-mère me parlait de sa relation avec mon grand-père avec admiration. Ce sont des femmes simples et sans chichis mais elles sont surtout un véritable modèle pour la pauvre désespérée que je suis.

Alors que j'embrasse furtivement Gloria avant de partir, elle m'interpelle quand je suis dans le couloir, en train de me battre avec mon écharpe qui s'est emmêlée dans la lanière de mon sac.

— Mackenzie, tu as reçu des fleurs.

— Des fleurs ?

— Oui, elles sont devant toi.

Je n'avais même pas prêté attention au superbe bouquet de roses d'une couleur rose pâle avec en son centre un lys. Je regarde s'il y a une carte, un mot, mais rien. Je demande alors à Gloria :

— Il n'y a pas de mot ?

— Non.

— Alors qui vous dit qu'elles sont pour moi ?

— Qui offrirait des fleurs à une vieille folle comme moi ?

— Vous n'êtes pas folle et vous avez certainement fait tourner des têtes à la soirée dansante de la ville. Dans le doute, nous dirons qu'elles sont pour toutes les deux.

Gloria glousse, alors que je franchis la porte pour me retrouver dans la rue. En chemin, je pense à ces fleurs. Je me prends à rêver qu'elles viennent de Logan, qu'il essaye de me faire passer un message. Un frisson me traverse quand je réalise qu'elles peuvent aussi venir de Mathias. Ce qui signifierait qu'il m'a retrouvée, encore. Mais je chasse cette idée, Mathias serait plus prompt à me mettre une balle entre les deux yeux plutôt que de m'envoyer des fleurs, la subtilité, ce n'est pas son truc.

Devant le centre, je suis prise d'un doute terrible et d'une angoisse tout aussi désagréable. Je n'ai pas revu Logan depuis la nuit que nous avons passée ensemble. Il n'a pas cherché à me joindre et moi non plus. Est-ce qu'il sera là ? J'ai envie de le voir autant que je l'appréhende. Il me manque. Je sais que je ne devrais pas mais c'est la vérité, il me manque terriblement.

Astride me saute dessus dès que j'ai franchi la porte. Elle n'est pas en colère de mon absence d'hier, mais plutôt préoccupée.

— Mackenzie. Je suis contente de te voir. Tu vas bien ? Je me suis inquiétée de ne pas te voir hier, je suis désolée, je serais bien passée chez toi mais j'avais un boulot monstre avec le gala et je n'ai pas réussi à me dégager du temps. Tu ne m'en veux pas ?

Cette fille est un ange. Et je me sens encore plus mal d'être attirée par son homme. Je refuse de mettre un autre mot sur mes sentiments, parce que tant que je ne me l'autorise pas, ce n'est pas réel.

— Je suis désolée mais j'ai été accaparée par Gloria. Tu sais comment elle peut être. Mais je suis là et je vais rattraper mon retard.

— Oui, j'imagine bien ta journée avec Gloria, glousse-t-elle.

En la voyant si rayonnante, si enceinte et surtout si gentille, je ne peux pas me taire plus longtemps sur ma relation avec son mari. Elle a le droit de savoir.

— Astride, je dois te dire quelque chose…

Son téléphone m'interrompt et elle décroche en s'adressant à moi avant de s'éloigner.

— Fais ton maximum, ne te mets pas la pression, d'accord ? Le studio photo est prêt, je te laisse t'installer et je viendrai plus tard t'apporter un café.

— Euh… Merci.

Raté, je dois quand même arriver à lui parer en attendant, je me dirige vers cette pièce que je n'avais pas encore vue. Punaise ! L'équipement est dernier cri. Et quand j'allume l'ordinateur, les meilleurs logiciels photos sont installés avec un compte en accès illimité sur chacun. Ça a dû coûter une petite fortune. Rien qu'en matériel et en licence. J'en ai un nœud à l'estomac, tout ça pour moi. Quelqu'un qu'ils ne connaissent même pas. Quelqu'un qui va les abandonner dans peu de temps. Je suis submergée par l'émotion, autant de bonté et de générosité me laissent sans voix.

Pendant deux heures, je travaille sur les photos, les retouche, recadre, joue avec les filtres, crée des univers et des ambiances. Je me déconnecte complétement de ma vie pour me plonger dans l'univers féérique du papier glacé. Astride me rejoint une tasse fumante à la main.

— Alors ça avance ?

— Ce matériel est dingue. J'espère que tu ne l'as pas acheté spécifiquement pour moi ?

— Ce n'est pas moi qui l'ai acheté. C'est Logan.

Son sourire espiègle me pousse à me demander quel genre de relation ils entretiennent.

— Logan ? Et ça ne te dérange pas ?

— Hormis le fait qu'il a monopolisé une pièce pour l'installer, je ne vois pas pourquoi ça me dérangerait. Logan est libre de faire ce qu'il veut de son argent et s'il veut te faire plaisir, j'en suis doublement contente.

— Mais il a passé beaucoup de temps avec moi, alors qu'il devrait être avec toi.

— Tss, répond-elle en agitant sa main. Depuis que je suis enceinte, j'ai trop de bikers sur le dos. Quand ce n'est pas Aaron qui me rend dingue, c'est Logan qui ne me laisse plus respirer, et aujourd'hui c'est Pyro qui joue les chiens de garde, dit-elle en désignant un type à l'air renfrogné assis dans un coin mais qui ne la lâche pas des yeux. Alors que tu me débarrasses un peu de Logan ce n'est pas un mal et puis je trouve que tu lui fais du bien.

Je ne sais pas quoi dire. Elle vient de me donner tellement de noms de bikers que je ne sais plus de quoi on parle. Astride a certainement un esprit encore plus ouvert que je ne le pensais. Elle ne manifeste aucune gêne ni aucune jalousie à mon égard. Alors que si Logan était mon homme, la première qui oserait poser un ongle manucuré sur lui me ferait dégoupiller. Mais elle s'en amuse et m'encourage.

— Tu me montres ce que tu as fait ?

— Euh… Oui.

J'évite d'essayer de comprendre quelque chose qui me dépasse. Alors je fais défiler sur l'écran devant nous les différentes photos déjà retravaillées.

— C'est magnifique. Je suis certaine que nous allons faire un carton au gala. Et bien évidemment, tu les signes.

— Non !

— Bien sûr que si. Tu dois faire connaître ton talent. Après, si vraiment ça te gêne, tu peux utiliser un pseudo, ça se fait beaucoup. Regarde cet artiste de street art, Banksy, personne ne sait qui il est et pourtant son travail est incroyable. Qu'est-ce que tu utiliserais comme pseudo ?

— MCK, dis-je, peu sûre de moi.

— MCK, répète-t-elle. J'aime beaucoup. C'est adopté ! Bon, je te laisse travailler. Et au fait, tu viendras ici t'habiller pour le gala, avec Sam nous serons là pour nous préparer aussi avant d'y aller ensemble.

— Je ne viens pas.

— Il est hors de question que tu ne sois pas là. Donc rendez-vous vendredi soir 17 heures pour nous faire belles. Ne m'oblige pas à venir te chercher.

— Astride, je ne peux pas venir. Je n'ai rien à me mettre et ça n'a jamais fait partie du contrat.

— Tu ne vas pas me refuser cela ? demande-t-elle avec un air de chien battu. Pour les fringues, y a toujours moyen de s'arranger et tu dois venir voir par toi-même l'effet que peuvent produire tes photos sur les gens. Je ne te forcerai pas mais je souhaite vraiment que tu sois là, je me sentirai moins seule.

— Logan ne t'accompagne pas ?

— Tu plaisantes ? Aucun biker de ce club de tête de mules accepte de m'accompagner. Ni Aaron, ni Logan, aucun. En y réfléchissant bien c'est peut-être le seul soir où je n'ai pas un biker sur le dos, rigole-t-elle.

— Je vais y réfléchir.

Chapitre 19

> « Le juste milieu. Quelque part entre s'en foutre et en crever. Entre s'enfermer à double tour et laisser entrer le monde entier. Ne pas se durcir mais ne pas se laisser détruire plus. Très difficile »
>
> *Romain Gary,*
> *L'angoisse du roi Salomon*

Logan

Une semaine que j'évite Mackenzie. Je l'ai quittée au petit matin après une nuit de sexe torride avec un pincement au cœur. Cette semaine j'ai ressenti le manque d'elle mais j'ai tenu bon, je refuse de me laisser piéger dans une relation, ce n'est pas pour moi. La liberté est ma raison de vivre et je ne veux pas que cela change.

J'ai éprouvé cette liberté entre les cuisses d'une brebis. Dakota a joué ce rôle à la perfection, elle a répondu à toutes mes attentes sauf à la plus importante : elle n'est pas Mackenzie. Chaque fois que je l'ai baisée, le visage de ma *pretty doll* s'imposait à mon esprit. Ma jouissance n'en a été que plus belle mais après je me dégoûtais. Je ne lui dois rien, on ne s'est rien promis, mais je me sentais mal. Je me rassurais en me disant qu'elle n'en saura jamais rien, et puis je n'ai pas multiplié les partenaires, j'ai monopolisé Dakota et j'ai toujours mis une capote.

C'est pitoyable ! Je me cherche des excuses, des circonstances atténuantes pour minimiser mes remords de ne pas être avec elle. En fait, c'est aussi minable que lâche !

Vers 15 heures je me lève, la gueule enfarinée, j'ai beaucoup bu hier soir et j'ai baisé la rousse incendiaire brutalement. Je lui ai fait tout ce que je ne ferais jamais à Mackenzie. Du sexe violent, je lui ai fait découvrir sans douceur la sodomie, et elle a tellement bouffé ma queue qu'elle doit en avoir la mâchoire déformée. Et pourtant je ne me sens pas rassasié pour autant. J'en connais la raison, mais je refuse de me l'avouer.

Depuis qu'elle a passé cette semaine dans mon pieu, Dakota agit comme une princesse au club. Je ne sais pas ce qu'elle attend de moi mais si elle espère plus que le statut de suce-boule elle pourra toujours attendre. Je ne veux pas de régulière et encore moins d'une brebis. Mais la belle rousse commence à toiser les autres filles comme si elle leur était supérieure. Il va falloir que j'y mette de l'ordre mais pour l'instant je dois partir d'ici. Cette semaine n'a fait que me rappeler le manque que j'ai de Mackenzie, j'ai besoin de la voir, de la toucher, de la caresser et de la faire jouir. C'est purement égoïste mais j'ai besoin d'elle. Avant d'aller me jeter sur elle, je dois prendre la température auprès d'Astride qui saura me dire dans quelles dispositions Mackenzie se trouve.

Arrivé chez les AA, j'entre sans frapper et me retrouve nez à nez avec Aaron et Elliot assis devant l'îlot central de leur cuisine, en train de feuilleter un magazine.

— Salut les frangins. Qu'est-ce que vous foutez ?

— On regarde le catalogue d'un bijoutier, répond Elliot.

— Pour quoi faire ?

— Je te demande pourquoi tu t'es fait tatouer cette horrible tête de joker dans le dos ? reprend sèchement Aaron.

Il est assez agressif pour que je m'interroge, mais d'abord j'ai une question.

— Où est Astride ?

— Tu sais bien que ce soir c'est le gala. Elle est allée se préparer avec Sam et Mackenzie au centre.

À l'énoncé du prénom de ma belle, mes poils se dressent dans ma nuque. Merde, je ne vais pas pouvoir la voir ce soir. Fait chier ! Elle me manque trop ! Mais bon, je vais pouvoir passer du temps avec mon pote et comprendre pourquoi il est dans cet état. Bien que j'en aie une vague idée.

— C'est ton départ qui te rend aussi sympathique ?

— Yep. Je ne veux pas la laisser seule.

— Eh ! Elle n'est pas seule. Je suis là, déclare fièrement Elliot. Et Peanuts aussi, on veillera sur elle, dit-il en désignant le molosse en train de dormir dans un coin.

Son intervention a au moins le mérite de nous faire rire.

— Le petit homme a raison, j'explique en lui ébouriffant les cheveux. Et puis moi aussi je suis là et tu sais pertinemment que je ne laisserai rien lui arriver. Alors qu'est-ce qu'on lui achète ? je demande en tournant le catalogue vers moi.

— Il n'y a pas de « on », je lui achète quelque chose. Pas vous, répond Aaron, agacé.

— J'ai trouvé ! déclare Elliot. Regardez.

Il nous montre un bracelet à breloques, un de ces trucs où l'on peut rajouter autant de babioles qui pendouillent qu'on le souhaite.

— T'as raison, Elliot, c'est exactement ce qu'il me faut. Maintenant, reste plus qu'à choisir les breloques.

Pendant une heure, nous débattons des symboles à choisir. Aaron se décide pour une clé de sol pour rappeler la passion de sa femme pour la musique, un cœur où sont entrelacés deux AA et un chérubin pour l'enfant qu'elle attend. Elliot ajoute un livre. Je veux qu'elle porte quelque chose qui me ressemble, elle n'est pas ma femme mais elle est ma meilleure amie. Sous le regard noir d'Aaron, j'ajoute une moto et je valide le panier sur Internet avant qu'il ne puisse râler.

— Logan, tu ne peux pas te trouver une copine plutôt que de vampiriser ma régulière ? demande-t-il d'un air peu amène.

— Oh ! ça va, ne fais pas ton rabat-joie. Tu sais que je l'adore et elle est la seule nana que je tolère autrement que celle que je bai…

— Ne dis plus rien. Je te rappelle qu'Elliot est là ? s'énerve-t-il en désignant son frère.

Je prends un air contrit et m'excuse. Putain, je m'y fais pas de devoir surveiller mon langage en sa présence. Mais en tout cas, j'ai eu gain de cause. Astride portera une moto à son poignet pour symboliser notre amitié et franchement j'adore.

Quand Aaron a parlé d'une copine, le visage mutin et agréable de Mackenzie s'est imposé à moi. Est-ce que je pourrais me poser avec elle ? Est-ce que je saurais ne plus être le queutard invétéré que je suis pour elle ? Elle arrive déjà à me manquer alors que j'ai baisé une autre femme toute la semaine. Souvent, j'ai voulu aller la rejoindre, mais plutôt que de me précipiter chez elle comme un mec de comédie romantique, j'ai noyé mon manque d'elle dans les cuisses de Dakota et dans la bière. C'est minable mais c'est mon fonctionnement, mon moyen de faire face à quelque chose que je ne maîtrise pas.

Plus je pense à elle, plus je me sens mal. J'ai besoin de la voir pour être fixé sur ce qu'elle déclenche chez moi.

— C'est au Park Suite Hotel que se trouve la réception ?

— Oui pourquoi ?

— Comme ça. Tu n'y es pas allé pour la surveiller ? je demande, curieux.

— Non, Mike s'occupe d'elle et Pyro est en surveillance à l'extérieur. Astride m'a bien fait comprendre que je ne devais pas venir pour jouer les chiens de garde et puis jusqu'à maintenant nous n'y sommes jamais allés.

Il a raison, nous n'avons jamais traîné nos cuirs dans ces soirées. Pourtant sur un coup de tête je décide de m'y rendre. Je dois en avoir le cœur net, parce que si ce que provoque Mackenzie chez moi est aussi réel et profond que le manque d'elle que je ressens, je suis en train de tout gâcher en me comportant comme un connard. Une semaine que je la laisse sans nouvelles et une semaine que je baise Dakota alors que je ne désire qu'être avec elle. Je dois lui parler.

Chapitre 20

« Isn't it lovely, all alone
Heart made of glass, my mind of stone
Tear me to pieces, skin to bone
Hello, welcome home[1] *»*

Billie Eilish and Khalid, Lovely

Mackenzie

Ce soir, c'est le grand soir.

Pour la première fois depuis longtemps, je vais à une soirée et j'ai le trac. Pourtant avec Mathias nous avons écumé tous les galas et réceptions de la côte Ouest. Mais déjà à cette époque, je n'étais qu'un trophée accroché à son bras. Je ne m'en rends compte que bien dès années plus tard, je n'avais que le statut de femme-objet. Mais cela me convenait, je l'aimais tellement que j'acceptais de ne pas ouvrir la bouche de la soirée, afin de juste pouvoir rester à son côté pour l'admirer. Qu'est-ce que je pouvais être naïve !

Mais ce soir, j'y vais pour moi et pour Astride. Je vais présenter mes photos, mon travail. Pour

1. « N'est-ce pas adorable, toute seule
Le cœur fait de glace, mon esprit de pierre
Déchire-moi en morceaux, la peau jusqu'aux os
Bonjour, bienvenue à la maison »

la première fois, j'y vais en tant que Mackenzie et non comme la femme de Mathias Saint-James et ça change tout. Une légère euphorie s'empare de moi, comme si je signais mon premier acte de rébellion contre Mathias et j'adore ça.

Par contre, je n'ai pas de vêtements adaptés pour ce genre d'occasion. Je m'habille de mon jean et opte pour une chemise blanche que je noue sur le devant. À mes pieds, mon habituelle paire de Converse. J'ai honte mais je n'ai rien d'autre à me mettre et pas assez d'argent pour en acheter. Je lisse mes cheveux longs et les laisse libres. Je les attache tellement souvent que le pli de l'élastique fait une marque disgracieuse. Je ne peux pas me présenter comme ça et pourtant, c'est ça ou faire faux bond à Astride. Et ça, je me le refuse. Je suis déjà assez lâche de ne pas lui parler de Logan et moi, alors je ne peux pas l'abandonner ce soir.

Logan me manque. Je ne l'ai pas vu de la semaine. Il n'est plus venu au centre, il n'a pas cherché à me joindre. Et je ne me voyais pas demander à Astride comment faire pour le voir. Il a dû lui aussi prendre conscience que nous avions fait une erreur. Il restera une belle parenthèse dans ma vie.

Au centre, je retrouve Astride, Sam et Mike. À peine la porte passée, je suis alpaguée par la beauté d'Astride. Elle est superbe dans sa robe noire, une ceinture rubis souligne sa silhouette de femme enceinte et elle a attaché ses cheveux en une tresse indienne. Je ne peux pas l'accompagner fringuée comme je le suis, ce n'est pas possible... Discrètement, je m'apprête à faire demi-tour et m'enfuir quand j'entends la voix de Mike résonner dans la grande salle.

— Les filles, Mackenzie est là ! Salut, dit-il en s'adressant à moi. Tu arrives pile à l'heure pour la minute beauté.

— La quoi ?

Il m'entraîne vers le fond de la salle sans répondre à ma question. Il continue de parler aux filles comme si je n'étais pas là.

— Sam, sors ton attirail, tu vas avoir du boulot.

— Mackenzie, contente de te voir, déclare Astride en m'embrassant sur la joue.

Devant mon air embarrassé, elle s'explique :

— Désolée. Habitude typiquement française. J'oublie que vous, les Américains, vous n'êtes pas fans de bisous.

— Ce n'est pas grave.

— Bon, ma belle, tu vas passer entre les mains expertes de notre Sam. Elle embellit tout ce qu'elle touche, bien qu'avec toi, elle n'aura pas grand-chose à faire. Mais avant, va t'habiller.

— M'habiller ? Mais je le suis déjà.

— Pas tout à fait. Dans mon bureau, tu trouveras une tenue pour toi.

— Mais…

— On n'a pas le temps de discuter.

Astride me pousse dans le bureau en gloussant. Et lorsqu'elle ferme la porte, j'aperçois, accrochée à une patère, la robe de Gloria. Cette magnifique robe qu'elle a donc créée pour moi. Je m'approche doucement, je tends le bras et hésite à la toucher. Elle est encore plus belle maintenant que je sais que Gloria l'a cousue pour moi. D'une main tremblante, je caresse le tissu, il est encore plus doux et soyeux que dans mon souvenir. Puis, mue par une envie soudaine de la porter, je me déshabille à la hâte. Alors que je suis en train de retirer mes chaussures, une main sur le bureau pour éviter de tomber, je vois une pochette en soie posée dessus avec mon nom inscrit. Délicatement, je l'ouvre et trouve un ensemble de lingerie à l'intérieur accompagné d'un petit mot : « Pour éviter les marques disgracieuses avec ta nouvelle robe. Sam. »

Habillée comme une princesse, je sors du bureau pour rejoindre ces gens formidables. Mike siffle en me voyant, ce qui me fait rougir.

— Tu es splendide, déclare Astride en m'apportant une paire d'escarpins dorée.

— Vous n'auriez pas dû, dis-je en pleurant.

— Ah non pas de larmes ! hurle Sam. Le maquillage sur des yeux bouffis c'est l'enfer. Assieds-toi là, dit-elle en m'entraînant sur une chaise.

Pendant vingt minutes, Sam me tourne autour, me tartine de crème, mascara, fond de teint et d'autres choses dont j'ignore le nom et l'utilité. Je gigote sur mon siège, peu à l'aise d'être au centre de l'attention.

— Je sais ce que c'est, rigole Astride. Elle m'a déjà fait le même coup.

— Et tu oses te plaindre ? la reprend Sam. Aux dernières nouvelles, c'est ce soir-là que tu as rencontré ton homme. Donc tu te tais et tu laisses faire l'artiste.

— Elle n'a pas tort, renchérit Mike.

— Et oh, les colocs, on se calme, je dis juste que je sais qu'il est difficile de rester tranquille quand Sam te menace de ses pinceaux. Mais en aucun cas je ne me plains du résultat.

Après le maquillage, elle s'attaque à mes cheveux. Elle les lisse pour ensuite me les tirer sur le côté droit de la tête. Elle attache le tout avec une barrette dorée et laisse pendre ma longueur naturelle sur le côté gauche de ma poitrine. Ce n'est qu'après qu'elle a ajusté ma tenue et retouché une dernière fois le maquillage que je suis autorisée à me regarder dans un miroir. Et ce que je vois me coupe le souffle. Je porte une main à mon ventre pour m'aider à reprendre contenance et ose me détailler. Sam a fait un travail formidable, elle m'a carrément fait un ravalement de façade. C'est discret et voyant à la fois. La différence est flagrante. Mes yeux, que j'ai toujours trouvés quelconques, voire ternes, sont sublimés par une ombre à paupières or et un trait d'eyeliner qui accentue mon regard. Mes lèvres sont peintes d'un gloss rose pâle. Rien d'extravagant et pourtant la différence entre l'avant et l'après est phénoménale. Je ne me reconnais plus. Je renifle en essayant de retenir mes larmes.

— Allez, ma belle, on ne pleure pas. On bombe le torse, serre les fesses, gonfle la poitrine et on y va, déclare Astride.

— Merci, je souffle, émue.

— Je sens que grâce à toi on va faire un carton ce soir.

La soirée se passe dans un hôtel chic de la ville. Dès l'entrée je suis subjuguée, tout ce qui m'entoure respire le luxe et la démesure. Mes compères du jour m'entraînent vers une immense salle. Et là encore, c'est le choc. Mes photos sont exposées sous différents formats, des grandes, des petites, en noir et blanc, en couleur. Bref, mon œuvre se dévoile sous mes yeux ébahis. La musique d'ambiance donne une atmosphère particulière à l'ensemble, un je-ne-sais-quoi de surnaturel.

— Y a du monde, déclare Sam qui se dirige vers le bar avec Mike.

Astride reste à mon côté, elle sent que j'ai besoin de quelques minutes pour reprendre mon souffle. Elle ne dit rien, elle reste là debout, son bras passant sous le mien.

— Viens, allons découvrir ensemble.

Je hoche la tête, si j'ouvre la bouche, je vais pleurer. J'accompagne donc Astride dans cette grande salle qui sert d'ornement à mes photos. Je m'interroge sur leurs dispositions.

— C'est toi qui les as positionnées comme ça ?

— Oui, nous avons voulu l'organiser comme une exposition. Les enchères sont silencieuses pour permettre à tout le monde d'admirer ton travail. À la fin de la soirée, les gens pourront repartir avec leurs œuvres mais en attendant, elles restent exposées.

— C'est magnifique.

— Astride, interpelle une voix de baryton derrière nous.

— Merde. C'est le maire de la ville, je dois te laisser parce que je ne te ferai pas l'affront de devoir supporter ce type imbuvable, chuchote-t-elle. Je peux te laisser ?

— Oui, ne t'en fais pas et si t'as besoin lance-moi un SOS, je viendrai te délivrer.

— Merci. J'arrive, monsieur le maire, déclare-t-elle avec un sourire de façade au type qui s'impatiente près du bar.

Je déambule dans les allées, me laissant emporter par mon travail. Pour la première fois, je peux les voir autrement que sur l'écran de mon appareil. Elles semblent vivantes, sublimées par l'éclairage qui met en valeur chaque détail. La personne qui a monté cette exposition a un sens artistique développé, je n'aurais pas fait mieux. Les photos sont tellement belles, comme les personnes qui sont dessus. Je m'attarde sur un cliché d'Astride et de Logan en train de rire. Le sourire du biker est magnifique et ses yeux débordent d'amour. Cette vision me fait mal au cœur et je m'en éloigne rapidement.

Je me retourne pour me retrouver face à une photo que je ne pensais pas voir ici. Ma respiration se bloque, mes mains tremblent, mes jambes flageolent et mon cœur s'accélère. Le silence se fait autour de moi, je n'entends plus les gens, la musique, les bruits environnants. Mon esprit et mon corps sont accaparés par ce cliché. Je suis bouleversée par ses sourires figés sur papier glacé. Qu'est-ce qu'elle fait là ? Qui a bien pu prendre l'initiative d'imprimer cette photo ? Je ne retiens pas mes larmes. C'est impossible de ne pas me sentir mal devant ce cliché. Il est douloureusement beau.

Chapitre 21

> « Je découvre avec mélancolie que mon égoïsme n'est pas si grand puisque j'ai donné à autrui le pouvoir de me faire de la peine »
>
> *Antoine de Saint-Exupéry,*
> *Lettres à l'inconnue*

Logan

Je gare ma moto devant l'hôtel et me déleste de mon casque. Je salue Pyro que je trouve assis sur sa bécane en retrait. J'entre et mes pas me dirigent vers la grande salle où se déroule le gala. Dans cette pièce noire de monde, je cherche l'objet de ma venue. Je souris en voyant son travail exposé devant nous. Elle a un véritable talent, en dehors d'être une excellente infirmière, elle a l'œil pour faire ressortir la beauté sur ces clichés.

Je repère Astride du coin de l'œil, elle discute avec le maire de la ville. Ce type est une vraie plaie mais on doit faire avec et notre petite Française est très douée à ce jeu-là. Elle sait flatter l'ego de ce genre de personnage. Moi, à part mon poing dans sa gueule, je ne vois pas quoi faire d'autre. Je comprends pourquoi aucun membre des Black's Soldiers ne veut se mêler à cette faune de gens hautains, les mondanités, très peu pour nous. Nous n'y avons pas notre place. Il n'y a qu'à voir le bar, du champagne, du vin mais je suis sûr qu'ils n'ont pas de bière. Astride interpelle Mike pour qu'il lui vienne en aide. Il joue son rôle de doublure d'Aaron à la perfection. Je pourrai rassurer mon frère. Sa femme est belle dans sa robe, je suis certain que mon pote ne l'a pas vu sortir, sinon elle ne serait jamais arrivée ici avant moi. Mon meilleur ami l'aurait accaparée un petit moment.

Du regard, je cherche Mackenzie, mais la foule ne m'aide pas à la localiser. Quand les yeux d'Astride se posent sur moi, je peux y lire la surprise de me trouver ici, puis elle se fait malicieuse. Elle sait pourquoi je suis là, cette nana a un don pour savoir ce que l'on veut avant nous-mêmes. D'un signe de tête, elle me désigne le fond de la salle. J'acquiesce puis me dirige vers l'endroit indiqué.

En chemin, je suis interpellé par des femmes heureuses de voir enfin un Black's Soldiers parmi elles. Elles se pendent à mon cuir, certaines ont même le culot d'essayer de caresser mon emblème dans le dos. Je me sens comme un morceau de viande sur l'étal d'un boucher, je déteste ça, mais je ne peux pas faire un scandale à la soirée d'Astride. Elle ne me le pardonnera pas. Je me contiens difficilement, à deux doigts d'exploser quand une petite main s'accroche ma taille.

— Mesdames, vous avez rencontré mon homme, déclare Astride, un sourire aux lèvres.

Je passe mon bras par-dessus son épaule et l'embrasse sur la tempe pour entrer dans son jeu.

— Ma puce, enfin je te trouve !

— Excusez-nous, mesdames j'ai besoin de lui parler.

Astride m'éloigne du groupe de harpies qui nous regardent avec attention.

— Merci, j'allais me montrer désagréable.

— J'ai senti ta colère à l'autre bout de la pièce, j'ai préféré ne pas prendre de risque.

Elle me connaît si bien. Pourtant je m'interroge.

— Tu m'as présenté comme ton mari ? Tu sais que si Aaron l'apprend tu viens de signer mon arrêt de mort ?

— Respire, personne ne le connaît. Toi ou un autre ça ne fait pas de différence pour elles. Bon, comme je me doute que tu n'es pas venu pour mes beaux yeux, je vais t'aider. Ta princesse est au fond de la salle. Tu vas y arriver sans moi ou je dois te tenir la main pour ne pas qu'elle finisse dans la gueule d'un invité ?

— Je vais me contenir, promis. Merci, dis-je en lui déposant un baiser sur la joue. T'es géniale, ne change rien.

Je m'éloigne en rasant les murs, et tombe sur une photo qui m'interpelle. La fameuse madone avec son blouson du club. Mackenzie l'a sublimé en la retouchant, elle n'est pas exposée dans un grand format mais cela lui donne un côté encore plus mystérieux, il faut s'en approcher pour en deviner les détails. Devant cette œuvre magnifique, je me dis qu'elle ferait un superbe tatouage. Il doit bien me rester assez de place pour l'immortaliser sur ma peau. Je m'attarde quelques secondes sur ce cliché en me remémorant la journée qui a suivi, et surtout la nuit. Je bande en revoyant le visage de Mackenzie traversé par la jouissance.

À force de déambuler dans cette salle, je l'aperçois enfin. Elle fait face à une photo que je n'avais jamais vue. Mais ce qui me frappe, c'est la beauté de ma *pretty doll*. Déjà de dos elle est superbe. C'est la première fois que je la vois en robe. Son dos nu est couvert par un entrelacs de fines bretelles révélant une cambrure affolante et un cul à faire damner un saint. Mon palpitant me joue des tours parce que je le sens se débattre dans ma poitrine. Je l'observe de loin, elle est tellement absorbée par la photo devant ses yeux qu'elle ne semble pas faire cas des gens autour d'elle. Elle ne répond même pas quand les personnes lui parlent. Les hommes tentent d'attirer son attention, sans succès. Je grogne quand un type lui touche le bras, des frémissements désagréables me traversent. De la jalousie ? Pour en avoir le cœur net, je m'approche. Le regard que je lance au type est suffisamment expressif pour qu'il la lâche en s'éloignant d'un pas précipité.

Je me positionne à côté d'elle, douloureusement conscient de sa présence. J'attends qu'elle se rende compte que je suis là. Plusieurs minutes passent sans qu'elle détache son regard de cette photo. Alors je m'y attarde moi aussi, essayant de percer le mystère de ce qui peut bien la bouleverser autant. Car je sens son humeur, elle irradie autour d'elle comme une aura. Un mélange de souffrance et de peur. Quelque chose qui me fait mal. La voir aussi abattue me touche plus que je le pensais. De la compassion ?

Sur la photo devant nous, quatre personnes, trois femmes et un homme. Ils se tiennent devant un bâtiment, le sourire aux lèvres. Il n'y a rien de particulier sur cette image à part ces personnes. Qui sont-ils ? Que représentent-ils pour Mackenzie ? Elle qui fuit depuis si longtemps, sont-ils de sa famille ? Plus je m'attarde sur les visages, moins je ne vois de ressemblance avec ma belle. Alors, doucement, d'une voix plus suave qu'à l'accoutumée, je m'adresse à elle :

— Qui sont-ils ?

Mackenzie lève un regard perdu sur moi puis replonge dans cette photo. Sa douleur me bouleverse. Elle a les larmes aux yeux et pourtant je suis subjugué par sa beauté. Son maquillage met en valeur ses iris noirs qui me plaisent tant et son rouge à lèvres me donne envie de l'embrasser. Sa robe vue de face est aussi appétissante que la vue de dos. La dentelle qui masque sa poitrine est un appel à la retirer pour faire apparaître ses deux petits globes que j'ai pris tant de plaisir à déguster. J'ai envie d'elle à en crever. De la revoir après cette semaine sans elle me permet de respirer à nouveau. Elle m'avait manqué à un point que je ne saurais dire. J'ai au moins la confirmation qu'elle représente plus pour moi que je ne veux bien l'admettre. Cependant, son regard de bête traquée est de nouveau là et j'aspire à savoir comment l'aider. J'ai peur de me réveiller un matin et d'apprendre qu'elle est partie sans un mot. Debout devant cette photo qui compte pour elle, je sais que je ne veux pas la perdre.

— Des fantômes du passé, souffle-t-elle.

Je m'approche, de telle sorte que son épaule touche mon bras et je glisse ma main dans la sienne pour la serrer avec force.

— Mais qui sont-ils pour toi ?

Elle fixe cette photo comme si les protagonistes allaient en sortir. Je sens ses derniers remparts tomber. Elle va craquer et ce n'est pas les tremblements de sa main qui me diront le contraire.

— Voici Alix, Jade, Sarah et Frédéric. Ils sont morts à cause de moi, lâche-t-elle avant de s'effondrer.

J'ai juste le temps de l'attraper et de la prendre dans mes bras avant qu'elle ne touche le sol. Elle se blottit contre ma poitrine, ses bras autour de mon cou et pleure à chaudes larmes. Ses tremblements s'intensifient et son cœur bat à un rythme anarchique. La foule nous regarde et s'écarte alors que je la porte contre mon torse. Ma belle dans mes bras, je me dirige vers un salon privé plus calme.

Je nous installe dans un canapé, elle toujours accrochée à moi, mon tee-shirt trempé de ses larmes. Nous restons longtemps silencieux alors que je la berce pendant qu'elle hurle sa souffrance contre ma poitrine, j'en ressens les vibrations au plus profond de mon âme. Son souffle chaud me balaie les entrailles, je partage sa douleur comme si elle était mienne. Je garde le silence, je ne sais pas quoi dire. Sa phrase résonne dans ma tête : « Ils sont morts à cause de moi. » Qu'est-ce qu'elle veut dire par là ?

Au bout d'un temps incertain mais relativement long, ses pleurs et ses tremblements cessent, à tel point que je pense qu'elle s'est endormie. Je l'appelle pour vérifier.

— Mackenzie ?

Elle hoche la tête en étalant son maquillage sur mon tee-shirt.

— Je suis désolée, dit-elle en voyant les taches sur mes vêtements.

Elle tente de s'éloigner mais je resserre mon étreinte. Son petit corps qui vient se fondre contre le mien m'indique qu'elle ne souhaite pas partir. J'aime l'idée qu'elle ait besoin de moi, qu'elle se sente en sécurité dans mes bras. Cependant, j'ai besoin d'avoir des réponses et je ne suis pas patient.

— Alors tu veux bien me parler ?

— Qu'est-ce… Qu'est-ce que cette photo fait là ? Elle ne devrait pas être là. Ils ne devraient pas être là, lâche-t-elle.

— Je ne comprends rien. Dis-moi qui ils sont.

Ma voix est un tantinet agressive mais je ne me maîtrise pas. Je déteste ne pas comprendre. Elle se raidit dans mes bras et je m'en veux instantanément. Je reprends sur un ton plus adapté à la situation :

— Explique-moi, s'il te plaît.

Le silence qu'elle maintient est oppressant. Alors que je pense qu'elle ne va rien me dire, elle me détrompe, mais sa première phrase me refroidit.

— Les règles sont toujours les mêmes. Pas de question. Tu écoutes juste.

Je refuse ses conditions alors je garde le silence. Heureusement, elle n'attend pas ma réponse pour continuer.

— Après avoir réussi à fuir mon mari, je t'ai dit que j'ai erré. J'ai été SDF, j'ai vécu comme une anonyme au milieu de la foule pendant un temps que je ne saurais définir, je survivais dans la rue. Mais un jour, j'ai rencontré Alix. Elle était bénévole à la soupe populaire où j'allais manger quelquefois. Nous avons sympathisé. Alix me fait beaucoup penser à Astride, la main sur le cœur, toujours ouverte pour les autres, au détriment de son propre intérêt. Bref, Alix faisait partie de « Save yourself », une association qui vient en aide aux femmes victimes de violences conjugales. Elle leur fournit un toit, un soutien psychologique et surtout elle met à l'abri ses femmes qui fuient leurs époux violents. Des femmes comme moi. J'ai intégré leur organisme, Alix et Frédéric étaient mariés et géraient ensemble un immeuble de plusieurs appartements où ils cachaient des femmes, dans l'attente de trouver des solutions. Soit par le biais d'actions en justice, soit en leur permettant de vivre sous une autre identité, dans une autre ville…

Mackenzie reprend son souffle et se recale contre moi. J'en profite pour déposer un baiser sur le sommet de son crâne.

— Pour moi, comme j'avais déjà changé de ville, il ne me restait plus qu'à me reconstruire, l'action en justice étant inenvisageable dans mon cas. Mais reprendre ma vie en main semblait possible, je pensais sincèrement que j'allais pouvoir le faire auprès d'eux. Pendant deux mois, ils m'ont aidée à me construire une nouvelle identité. Et si au départ, j'étais toujours sur le qui-vive, peu à peu le temps a fait son œuvre et j'ai baissé ma garde. Je me sentais bien en sécurité et donc je n'étais plus aussi attentive qu'avant.

Mackenzie est perdue dans son passé, je me demande même si elle a conscience de ma présence tant son discours est fluide.

— J'ai relâché ma vigilance et je n'ai pas vu venir la suite. Un jour, j'ai pris la décision de me réinscrire en fac de médecine. Je pensais pouvoir reprendre mes études, recommencer à vivre normalement alors j'ai profité de cette journée qui était pour moi la première de liberté que je m'autorisais. Le soir, en rentrant à l'association, elle était en flamme. Un incendie faisait rage et je ne pouvais que rester là, les bras ballants, à regarder mon foyer disparaître derrière un mur de flammes. J'ai voulu me précipiter à l'intérieur pour les sauver mais mes jambes ne me portaient pas. Puis au milieu de la foule, je l'ai vu. Son sourire sardonique, ses yeux menaçants posés sur moi. Mon pire cauchemar était là, fier comme un paon devant les ruines de ma vie. Et quand dans une démarche de prédateur je l'ai vu s'approcher de moi, je me suis enfuie. Et depuis je ne cesse de fuir.

— Tu as conscience que ce n'est pas ta faute ?

— Bien sûr que si. J'aurais dû mourir avec eux, rugit-elle. J'aurais dû le laisser faire, je ne supporte plus cette vie de fugitive et pourtant chaque fois qu'il s'approche de moi, je fuis à nouveau. Mais revoir leurs visages est un coup de couteau dans ma poitrine. Je n'arrive plus à respirer normalement, je ne supporte plus ma vie, c'est trop dur. Je suis fatiguée de fuir. Je crois que je suis arrivée au bout du chemin.

Sa voix se brise autant que mon cœur sous ses aveux. Ma *pretty doll* ne veut plus se battre, son discours défaitiste me fait peur. Si elle ne veut plus se battre, est-ce que j'ai envie de me battre pour elle ? Oui, bien sûr que oui. Cet homme mérite de mourir, je veux sentir son sang sur mes doigts, voir la vie quitter son corps quand je le tuerai de mes propres mains. Mais j'ai besoin de son identité.

— Donne-moi son nom.

— Non.

— Ce n'est pas une question. Je veux son nom, Mackenzie.

— Non, il est puissant et je refuse qu'il t'arrive quelque chose.

Je saisis Mackenzie par les épaules et la redresse pour lui faire face. Je plonge mes yeux dans les siens et exige de nouveau cette information capitale.

— Si tu ne veux plus fuir, donne-moi son nom !

Elle secoue la tête en signe de dénégation en pleurant. Les larmes maculent son visage, étalant son maquillage sur ses joues. Je refuse de céder cette fois.

— Mackenzie, ne m'oblige pas à répéter, aboyé-je en serrant les dents.

La tension de mon corps lui fait peur. Elle se crispe et s'éloigne de moi rapidement en se retranchant contre les coussins du canapé. Elle est prostrée, les jambes contre la poitrine. Sa robe fendue laisse apparaître sa jambe nue. Mais même cette vision enchanteresse ne me détourne pas de ma colère. Mackenzie est apeurée, mais je n'arrive pas à savoir si c'est moi ou la situation actuelle qui la met dans cet état. Peut-être un peu des deux. Je tends la main vers elle pour lui caresser la joue mais elle recule avant que je ne la touche. Frustré, j'essaye de retrouver un semblant de calme en me pinçant l'arête du nez et en fermant les yeux.

— Mackenzie, tenté d'une voix douce. Tu n'as plus à te battre toute seule, je suis là pour toi.

— Pourquoi ?

Sa question me prend au dépourvu. Pourquoi ? Je ne sais pas quoi lui répondre. Parce qu'elle me plaît plus qu'aucune autre. Parce qu'elle réveille en moi un sentiment protecteur. Parce qu'elle me fascine. Parce que peut-être… Et pourtant ma réponse est toute autre.

— Parce que personne ne doit subir ce que tu subis depuis si longtemps. Et parce qu'Astride me tuerait si je ne le faisais pas. Je tiens à toi et je ne supporte pas de te voir dans cet état. *Pretty doll,* je m'inquiète pour toi. Alors, ne reste pas seule face à ça et donne-moi son nom.

Mackenzie se redresse face à mes propos. Son attitude n'est plus la même, elle plonge son regard dans le mien et ce dernier brille d'une lueur de défi et d'insolence. Je sais à cet instant qu'elle ne me donnera aucune information et cela me met dans une colère noire.

— Je ne t'ai rien demandé, Logan. Je n'ai pas besoin de toi, de ta protection, de ton insistance à connaître ma vie. Nous ne sommes rien l'un pour l'autre. Laisse-moi tranquille, Logan.

Un coup de couteau dans le cœur. Voilà ce que je ressens en cet instant. Elle vient de me faire mal, quelque chose de sournois s'insinue en moi. Derrière ma colère qui bouillonne dans mes veines, il y a quelque chose d'autre, un sentiment amer et fourbe. Bien plus violent et douloureux que ma rage. De la désillusion ? Je ne m'attarde pas sur ce sentiment inconnu pour moi et explose :

— Très bien. Crève, si tu en as envie. Laisse la peur te dominer et continue à fuir jusqu'à ce que tu n'en puisses plus. Laisse ce connard avoir le contrôle de ta vie si cela te convient. Je m'en lave les mains, Mackenzie. Je me casse.

Chapitre 22

> « Et puis tout à coup, je te vois et ça m'arrive que je t'aime, d'une façon que c'est pas possible de te le dire… Tout le temps, je te vois, tout le temps je te parle… Le sommeil, ça me l'a tué, quand je mange, ça n'a plus de goût. Si tu ne me veux pas, ou je meurs ou je deviens fou. »
>
> *Marcel Pagnol, Manon des sources*

Mackenzie

Je n'aurais jamais dû y aller. Voilà ce que je me dis ce matin en me levant. Cette soirée a ravivé des souvenirs que je tente tant bien que mal d'enfouir sous des couches de déni. Je suis coupable, je le sais. Les gens autour de moi souffrent, ou pire, meurent parce qu'ils ont voulu m'aider. Comment Logan ne peut-il pas comprendre que je refuse de les mettre en danger ? Comment ne peut-il pas voir que je ne cherche qu'à les protéger ? Alix, Frédéric et les autres ont payé de leur vie.

Cette nuit, j'ai été assaillie par leurs visages souriants qui se décomposaient lentement pour finir par disparaître derrière des flammes épaisses et noires. Je ressentais la chaleur de l'incendie qui me léchait le visage. Et je revois le regard sadique de Mathias, satisfait de ce qu'il venait de déclencher. Enfin pas lui directement, cet homme est trop lâche pour se salir les mains. Mais il a facilement accès à des criminels qui, contre une remise de peine, seraient prêts à rendre un service au procureur Mathias Saint-James. Pourtant cet homme, qui est censé représenter des valeurs de justice, droiture et équité, est pourri jusqu'à la moelle.

Aveugle, amoureuse et certainement crédule, je n'y ai vu que du feu. Jusqu'à ce qu'il s'en prenne à moi. Égoïstement, tant que cela ne me touchait pas personnellement j'ai fermé les yeux. Lâche devant cet homme que je considérais comme l'amour de ma vie. Je ne peux qu'être coupable du sang qu'il a sur les mains par ma faute.

Ma douche ne me débarrasse pas de la culpabilité qui m'envahit, des odeurs qui m'assaillent les narines. Cette douche sert seulement à ôter les dernières traces de maquillage que je n'ai pas eu le courage d'enlever hier soir en rentrant. Enfin celles qui ne sont pas restées incrustées sur le tee-shirt de Logan.

Logan qui est parti. Logan à qui j'ai failli dire la vérité. Donner le nom de Mathias et le laisser gérer à ma place, mais je me suis jurée de ne plus autoriser les autres régler mes problèmes. Cette photo m'a bouleversée, je ne m'attendais pas à la voir. Elle m'a fait souffrir, m'a rappelé les heures sombres de ma vie. Et puis j'ai compris que Mathias m'avait retrouvée, il n'y a que lui qui avait accès à ce cliché. J'en ai eu la confirmation hier soir quand j'ai fait défiler toutes les photos sur l'écran de mon appareil. La carte mémoire où se trouvait ce cliché était dans mon logement à « Save Yourself », cela signifie qu'avant de mettre le feu au bâtiment, Mathias a fouillé mon appartement. Il joue avec moi, il cherche à me déstabiliser et ça marche ! Malgré le fait que mon cœur me hurle de rester ici et de me battre, ma raison me dit de fuir à nouveau et mon état émotionnel me supplie de capituler. Vivre ici aura été une parenthèse de bonheur mais plus rien ni personne ne me retient.

Les mots de Logan m'ont fait souffrir. Il sait appuyer là où ça fait mal, mais si je veux pouvoir garder la tête haute, je ne dois pas les entraîner dans ma déchéance. Si je dois mourir, c'est seule. Plus personne ne doit souffrir par ma faute, je vais retourner dans la solitude de mon existence, là où je n'avais plus rien à perdre.

Je retrouve Gloria toujours aussi pimpante et radieuse. J'ai un pincement au cœur de me dire que je ne la verrai plus et qu'elle n'en sait encore rien. Je partirai demain matin. Je pourrais partir dès maintenant, je devrais le faire, mais je refuse de ne pas dire au revoir à Astride, et si j'étais courageuse, à Logan. Ses propos m'ont brisée mais je n'ai jamais été aussi heureuse que dans ses bras. Astride a été une véritable bouffée d'oxygène, elle m'a permis l'espace d'un court instant de vivre normalement, de me sentir vivante. Et si ma route doit s'arrêter ici et bien tant pis ou tant mieux. En effet, quel meilleur endroit pour mourir qu'ici ?

— Gloria, je voulais vous remercier pour la robe. Je vous la rends, dis-je en la lui tendant.

— Ma belle, non tu la gardes, je l'ai créée pour toi. Personne ne la portera aussi bien que toi. Raconte-moi ce gala.

— C'était magnifique.

— Et tes photos ?

— Je ne sais pas, j'étais fatiguée et je n'ai pas eu l'occasion de voir Astride pour lui demander si cela avait pu apporter quelque chose. Je comptais aller la voir en fin d'après-midi.

— Je suis sûre qu'elles ont eu beaucoup de succès. Une fille aussi talentueuse que toi mérite de réussir.

— Merci, Gloria. Merci de m'avoir accueillie alors que je n'avais aucune garantie. Vous m'avez permis de me sentir chez moi et cela ne m'était pas arrivé depuis longtemps.

— Pourquoi ça ressemble à des adieux ?

Je la prends dans mes bras pour la serrer contre mon cœur. Cette femme va terriblement me manquer.

— Je voulais juste vous dire que j'étais reconnaissante. Je ne compte aller nulle part.

Je lui mens outrageusement.

*

J'attends la fermeture du centre pour être sûre de ne croiser personne. J'arrive au moment où Astride verrouille la porte. Elle se retourne pour me faire face.

— Mackenzie ! Génial, tu es là. Je voulais t'appeler mais je n'ai pas ton numéro alors j'allais venir te voir chez Gloria.

Astride rouvre le centre et s'engouffre vers l'intérieur. Je la suis.

— Tes photos ont toutes été vendues. Grâce à ton talent, nous avons réussi à engendrer plus de vingt-cinq mille dollars…

— Vingt-cinq mille dollars ? je bafouille, ahurie.

— Oui et j'ai eu des propositions de travail pour toi. Je voulais te remercier et te donner ta part.

Elle me tend un chèque, et je m'étouffe devant le montant. Cinq mille dollars ! Je ne pensais pas qu'un jour je recevrais une telle somme d'argent pour mes photos. Mais je ne peux pas accepter. Certes, cette somme m'aiderait à recommencer ma vie quelque part, mais j'aurais l'impression de les voler et surtout je n'ai pas de compte en banque pour l'encaisser.

— Je veux t'en donner la moitié pour le centre. Ce que tu fais ici est formidable et je veux participer à ce projet. Et l'autre moitié, je voudrais que tu les donnes à Gloria.

— Mais tu as déjà participé grâce à tes photos. Tu dois prendre cet argent, tu le mérites.

— J'insiste.

Suspicieuse, Astride cède pourtant très facilement. Trop facilement.

— D'accord, à une condition.

— Laquelle ?

— D'abord, tu acceptes et ensuite je te dirai.

Méfiante, je la regarde me sourire. Je sais que je ne risque rien avec elle.

— OK.

— Super ! Ce soir, tu m'accompagnes à la soirée au club pour le départ des membres.

Aller au club avec elle. Sans le savoir, elle me donne l'occasion de dire au revoir à Logan. Est-ce que j'ai envie de refuser ? Non. Tout mon corps me pousse à partir le plus vite. Je sais que Mathias n'est pas loin et je devrais déjà mettre plusieurs miles entre nous et pourtant je ne veux pas partir sans dire au revoir. C'est bête et puéril, mais je ne suis jamais sentie aussi bien qu'en présence de ces gens si différents de moi. Je veux faire les choses bien, je veux les quitter la tête haute. Sans regret, ce n'est pas possible, mais sans honte, je peux le faire. Je sais que je joue avec le feu, que je me mets en danger et peut-être les autres aussi, mais je me dis égoïstement que je vais peut-être avoir le droit à encore quelques moments de bonheur avant de reprendre ma vie de fugitive.

Et je sais au plus profond de mon cœur que Logan sera toujours là pour moi. J'ai envie de vivre mes derniers moments ici dans l'insouciance la plus totale comme un condamné à mort qui veut profiter à fond de ses derniers instants de vie. Je ne céderai pas à la panique. De plus, je suis curieuse de découvrir l'ambiance d'un club de bikers, et ça me permettra de passer un peu plus de temps avec Astride.

— Par contre, je n'ai rien à me mettre.

Je lui désigne ma tenue. Mes fringues habituelles qui sont plus pratiques que seyantes. Astride balaie cet argument de la main et m'attire vers son bureau.

— Pas de problème. Tu fais à peu près la même taille que Sam et comme elle laisse toujours une tonne de vêtements ici, je suis certaine qu'on va trouver ton bonheur.

Elle ouvre une malle où se trouve un tas immense de fringues : des pantalons, des jupes, des robes… c'est à se demander s'il lui reste des affaires dans ses placards. Astride tire un pantalon en cuir noir et un tee-shirt bordeaux à manches longues avec l'encolure et les épaules en dentelle. Je n'oserais jamais porter ça, mais Astride en décide autrement. Elle ferme la malle, s'assoit dessus, croise les jambes et attend que je m'exécute. Je cède et file m'habiller dans les toilettes. Ce pantalon est tellement serré que j'ai l'impression d'être nue. Et que dire de ce haut ? Superbe mais avec un décolleté très profond. Je retourne vers Astride en essayant de cacher mon corps que cette tenue dévoile beaucoup trop. Elle m'attend avec une paire de cuissardes que j'enfile sous son regard rieur. J'ai l'impression qu'elle manigance quelque chose. Quand nous sortons, je remarque son blouson. Elle porte un cuir où se situe une inscription « propriété d'Hurricane » au-dessus de l'emblème du club. Je l'interroge :

— Qu'est-ce que signifie, ton blouson ?

— Ah ça ! Toi aussi ça te choque ? Quand tu deviens la régulière d'un membre du club tu as le droit à ce blouson qui prouve ton appartenance au club et à ton homme. Je déteste le porter, mais comme nous allons au MC, c'est une obligation pour ne pas être dérangée par les bikers en quête d'une fille facile. Ils sont respectueux de ce symbole.

— Je trouve ça romantique.

— Ah ouais ?

— Oui, certes l'inscription est quelque peu particulière, mais si j'ai bien compris c'est leur définition de l'alliance.

— Tu n'as pas tort mais je trouve ça quand même un tantinet misogyne, sourit-elle en penchant la tête sur le côté. Tu es prête ?

Sans attendre ma réponse, Astride se dirige vers un 4x4 ou se trouve un biker que j'ai déjà vu. Pyro, si je ne me trompe pas. En m'approchant, je remarque les brûlures qui lui mangent une partie du cou et le bas du visage. Mon Dieu, il a dû souffrir. En me voyant approcher avec Astride, il se met à grogner.

— Pyro, ça suffit. Arrête de montrer les dents. Je te présente Mackenzie, elle vient avec nous ce soir.

Pyro se contente de la regarder en maugréant des paroles inintelligibles.

— Tu t'y habitueras, dit-elle à mon intention. Pyro n'est pas très bavard mais il a un cœur en or.

En l'entendant, il bougonne encore, mécontent. Le trajet en voiture est meublé par les recommandations d'Astride. Elle me conseille de rester avec elle. Nous arrivons devant un immense portail noir où est forgé l'emblème du club en grand. Pas de doute, nous sommes au bon endroit. Pyro qui conduit fait un signe à un type pour qu'il ouvre le portail.

— Ils ne rigolent pas avec la sécurité, je constate.

— C'est nécessaire. Ils n'ont pas que des amis.

Un frisson me parcourt et pourtant je suis rassurée. Mathias ne viendra jamais me chercher dans un endroit pareil, je peux être sereine pour la soirée. Nous descendons de la voiture et je décide quand même de rester collée à Astride. Cet univers me fascine ; elle sera ma boussole dans ce lieu et ces mœurs inconnus.

— Astride ! hurle une petite voix.

Nous voyons débouler un gamin d'une dizaine d'années.

— Elliot, je te présente Mackenzie. Mackenzie, je te présente Elliot, le frère d'Aaron.

Je ne sais pas qui est Aaron mais en tout cas ce gamin a un sourire chaleureux.

— Bonjour, dit-il. Astride, Aaron est encore à la messe, je peux aller avec Davy et Sean ?

— D'accord, mais vous restez dans l'enceinte du club.

— Promis, dit-il en courant rejoindre deux autres enfants d'à peu près son âge.

— Il est mignon.

— Oui, c'est un enfant adorable. Je suis fière de lui tous les jours. Il deviendra un homme bien.

Nous nous installons autour d'un feu de camp qui brûle dans la cour. Astride me tend un soda que je saisis. Sam vient nous rejoindre ainsi que d'autres femmes qui portent le même type de blouson qu'Astride. Si j'ai bien compris, elles sont les régulières de membres. Étonnamment, je passe un agréable moment, les femmes sont sympas et de bonne compagnie. Je ne savais pas à quoi m'attendre, mais pas à ça. Je passe une si bonne soirée que j'en oublie mes problèmes. Je me sens à la limite de l'euphorie quand je prends conscience qu'au sein de ce club, il ne peut rien m'arriver ; je me sens soudainement toute puissante.

Je remarque des filles qui n'ont rien à envier à des prostituées : physique de bimbo, vêtements quasi inexistants… D'un mouvement de tête, je questionne Astride.

— Elles ? Ce sont des brebis. Des filles faciles qui couchent avec les membres du club. Elles n'ont pas le statut de régulières mais sont sous la protection du club.

Devant mon regard incrédule, elle s'explique :

— J'ai eu la même réaction que toi la première fois. Je ne comprenais pas pourquoi des filles acceptaient de n'être que des vide-couilles, si tu me pardonnes l'expression, mais en fait en discutant avec elles, j'ai compris que c'est ce qu'elles veulent. Bien que la plupart espèrent obtenir le statut de régulière, elles sont consentantes. La plupart sont de chouettes filles et les hommes les respectent pour ça. Elles font partie intégrante de la vie du club. En fait, je crois qu'avec le temps on s'habitue à leur présence.

Parmi les brebis, il y en a une qui me regarde bizarrement. Son visage ne m'est pas inconnu, mais je n'arrive pas à me souvenir où j'ai pu déjà la voir. D'un coup, elles se dispersent comme une nuée de moucherons. Astride le remarque aussi.

— La messe doit être finie. Je vais enfin pouvoir te présenter Aaron.

— D'accord.

J'ai soif, le soda que m'a offert Astride ne me suffit pas. Je me sens tellement en sécurité dans cet endroit que j'ai besoin de me laisser aller à plus de fantaisie. Deux ans que je n'ai pas profité d'une soirée comme celle-là. Je rencontre Tania qui tient un salon de tatouage, Zoé qui finit ses études de vétérinaire… J'observe Astride alors qu'elle discute layette avec une femme enceinte jusqu'aux yeux, elle rayonne dans cet environnement. J'aime cette ambiance, type grande famille. J'apprécie de me retrouver entourée de personnes si chaleureuses. Je contemple d'un air absent le milieu dans lequel je suis quand j'entends la voix d'Astride m'interpeller :

— Mackenzie, est-ce que je peux te demander d'aller me chercher à boire, s'il te plaît ?

— Oui bien sûr, pas de problème, où se trouve le bar ?

— À l'intérieur. Tu veux que je t'accompagne ?

— Je devrais m'en sortir.

— Je pense que Logan est dedans, dit-elle en me faisant un clin d'œil.

Je me dirige vers l'intérieur du club, toujours aussi circonspecte quant au comportement d'Astride quand elle me parle de Logan. La bâtisse est immense, j'arrive dans une pièce où les odeurs d'alcool se disputent la place aux fumées de cigarette. L'ambiance est lourde, pesante, la musique assourdissante. Les brebis sont toutes là, collées à des bikers. Dans un coin, je remarque un couple en pleine action, et je bloque devant ce tableau incongru. J'imaginais des mœurs légères mais là, c'est carrément de la pornographie. Je rougis, honteuse d'assister à ce spectacle dont les acteurs se foutent royalement de ce qui se passe autour d'eux.

— Tu veux qu'on fasse comme eux ?

Une main sur mes fesses, un homme me fait cette proposition totalement déplacée. Je déglutis et sors de ma torpeur.

— Non merci, je cherche quelqu'un, dis-je avant de m'interrompre.

Devant moi, je vois Logan, assis sur un canapé, le cuir à même la peau. Son torse sculpté dans le marbre se découvre aux yeux de tous et toutes. Il n'est pas seul, à côté de lui une fille lui lèche le cou avec avidité. Sa main est posée sur une chevelure rousse qui monte et descend entre ses genoux. J'écarquille les yeux. Ce n'est pas possible, je ne vois pas ce que je suis en train de voir ! Logan est en train de se faire sucer. Il y prend un plaisir évident, les yeux clos et les lèvres serrées. Que ce soit à la vue de tous, cela ne me choque même pas, mais je ne m'y attendais pas.

Je me sens mal, j'ai le cœur qui saigne. Involontairement, je prends appui sur le biker à côté de moi qui, satisfait, passe son bras autour de ma taille. Je reste figée au milieu de cette pièce à regarder Logan prendre du bon temps avec une autre. Je descends rapidement de mon état euphorique. Adieu sentiment de bien-être que je ressentais jusque-là, bonjour rancœur. Même les coucheries de Mathias ne m'avaient pas autant blessée, je me rends compte que je suis beaucoup plus attachée à ce mec que je veux bien le croire. Debout face à ce spectacle, j'assimile simultanément que j'ai des sentiments pour Logan et que lui n'en a aucun pour moi. C'est douloureux, ça me lacère les entrailles.

Puis il m'aperçoit, sa mâchoire se crispe et ses yeux s'écarquillent sous la surprise. Il ne s'attendait pas à me voir, c'est sûr. Quand la main de l'inconnu à mes côtés remonte sous ma poitrine, je sors de ma torpeur. Je lance un dernier regard plein de dédain à Logan et m'enfuis en courant de cet antre de l'enfer.

Chapitre 23

« Comment une femme pouvait-elle s'introduire aussi simplement dans le cœur d'un homme, juste par des regards et des sourires ? Est-ce qu'il était possible de caresser le cœur sans même effleurer la peau ? C'était sans doute cela séduire. S'immiscer dans le cœur de l'autre, le faire vibrer pour se l'attacher. »

Jean-Claude Izzo, Solea

Logan

Merde !

Qu'est-ce qu'elle fout là ?

Et pourquoi Nitro la colle comme si elle lui appartenait ?

Je serre les dents, prêt à lui refaire le portrait quand je me souviens de ce que je suis en train de faire. Dakota me suce avec application et, jusqu'à ce que je tombe sur le regard noir de Mackenzie, je prenais mon pied. Enfin presque, puisque j'imaginais qu'à la place de Dakota se trouvait la bouche de la princesse de glace qui me fait face.

Notre dernière conversation était un savoureux mélange de colère, de haine avec un soupçon de mauvaise foi, en tout cas de ma part. J'ai été odieux mais elle ne veut pas me donner le nom du connard qui la persécute. J'ai essayé de missionner Weasel pour qu'il trouve quelque chose, mais sans nom, identité ou lieu, il n'a rien pu faire. Et puis, est-ce que Mackenzie est son vrai prénom ? Je ne connais rien de cette nana. Et plus je cherchais des réponses, plus j'alimentais ma colère. Au point où je la considère comme responsable de mon état.

Pourtant, elle n'est pas la seule responsable. Au cours de la messe, j'ai été débordé de recommandations en tout genre, de la part du Préz et d'Aaron. Le premier parce que je reste ici et qu'il me délègue les commandes du club en son absence – alors que je n'en veux pas – et le deuxième parce qu'il me confie sa précieuse moitié et que, s'il lui arrive quelque chose, il me promet une mort lente et douloureuse. Bref, je suis sorti de là sur les nerfs, et quoi de mieux pour me calmer que de baiser.

Dakota s'est jetée sur moi dès la fin de la messe. Cette nana est une vraie sangsue, mais à ce moment précis je ne pensais qu'à ma queue et je comptais bien en profiter, vider ma colère et mes couilles dans une brebis pas farouche. Mais voilà, Mackenzie se tient devant moi, magnifique et bandante à souhait, un regard atterré, abattu et voilé de tristesse. Et c'est bien ce dernier sentiment qui me fait me sentir comme un con dans l'instant. Putain mais qui l'a fringuée comme ça ? Elle porte un cuir qui moule son corps comme une seconde peau et tous mes frères se régalent de la vue, sa poitrine est offerte derrière une dentelle des plus minimes. La stupeur de me voir en pleine action avec Dakota permet à Nitro de poser les mains sur elle sans qu'elle réagisse. Je vais lui casser les doigts à ce connard pour oser la toucher, c'est égoïste et totalement illusoire, mais elle est à moi.

Les yeux plantés dans les miens, Mackenzie me fait comprendre tout le bien qu'elle pense de moi. Puis ma belle tourne les talons et part en courant. Je n'ai pas le temps de me débarrasser de la rousse envahissante que Mackenzie a déjà franchi les portes du club. Je repousse la tignasse de Dakota sans douceur.

— Dégage.

— Tu ne veux pas que je finisse ? propose-t-elle en caressant ma bite.

Je ne bande plus. Dès l'instant où mes yeux ont croisé ceux de Mackenzie, j'ai perdu toute envie. Je me sens minable.

— Non.

Ignorant le regard noir qu'elle me lance, je me lève précipitamment, me rhabillant d'un même mouvement pour m'élancer à la poursuite de celle que je n'arrive pas à chasser de mon esprit.

— Logan ! Attends…

Je n'entends plus la voix de Dakota quand je passe les portes. Je dois la retrouver. Je regarde à droite et à gauche mais ne la trouve pas. J'aperçois Astride qui se dirige vers moi d'un pas pressant et menaçant. Je vais en prendre pour mon grade et pourtant ce n'est pas le moment de me chercher, j'ai les nerfs en feu.

— Qu'est-ce que tu as foutu ? hurle-t-elle.

— Astride, ce n'est pas le moment.

— Bien sûr que c'est le moment ! Quand est-ce que tu vas arrêter de te comporter comme un con ?

— Astride, je gronde.

Le ton que j'emploie suffit à faire débarquer Aaron qui se positionne devant sa femme comme pour la protéger de moi. Cette vision de mon meilleur ami menaçant, défendant Astride de moi, me met un coup au cœur et décuple ma colère.

Tout ça, c'est à cause d'elle, si elle ne m'avait pas poussé dans les bras de Mackenzie, je n'en serais pas là… Je rejette ma culpabilité sur Astride, c'est plus facile que d'assumer ma propre connerie. Astride ne l'entend pas de cette oreille, elle se décale pour me faire face, poussant Aaron sur le côté. Les poings serrés, le visage déformé par la colère, elle s'oppose à moi.

— Tu n'es qu'un abruti, Logan ! Tu es tellement incapable de faire face aux sentiments qu'elle fait naître en toi que tu as tout fait pour la faire fuir.

En plein dans le mille mais je ne lui avouerai jamais.

— Ce n'est pas ce qui s'est passé. Et puis d'ailleurs qu'est-ce qu'elle foutait là ? C'est toi qui l'as fait venir ?

Mon ton agressif ne plaît pas à Aaron qui me le fait savoir.

— Logan, parle encore une seule fois comme ça à Astride et je te pète les dents.

— Ne t'en mêle pas, Aaron, si ta femme ne foutait pas son nez partout, on n'en serait pas là.

— Je t'interdis de rejeter sur moi la faute de ton incapacité à te comporter en être humain, tempête-t-elle.

Astride prend une grande inspiration, puis reprend d'une voix douce qui nous surprend Aaron et moi. Nous n'avons pas l'habitude de nous calmer aussi rapidement.

— Mackenzie est partie. Elle était bouleversée par ce qui s'est passé dans le club. Je ne sais pas ce que tu lui as fait et je ne veux pas le savoir. Mais sache que tu viens certainement de foutre en l'air ta chance avec elle. J'espère que ça en valait la peine ?

— Même pas. J'ai…

— Je te l'ai dit, je ne veux rien savoir. Tu n'as plus qu'à assumer, conclut-elle en tournant les talons.

Aaron se plante devant moi, physiquement menaçant, et pourtant il me parle d'une voix tranquille et posée.

— Logan, je ne sais pas ce qui se passe mais Astride apprécie beaucoup Mackenzie, et au vu de ton comportement de ces derniers jours toi aussi. Ce n'est pas un mal d'être amoureux. Toi-même, tu le sais, je suis le plus heureux des hommes depuis qu'Astride partage ma vie. C'est toi qui m'as ouvert les yeux, alors je vais faire pareil pour toi, mon frère. Cette fille n'est pas une fille que tu baises, cette fille t'a touché là, dit-il en désignant mon cœur. Alors oui, ça fait peur au début, ça terrifie au milieu et pourtant quand tu l'acceptes ça soulage et ça n'apporte que du positif. Je vais te poser la même question que tu m'as posée concernant Astride : qu'est-ce que tu veux, mon frère ?

Je me souviens de cette conversation comme si c'était hier. Je l'ai aidé à lâcher prise et pourtant aujourd'hui c'est moi qui suis incapable de le faire. Ça paraissait si simple quand je n'étais pas le protagoniste de l'histoire. Qu'est-ce que je veux ?

— Je ne sais pas ce que je veux mais je sais ce que je ne veux pas. Je ne veux pas qu'elle disparaisse tant que je n'ai pas compris ce que je ressens. Je ne veux pas me lever un matin avec des regrets.

— Alors, essaye de rattraper le coup.

— Comment ?

— Astride a chargé Pyro de la raccompagner chez elle.

— Et il a accepté ?

Parce que dans le genre associable, taiseux et bourru, Pyro nous bat tous à plate couture.

— Tu sais bien qu'il ne peut rien lui refuser.

C'est vrai que Pyro vénère Astride mais un peu comme nous tous, en fait. Ça me rassure qu'elle ne soit pas seule dans la nature, parce qu'entre son ex psychopathe et nos ennemis, elle ne serait pas en sécurité. Je me dirige vers ma moto avant de me retourner pour faire face à Aaron.

— Merci, et dis à Astride que je m'excuse.

— Elle ne veut pas de tes excuses, ramène-lui sa copine et vous serez quittes.

J'essaye de joindre Pyro, sans succès. Après une énième tentative, je tombe directement sur son répondeur. Cet enfoiré a éteint son portable. J'enfourche ma bécane puis me dirige vers la sortie. Le prospect de l'entrée ouvre le portail en me voyant arriver.

En chemin, je repense à ce que m'a dit Aaron. Il est tellement différent depuis que sa furie partage sa vie. Est-ce que Mackenzie pourrait être la mienne ? Elle est douce et délicate. Sa fragilité m'émeut. Ce petit bout de femme me bouleverse et cela m'agace autant que cela me séduit. Je ne sais pas si elle est celle qui me fera changer d'avis sur mon éternel célibat, mais ce dont je suis sûr c'est que je ne peux pas la laisser partir sans lui avoir parlé. Sans l'avoir eue de nouveau sous moi frémissante et gémissante. Cette nana me fait perdre tout sens commun et j'ai besoin de savoir où cela pourrait bien nous mener. Nous devons éclaircir beaucoup de choses. Je dois lui expliquer pourquoi Dakota s'occupait de moi et elle doit me dire comment s'appelle son ex. Car la seule certitude que j'ai, c'est que nous ne pourrons rien construire tant qu'il planera cette ombre au-dessus de sa tête.

Je pose le pied au sol devant chez elle et me dirige d'un pas conquérant vers la porte. Nous allons mettre les choses à plat.

Chapitre 24

> *« Some say you will love me one day*
> *And I will wait, I will wait to get your loving one day*
> *Just say you will love me one day*
> *And I will wait, I wait to get your loving one day*[1] *»*
>
> *Nea, Some say*

Mackenzie

Assise dans la voiture à côté de Pyro, je reste silencieuse. Ce dernier ne cherche pas à engager la conversation et cela m'arrange. Je suis partie comme une voleuse sans un mot pour Astride qui a essayé de me retenir. J'ai profité que le portail s'ouvre pour laisser rentrer des bikers pour me faufiler dehors et m'enfuir loin de lui. Il ne me doit rien et pourtant je le vis comme une trahison. Cet homme est le premier à me toucher au sens propre comme au sens figuré. Il m'a fait ressentir des sensations oubliées depuis si longtemps comme le désir, la passion, la confiance. Oui, j'avais confiance en lui, je lui ai confié une partie

---

1. « Certains disent que tu m'aimeras un jour
Et j'attendrai, j'attendrai d'avoir ton amour un jour
Dis juste que tu m'aimeras un jour
Et j'attendrai, j'attendrai d'avoir ton amour un jour »

de ma vie, je l'ai laissé m'approcher avec une telle facilité que j'en suis la première surprise. À aucun moment, le fuir ne m'a paru une bonne idée. Et là, le sentiment amer de la trahison m'envahit. J'ai beau relativiser, savoir dans quel monde il vit, que lui ne voit pas où est le mal, je respire difficilement à cause de sa trahison qui m'oppresse la poitrine.

À mes côtés, Pyro grogne après son téléphone qui sonne à intervalles réguliers. Je l'entends marmonner des injures. Puis d'un geste brusque, il jette l'appareil sur la banquette arrière. Je détaille cet homme qui n'a pas ouvert la bouche depuis qu'il m'a ramassée sur le bord de la route, alors que j'étais en train de réfléchir à un moyen de rentrer chez moi avant de mourir de froid. Ramassée est le bon terme. Il a juste stoppé le véhicule, ouvert la portière passager et a repris sa place derrière le volant en silence, attendant que je monte. Nous roulons en direction du centre-ville, je tapote nerveusement mes doigts sur mes genoux, sentant le cuir du pantalon de Sam me brûler la peau. Le frottement de mes doigts sur le pantalon résonne autour de nous comme le métronome d'un piano, il comble un silence qui m'oppresse de plus en plus. Tout à coup, je suffoque, j'ai chaud. Mais qu'est-ce que je fais là ? Pas seulement dans cette voiture, non, qu'est-ce que je fais encore dans cette ville ? Je dois partir dès que possible. Mathias est ici, je le sens au plus profond de moi. Je l'ai juste occulté, vivre dans le déni de sa présence avait quelque chose de rassurant mais d'illusoire.

Pyro arrête la voiture devant chez moi. Tout le monde dans cette ville sait que j'habite chez Gloria, c'est pas possible autrement. Donc si tout le monde sait que je loge chez elle, Mathias arrivera facilement à me débusquer, si ce n'est déjà fait. Si ça se trouve, il attend juste son heure, tapi dans l'ombre. Le moment opportun pour s'en prendre à moi. Cette pensée me glace le sang. Mon corps tremble quand je descends de la voiture et salue mon chauffeur qui me répond par un grognement. J'observe avec nostalgie une dernière fois l'immeuble avant de me diriger vers la porte.

Gloria me saute dessus sitôt la porte franchie. Sa tenue est stupéfiante, une robe de nuit – je ne sais pas si ça existe mais je ne sais pas comment décrire ça autrement – ma petite mamie porte une robe rose avec un col en fourrure et des pantoufles à petits talons assortis, le tout rehaussé par une robe de chambre en satin. On dirait la mère de Miss Fine dans *Une Nounou d'enfer*.

— Jeune fille, préviens-moi quand tu rentres aussi tard, j'étais inquiète.

— Promis, maman, ça ne se reproduira plus.

Sa spontanéité et sa bonne humeur font qu'elle arrive à me faire rire. Alors que nous plaisantons ensemble comme deux adolescentes, nous entendons un bruit de moteur dans la rue, un bruit significatif et reconnaissable. Mes tripes se serrent, je sais que c'est lui mais je refuse de lui parler. Je demande à Gloria de me sauver de cette situation.

— Gloria, c'est Logan et je ne veux pas lui parler. Est-ce que tu peux…

— Je peux et je le ferai avec plaisir mais promets-moi de lui pardonner. Je suis pour une petite dispute de temps en temps mais rien ne vaut la réconciliation, dit-elle avec un sourire mutin.

Gloria me pousse dans le coin entre sa porte d'entrée et le mur. D'un mouvement volontairement exagéré, elle remet ses cheveux et sa poitrine en place, ce qui me fait doucement glousser. Puis ouvre la porte en grand telle une actrice de théâtre qui monte sur scène.

— Mackenzie ? questionne-t-elle. Pardon jeune homme, je pensais que c'était Mackenzie. Elle n'est pas encore rentrée, dit-elle d'un ton détaché.

À travers l'interstice de la porte, je peux voir Logan. Il a l'air stupéfait par la tenue de Gloria et je le vois déglutir. Son malaise me fait sourire.

— Vous ne savez pas où elle peut être ? Elle est partie précipitamment du club, vous êtes sûre qu'elle n'est pas rentrée ?

— Tu penses que je ne l'entendrais pas ? J'ai encore une très bonne ouïe.

Gloria prend une mine confuse et vexée. Logan ne sait pas comment se dépatouiller avec ma logeuse et son air froissé. Gloria est géniale dans son rôle.

— Ce n'est pas ce que j'ai voulu dire… Mais… Je voulais m'assurer qu'elle était bien rentrée. Je m'inquiète pour elle et j'ai besoin de lui parler, bredouille-t-il.

— Écoute, vu ton air coupable, ce n'est pas que de lui parler dont tu as besoin, c'est surtout de t'excuser pour qu'elle te pardonne.

— Non mais…

— Tsst, ça se voit comme le nez au milieu de la figure que tu n'es pas fier de ce que tu as fait et que tu ne sais pas comment te faire pardonner. Si tu veux un bon conseil, sois honnête et laisse parler ton cœur. L'honnêteté est la meilleure des façons de gagner le cœur d'une femme.

Logan la fixe d'un air ahuri. Gloria est magique, elle vient de moucher un biker en quelques secondes. Logan danse d'un pied à l'autre, n'arrivant pas à regarder la vieille femme dans les yeux.

— Tu veux venir tenir compagnie à une vieille femme en l'attendant ? demande-t-elle en se pendant à son bras.

Gloria papillonne outrageusement des yeux et je me retiens de rire, de peur que Logan m'entende. Il observe ma logeuse d'un air effrayé, il ne sait pas comment faire.

— Je vais y aller, bafoue-t-il.

J'entends la porte d'entrée se refermer sur lui, pendant que Gloria rentre chez elle.

— Ma belle, ne le fais pas attendre trop longtemps, ce garçon est un ange.

— Je ne suis pas d'accord, cet ange trompe sa femme avec toutes les filles qui sont disponibles, moi y compris.

— Sa femme ?

— Oui, Astride…

— Ma belle, viens t'assoir, dit-elle en désignant son canapé.

Je tombe entre la multitude de coussins et attends la leçon de morale qu'elle va me servir.

— Logan n'est pas le mari d'Astride.

— Quoi ? Mais si. Je les ai vus ensemble.

— Tu les as vus ensemble ? Ce n'est pas possible. Astride est mariée avec Aaron. Un type beau comme un camion, plus sombre, plus ténébreux que ton Logan.

Devant le ton convaincu de Gloria, je réfléchis à ce qui m'a poussée à croire que Logan et Astride formaient un couple. Et au final, en mettant bout à bout tous les moments où je les ai vus tous les deux, je dois me rendre à l'évidence, je ne les ai jamais vus s'embrasser ni se prendre dans les bras… Je me suis trompée. La vague de soulagement qui m'envahit me fait pousser un soupir. Je n'ai pas trahi Astride. C'est pour ça qu'elle voulait me présenter Aaron, parce que c'est lui son mari. Donc Logan n'est pas infidèle à une femme qu'il n'a pas. Enfin, il n'en reste pas moins un coureur de jupons.

— En fait, j'ai cru qu'ils étaient un couple parce que… en fait, je ne sais pas pourquoi.

— Si c'est la seule chose qui te retient d'aller te jeter dans ses bras, ma belle, tu n'as plus de raison d'hésiter, ce garçon est fou de toi.

— Ce n'est pas la seule chose.

Je suis lasse, de cette soirée, de ma situation, de ma vie. Je me sens épuisée, et sans le voir venir, je m'endors sur le canapé de Gloria entre ses coussins confortables et accueillants. J'entraperçois Gloria me recouvrir d'un plaid avant de plonger dans les bras de Morphée.

Chapitre 25

« Il n'y a rien de pire qu'une image nette d'une idée floue »

Ansel Adams

Mackenzie

Le réveil est douloureux, parce qu'il sera le dernier ici et que le canapé de Gloria est visiblement plus confortable en apparence qu'en réalité. J'ai le dos en compote. Gloria m'apporte un café et s'assoit à mes côtés.

— Alors, la nuit a porté conseil ?

— Par rapport ?

— Logan, ma belle. Tu sais, ce type est beau à me faire regretter de ne pas avoir vingt ans de moins.

— Vingt ans ? dis-je en haussant un sourcil, rieuse.

— Oh ça va ! J'ai le droit de rêver ! Ne sois pas désobligeante, jeune fille. Si toi tu ne vois pas que cet homme est génial, je n'y peux rien. Il aura peut-être pitié d'une jeune retraitée comme moi.

— Gloria, je ne sais pas encore ce que je vais faire avec lui mais dans l'immédiat, je vais aller prendre une douche, puis me rendre au centre pour rendre ses affaires à Astride et m'excuser d'être partie comme une voleuse hier soir.

J'avale d'une traite mon café en me brûlant la langue au passage. Après une douche bienfaitrice, je ramasse toutes mes affaires pour faire mon sac. Comme toujours, tout rentre dans mon sac à dos aussi usé que mes Converse. D'un regard circulaire, je vérifie que je n'ai rien oublié et imprime sur mes rétines ce lieu kitschissime à souhait mais qui a été mon havre de paix ces derniers temps. Je referme pour la dernière fois la porte, dépose mon sac dans le couloir avant d'aller embrasser Gloria. Je ne veux pas l'alerter sur mon départ, je ne veux pas qu'elle s'inquiète et surtout je ne veux pas flancher devant elle. Pour protéger tout le monde, je dois partir et le plus vite sera le mieux. Mes bras se serrent autour de son corps comme j'enlacerais ma grand-mère. Cette femme va terriblement me manquer.

Une fois dehors, je me dirige vers le centre social, avant de prendre le prochain car qui quitte cette ville, quelle que soit la destination. Poser le sac contenant les vêtements de Sam devant la porte me démange mais je ne le ferai pas. J'entre et trouve Astride seule dans la grande salle en train de s'agiter comme un poulet sans tête, elle hurle au téléphone.

— Tu me fatigues, Aaron, je ne suis pas en sucre et je n'ai pas besoin que ton imbécile d'ami me surveille comme le lait sur le feu. Je te préviens si je le vois se pointer ici tu passeras les prochaines nuits sur le canapé et lui aura besoin de se faire greffer une nouvelle queue. Est-ce que je suis clair ?

J'entends le ton cinglant d'Aaron au bout du fil, sans comprendre ses mots.

— Il n'y a pas de mais, laisse-moi tranquille ! hurle-t-elle avant de raccrocher brutalement.

Astride se retourne et me voit. Elle sursaute, une main sur le cœur, puis me sourit sincèrement.

— Mackenzie, je suis contente de te voir. Je suis désolée, dit-elle en se précipitant sur moi pour me serrer dans ses bras.

— Tu n'as pas à être désolée. Et puis c'est aussi ma faute, j'ai fait une erreur d'interprétation. En fait, j'ai cru que tu étais mariée à Logan et…

Son rire me coupe dans ma phrase.

— Logan et moi ? s'esclaffe-t-elle.

Je me sens limite vexée que l'idée d'être avec Logan soit aussi hilarante. Devant mon air circonspect, elle se reprend.

— Ne te méprends pas. Logan est adorable quand il ne joue pas au con. Mais nous ne sommes absolument pas compatibles et j'aime mon mari même si lui aussi est une véritable tête de mule.

Elle me désigne son portable qui vibre sur la table derrière nous.

— C'est lui qui me harcèle. Il est parti tôt ce matin et depuis qu'il sait que j'ai faussé compagnie à Logan chargé d'assurer ma surveillance en son absence, il est en colère contre moi.

— Et ça va aller ?

— T'inquiète, il est déjà trop loin pour faire demi-tour.

— Je suis venue te rendre les affaires de Sam.

— Il ne fallait pas, elle en a tellement qu'elle ne se rendra pas compte qu'il lui en manque.

Astride nous dirige vers son bureau pour prendre un café. Je profite de ce moment de calme avant de reprendre mon rôle de fugitive. Astride entreprend de me raconter le gala avec moult détails et anecdotes. Nous entendons la porte d'entrée s'ouvrir avec fracas et des pas précipités. Moi je sursaute, elle hausse les épaules de lassitude.

— Ça doit être Logan qui vient s'assurer que je ne suis pas en train d'agoniser dans un coin. Nous sommes dans le bureau, crie-t-elle à l'attention de la personne qui est rentrée.

Cependant, quand la porte du bureau s'ouvre, ce n'est pas Logan qui nous fait face mais deux types habillés de noir, menaçants et peu avenants. Je comprends instantanément qui ils sont : les hommes de main de Mathias. Ils sont là pour moi. Instinctivement, je me positionne entre eux et Astride, elle ne doit pas être un dommage collatéral par ma faute.

— Mackenzie, tu n'es pas facile à trouver. M. Saint-James va être ravi de te revoir, il te cherche désespérément depuis longtemps, crache acerbe l'un des deux hommes.

— Apparemment, je ne me suis pas assez bien cachée.

Ils s'approchent de nous. Pendant que l'un me gifle violemment, son acolyte fait de même avec Astride. C'est de la violence gratuite. Ils nous saisissent par les bras avec force. Je vois Astride grimacer sous la douleur. Là, je m'insurge.

— Elle n'a rien à voir là-dedans ! Laissez-la tranquille et je vous suis sans discuter.

— Tu ne discuteras pas de toute façon, répond celui qui me tient en sortant une arme de son dos.

Effectivement, je ne discute plus, je panique. Je me mets à pleurer en voyant ma fin arriver. Mais je ne peux pas les laisser emmener Astride avec nous.

— S'il vous plaît. Laissez-la, j'insiste en reniflant.

— Elle nous a vus, c'est trop tard. Elle vient avec nous.

Je me tourne vers Astride qui a une mine affreuse mais qui reste digne. Comment fait-elle ? Moi j'en suis incapable.

— Videz vos poches. Pas de téléphone, aboie-t-il.

— Le mien est dans l'autre pièce, explique Astride.

— Et moi je n'en ai pas.

Ils nous fouillent quand même pour s'assurer que nous ne mentons pas. Ils en profitent pour nous peloter, ce qui me file la gerbe.

— Très bien, allons-y.

Ils nous tirent vers la grande salle. En entendant le portable d'Astride vibrer, l'un d'eux s'en saisit, le fait tomber pour l'écraser avec sa chaussure. Puis ils nous traînent vers l'extérieur sans ménagement. Les doigts de mon bourreau s'incrustent dans la peau de mon bras et il en est certainement de même pour Astride. Ils nous jettent dans le coffre d'une camionnette puis s'installent à l'avant, nous laissant seules dans le noir, Astride et moi.

— Je suis désolée, lui dis-je, la voix tremblotante.

— Tu n'es pas responsable, affirme-t-elle, à la fois effrayée et assurée. Mais explique-moi ce qui se passe. Qui sont ces types ? Et qui est ce M. Saint-James ?

— L'histoire est longue et sans intérêt. Dans les grandes lignes, Mathias est mon mari que je fuis depuis deux ans, mais il vient de me retrouver. J'avais jusqu'à présent réussi à toujours lui échapper, avant qu'il ne mette la main sur moi. Maintenant que c'est fait, je sais qu'il va me tuer. Il attend ce moment depuis trop longtemps pour laisser passer sa chance. Je suis désolée de t'avoir entraînée là-dedans. C'est pour ça que j'avais prévu de partir aujourd'hui, pour ne pas que vous soyez mêlés à cette histoire, toi, Gloria et Logan. Je suis désolée, pleuré-je.

— Ça explique beaucoup de choses sur toi, me rassure-t-elle amicalement. Mais nous allons faire face ensemble, tu n'es pas toute seule.

— Tu ne devrais pas être là, lui dis-je en lui serrant la main.

— Toi non plus. Personne ne doit subir la violence d'un homme. Maintenant que je suis là et que je n'ai pas le choix, explique-moi ce qui nous attend.

— Je ne sais pas exactement pour toi mais pour moi, la mort. Mathias me traque depuis deux ans. Il va vouloir passer ses nerfs sur moi, c'est une certitude.

— Tu as une idée d'où ils nous emmènent ?

— Je ne pense pas qu'ils nous ramènent à San Diego, mais certainement assez loin de la ville pour pouvoir me torturer sans réveiller les voisins.

— Le bon côté des choses, c'est qu'il ne sait pas qui je suis et qu'ils ont fait la connerie de briser mon téléphone. Les Black's Soldiers vont se lancer dans une chasse à l'homme.

Elle a l'air tellement sûre d'elle que quelque part ça me rassure un peu.

— Tu en es sûre ?

— Oh oui ! En brisant mon portable, ils ont obligatoirement envoyé tous mes appels sur le répondeur, et Aaron sait que je ne le coupe jamais, donc il saura qu'il se passe quelque chose et va envoyer la cavalerie au centre.

— Et après ?

— Après, je ne sais pas, mais nous allons devoir gagner du temps ensemble pour leur laisser le temps d'arriver.

Elle presse mes doigts entre les siens. Le trajet me semble interminable mais je dois trouver un moyen de faire partir Astride. Je n'ai pas réussi à protéger Alix et les autres, je dois le faire pour elle. Et je dois avouer que la voir aussi calme me réconforte autant que ça me questionne.

— Tu n'as pas l'air effrayée ?

— Détrompe-toi, j'ai peur mais malheureusement je n'en suis pas à mon premier kidnapping, alors je sais que la panique empêche la réflexion, donc je m'astreins à rester calme.

— Tu as déjà vécu ça ? je demande, incrédule.

— Longue histoire. Promis, quand on sortira de là, je te raconterai tout.

Le véhicule ralentit puis s'arrête sans douceur. Nous nous serrons l'une contre l'autre pour nous donner du courage. La confrontation arrive, je sais que je vais me retrouver face à mon tourmenteur. Et si la peur est le premier sentiment qui m'envahit, j'avoue que je suis impatiente de pouvoir l'affronter. Ça fait trop longtemps que je me cache, je veux pouvoir lui dire ce que je pense de lui avant de certainement mourir. Les portes arrière s'ouvrent, le spectacle commence.

Chapitre 26

« Si on t'avait foutu à la lourde chaque fois que t'as fait des conneries, t'aurais passé ta vie dehors. »

Michel Audiard

Logan

Si depuis hier soir je cherche désespérément un moyen de me faire pardonner d'Astride et de Mackenzie, aujourd'hui j'en suis toujours au point mort. Allongé dans ma chambre au club à fixer le plafond, j'entends frapper à la porte. Les bras croisés derrière la tête, je marmonne un « Entrez » à la personne qui ose venir me faire chier si tôt. Enfin tôt il est plus de 15 heures, mes frères sont partis depuis longtemps, je suis censé veiller sur le club et jouer les chiens de garde pour une nana qui me fait la gueule. Bref, je suis à cran.

La porte s'est ouverte et aussitôt refermée, je ne jette même pas un coup d'œil pour savoir qui vient de pénétrer dans mon antre, j'en ai rien à foutre. Le lit s'affaisse légèrement et je peux voir Dakota me chevaucher, elle est nue et commence à m'embrasser le torse en frottant son entrejambe sur ma queue incroyablement calme.

Je l'attrape par les cheveux et l'oblige à me regarder. C'est une belle femme, c'est indéniable, mais plus je la regarde plus je la trouve quelconque.

— Qu'est-ce que tu fous là ?

— Je suis venue t'aider à décompresser. Avec toutes les responsabilités qui viennent de t'être confiées, tu dois être stressé.

Elle ondule des hanches. Ma main qui emprisonne ses cheveux tire violemment dessus, l'obligeant à relever la tête pendant que je me redresse.

— Je ne t'ai pas sonnée. Tu n'as pas à venir quand tu veux dans cette chambre.

— Logan…

— Wolve. Combien de fois je vais devoir te le dire, je t'interdis de m'appeler par mon prénom. Tu n'es rien pour moi.

— On pourrait être plus, minaude-t-elle.

Qu'est-ce qu'elle raconte ? Pourquoi se croit-elle autorisée à venir me coller ?

— Développe ?

— Tu pourrais faire de moi ta régulière ?

Je suis scotché qu'elle ose me demander ça et encore plus qu'elle puisse l'imaginer. J'éclate de rire, d'un rire froid et glacial.

— Tu plaisantes ? Qu'est-ce qui te permet de croire qu'une telle absurdité puisse voir le jour ?

— Parce que je sais que je te plais, dit-elle en caressant mon torse. Depuis des semaines, tu ne baises qu'avec moi, ça veut forcément dire quelque chose.

Oui, que j'ai la flemme de chercher ailleurs, qu'elle était toujours la première disponible. Je savais que c'était une mauvaise idée de coucher avec elle aussi régulièrement. Maintenant, elle se fait des films. Son corps bouge contre le mien, elle essaye d'attiser mon désir mais elle n'arrive qu'à alimenter ma colère. Je la repousse et me lève d'un bond hors du lit.

— Imprime bien ce que je vais te dire. Tu ne seras jamais ma régulière.

— C'est à cause de la salope d'hier soir ?

Mon sang ne fait qu'un tour. C'est Mackenzie qu'elle vient de traiter de salope ? Je n'ai encore jamais frappé une femme mais j'avoue que ça me démange.

— Répète.

— J'ai bien vu ton regard hier sur elle. C'est à cause d'elle que tu ne veux pas faire de moi ta régulière ? Parce que je suis prête à accepter que tu puisses aller voir ailleurs si tu officialises pour nous.

— Nous ? Il n'y a pas de nous. Et je t'interdis de parler de Mackenzie en ces termes.

— Vu sa tête hier soir, elle ne sera bientôt plus un problème.

— Mackenzie ou pas, je ne ferai jamais d'une brebis comme toi ma régulière. Alors, oublie-moi et retourne offrir tes services aux autres, craché-je.

Mon téléphone sonne la fin de cette désagréable conversation. Je décroche sans regarder qui est mon interlocuteur. Mais j'ordonne à une Dakota livide de déguerpir, ce qu'elle fait rapidement.

— Logan, où est Astride ? beugle Aaron.

Décidément, personne ne va m'épargner aujourd'hui.

— Je ne sais pas, elle m'a viré ce matin quand j'ai voulu l'accompagner. Tu sais comment elle peut être convaincante. Elle a menacé de me faire rôtir les couilles avec une sauce au vin blanc…

— Elle ne répond pas à mes appels.

— Elle doit être en colère.

— Peut-être mais son portable est éteint et ça, c'est pas normal. Tu peux aller voir et me tenir au courant ?

Je retiens difficilement le souffle d'exaspération qui menace de sortir de ma bouche. Mon pote ferait bien d'arrêter d'envisager toujours le pire, Astride n'est pas une petite chose fragile. Je suis certain que je vais la trouver en train de s'agiter au centre comme tous les jours. La seule personne qui sera en danger quand je vais la rejoindre : ça sera moi.

— J'y vais.

Je grogne mais obéit quand même. J'attrape mon cuir et sors du club pour me diriger vers ma bécane.

— Wolve ?

Mais qu'est-ce que j'ai fait pour qu'on me fasse autant chier aujourd'hui ? Je me retourne vers Pyro, mon incendiaire préféré.

— Qu'est-ce que tu veux ?

— On a un problème avec une livraison de pièce pour le garage.

— Et qu'est-ce que ça peut me foutre ?

Il me regarde d'un air désespéré. Putain c'est vrai que le Préz m'a confié les rênes mais pourquoi à moi ? Je suis nul à ce jeu-là et je n'en ai jamais voulu. Ils ne sont partis que depuis ce matin et j'ai déjà envie qu'ils reviennent. Pyro est aussi à l'aise avec les responsabilités que moi, pourtant je vais lui refiler le bébé. Il me voit venir comme un camion en plein phare sur une route de nuit et s'apprête à m'envoyer chier, mais je sors ma botte secrète.

— Tu peux t'en charger ? Je dois aller voir Astride parce qu'elle ne répond plus à Hurricane et il s'inquiète.

Astride. Le prénom magique pour que Pyro me décharge de son problème de livraison de pièces.

— OK, tiens-moi au courant pour Astride.

Je hoche la tête et enfourche ma moto avant qu'un autre inconscient ait quelque chose à me demander.

En chemin, j'essaye de joindre Astride, mais je tombe directement sur son répondeur. Elle est chiante à être aussi têtue, et en même temps il fallait bien une fille comme ça à mon pote. Je suis plutôt facile à vivre comme type mais lui était taciturne et d'une nature méfiante. Astride sait l'amadouer. Mes pensées dérivent vers ma *pretty doll*, son caractère doux et délicat me correspond plus. J'aime le calme qui l'entoure et qui m'apaise quand je suis avec elle. Elle dégage une force tranquille qui fait que je me sens serein avec elle à mes côtés.

Je repère la voiture d'Astride sur le parking. Elle est donc là et nous ignore volontairement. Mais qu'est-ce qu'elle est chiante ! À l'intérieur, c'est le silence, pas un bruit. Je commence à trouver ça suspect et sors mon flingue de mon dos. J'avance doucement et tombe sur le téléphone d'Astride broyé au sol. Mon sang se fige, ma respiration se bloque. Ça ne présage rien de bon, je me dirige vers le bureau que je trouve vide, enfin pas totalement. J'aperçois les affaires de Mackenzie, son appareil photo et son sac mais aucune trace des filles.

Une fois l'ordinateur allumé, je jette un coup d'œil aux caméras de surveillance. Il y en a trois, une dans le bureau, une à l'entrée et une dans la grande salle. Elles ne sont pas là pour éviter les vols parce qu'à part deux ou trois crayons de couleur, il n'y a rien d'intéressant. Non, elles sont là pour protéger Astride, Aaron ne l'aurait jamais laissée ouvrir son centre sans cette protection. Après de nombreuses disputes entre eux à ce sujet, la furie a fini par céder.

Je visionne les images depuis ce matin, je vois Mackenzie entrer. Depuis qu'elle m'a surpris avec

Dakota, je n'ai pas pu la voir ou lui parler. Je la trouve magnifique, elle se dirige vers Astride qui l'entraîne dans le bureau. Quelques minutes plus tard, je vois deux hommes pénétrer dans le centre, armés et à l'air patibulaire, je serre les dents en attendant la suite qui ne va pas me plaire. Quand les types giflent les filles, je hurle malgré moi devant l'écran en donnant un coup de poing sur la table. Ils viennent de signer leur arrêt de mort. À travers l'écran, je peux les suivre jusqu'à ce qu'ils sortent du champ de vision des caméras. Ils en ont après Mackenzie, c'est elle qu'ils sont venus chercher et Astride était au mauvais endroit au mauvais moment. Quoique, connaissant le personnage, elle a sûrement refusé d'abandonner Mackenzie avec eux. J'ai autant envie de la tuer que de la remercier, Mackenzie n'est pas seule. Maintenant, reste à savoir où les ont-ils amenées ?

Mon téléphone sonne et je vois que c'est Aaron qui cherche à me joindre. Merde, je ne peux pas lui dire de but en blanc que sa femme s'est encore fait enlever et que j'ai merdé dans sa protection. Il va me tuer, c'est certain. Je transfère son appel sur la boîte vocale pour appeler les deux seules personnes capables de m'aider, Weasel et Pyro.

Mes frères arrivent à une vitesse incroyable. À croire qu'ils étaient déjà en chemin. Je leur explique brièvement la situation et Weasel se met immédiatement au travail devant l'écran.

— Tu vas pouvoir les identifier ?

— Si leurs tronches sont connues, certainement, sinon c'est comme pour Mackenzie ça va demander plus de temps.

Pyro regarde les images de vidéo surveillance et grogne quand Astride se fait gifler. Il se tourne vers moi avec un regard assassin. Je n'arrive pas à savoir s'il m'est destiné ou non.

— Hurricane est au courant ?

— Non.

Weasel arrête de taper sur le clavier pour se tourner vers moi. Mes frères me fixent avec un air peu amène.

— Et vous voulez que je lui dise quoi ? Qu'Astride s'est fait enlever par on ne sait pas qui et qu'on ne sait pas comment la retrouver ?

— Exactement, il est à plus de dix heures de route, plus tu attends plus tu l'empêches d'être rapidement près d'elle quand on l'aura retrouvée, déclare Weasel.

— Parce que nous allons la retrouver, assène Pyro.

Je souffle mais je sais qu'ils ont raison. Alors je prends mon courage à deux mains et m'apprête à briser mon amitié avec mon meilleur ami par ce simple appel.

— Aaron, écoute…

Chapitre 27

« Il faudrait que je me lève
Respire et marche vers l'avant
Bâtisse à nouveau la grève
Enterrée par mes sables mouvants
Et me souvenir de celle
Qui n'existe plus vraiment
Redevenir la rebelle
Et la bête vaincue par l'enfant. »

Lara Fabian, J'y crois encore

Mackenzie

— C'est pas des as du volant, râle Astride qui se frotte l'épaule après avoir été projetée contre la paroi de la camionnette suite à un freinage brutal.

— Je ne pense pas que Mathias les ait embauchés pour leur talent de pilote, raillé-je.

Moi-même en mauvaise posture, je tente de me relever quand nous entendons les portières s'ouvrir et des pas se diriger vers nous. Les portes arrière s'ouvrent. Et après un temps indéterminé dans le noir complet de ce coffre, la luminosité m'agresse les yeux. Ma main en visière, je me protège pour voir les deux hommes qui nous ont kidnappées s'approcher de nous. Astride et moi nous tassons vers le fond de la camionnette, blotties dans les bras l'une de l'autre, nous cherchons à nous rassurer mutuellement.

Un des types monte pour arriver vers nous, il m'attrape violemment par une cheville et me fait glisser sur le sol sale du coffre. La pression autour de ma cheville autant que la perte de contact avec Astride me fait pousser un cri de stupeur mêlé de douleur. Astride subit rapidement le même sort que moi. Mes genoux sont bloqués par la peur, il m'est impossible de marcher, et nous nous retrouvons traînées par ces hommes vers une vieille maison délabrée.

D'un coup d'œil autour de moi, je constate que nous sommes au milieu de nulle part. Mathias a bien choisi son endroit, il n'y a rien à part des arbres et des champs à perte de vue. Les mains de nos kidnappeurs enserrent nos bras, nous laissant des marques sur la peau. Insensibles au fait qu'Astride ne devrait pas être là, nos agresseurs ne font pas de distinction entre elle et moi. Mes mains tremblent, je suis profondément anéantie de la savoir avec moi. Sans ménagement, Astride et moi sommes attachées à des chaises en plein milieu de ce qui devait être le salon. Les liens sont très serrés et je pense même qu'ils me coupent la circulation sanguine au niveau des mains. Ils quittent la pièce, nous laissant seules dans un silence angoissant, je me tourne vers elle pour savoir si elle va bien.

— Astride, ça va ?

— Toujours en vie.

— Et le bébé ?

— Je pense qu'il va bien, dit-elle, avec une pointe d'émotion dans la voix. Je n'ai pas pris de mauvais coup donc pour l'instant ça va. Mais selon toi, qu'est-ce qui nous attend ?

— Je ne sais pas.

Je secoue la tête, désemparée. Mon regard s'égare dans le décor, une pièce sans prétention, une tapisserie qui se décolle, une fenêtre crasseuse et aucun meuble à part les chaises sur lesquelles nous sommes assises. Les bras tendus dans le dos et les jambes bloquées par des liens, la position est plus qu'inconfortable, elle est douloureuse pour les épaules. Et pourtant l'instant est propice à la réflexion. Nous maintenons le silence que je brise d'une réflexion.

— Tu trouverais ça étrange si je te disais que je suis soulagée ?

Je suis surprise de m'entendre parler calmement.

— Non, je comprends. Peu importe ce qui va arriver, tu es au bout du chemin, tu n'as plus à fuir. C'est à toi de faire en sorte que la fin soit celle que tu désires.

— Je n'ai pas les cartes en main. C'est Mathias qui décide de ce qui va m'arriver.

— Pas seulement.

Alors que nous sommes assises côte à côte, je me tourne vers elle pour qu'elle explique le fond de sa pensée. Son regard est déterminé, elle a peur mais ne le montre pas, elle transpire la confiance en elle. Elle a raison, s'astreindre au calme permet de garder les idées claires.

— Tu le connais. Tu as été mariée avec lui, tu sais comment il pense, comment il réfléchit.

— Il n'est plus celui que j'ai connu.

— Peut-être, mais tu dois seulement gagner du temps. Souviens-toi que Logan va venir nous chercher. Ne doute pas de toi ni de lui.

— Tu as l'air sûre de toi…

— Oui, fais-lui confiance, et pas que pour venir nous sauver, dit-elle avec un air d'amusement dans le regard.

Comment peut-elle plaisanter dans un moment pareil ? En tout cas, elle m'insuffle de l'espoir. Elle a confiance en ces bikers et j'en arrive moi aussi à vouloir y croire.

Le silence devient pesant. Astride commence à sentir les tensions dans son dos qui tirent sur son ventre. Je voudrais pouvoir l'aider mais je suis aussi impuissante qu'elle. Je me débats sur ma chaise, cherche par je ne sais quel miracle à défaire mes liens. Je ne suis pas dupe, je sais que je n'y arriverai pas mais rester à ne rien faire me déplaît.

Finalement, ce temps où je me retrouve en tête à tête avec moi est bénéfique. J'alimente ma rage envers Mathias. Jusqu'à aujourd'hui, je vivais dans la crainte qu'il m'attrape, mais maintenant que c'est fait ce n'est plus la peur qui domine. Elle est toujours là, bien sûr, tapie au fond de moi, mais elle n'est pas le sentiment premier qui m'anime. Je vais enfin pouvoir faire face à mon bourreau, lui dire ses quatre vérités, lui cracher ma colère au visage. Mon cœur s'agite dans ma poitrine, j'ai besoin de l'affronter. Je sens mon sang bouillir dans mes veines, j'ai l'impression de me préparer au combat de ma vie, de monter sur le ring pour affronter le monstre tapi dans l'ombre.

Voilà plusieurs heures que nous sommes attachées, Astride souffre de plus en plus, je peux voir ses liens mordre la peau fine de ses poignets. Sa respiration est saccadée, sa bouche est crispée sous la douleur.

— C'est ton ventre ?

— Oui, grimace-t-elle. Ça tire.

Ça suffit, ce petit con est certainement derrière la porte ou pas loin. Qu'il vienne, ce lâche.

— Mathias ! je hurle à m'en briser la voix.

La porte s'ouvre en grand et Mathias entre dans la pièce, tel un seigneur. Je suis estomaquée de le voir drapé dans son costume de mariage. Il est toujours aussi beau, l'enveloppe extérieure est toujours aussi parfaite, mais l'intérieur est pourri jusqu'à la moelle. Ça déclenche chez moi un rire incontrôlable. Ce type a un sens de la dramaturgie, on dirait Gloria. Mon fou rire ne le laisse pas indifférent. Mathias se rembrunit et me fixe avec un regard haineux.

Dans son dos, un homme pénètre à sa suite. Grand, vêtu d'un jean et d'une chemise, il a tout du fonctionnaire propre sur lui, encore un type à la botte de Mathias. Son regard se pose sur moi dans une parfaite indifférence, mais quand il voit Astride, il déglutit difficilement et interpelle Mathias qui reste focalisé sur moi.

— Monsieur Saint-James, elle devait être seule.

— Une, deux qu'est-ce que ça peut bien faire ? Elle doit être comme Mackenzie, une fille sans importance, elle ne manquera à personne, crache-t-il, dédaigneux.

Le type s'apprête à répondre mais j'aperçois Astride lui faire non de la tête. Ils se connaissent et je ne sais pas si c'est une bonne ou une mauvaise chose. L'homme change alors d'attitude, il prend une légère inspiration et adopte un ton de connivence avec Mathias.

— Vous avez raison. Je vais me débarrasser d'elle pour vous laisser tranquille avec celle que vous cherchez depuis si longtemps.

Sans attendre sa réponse, il s'approche d'Astride et commence à défaire ses liens, quand Mathias l'interpelle :

— Tu m'as l'air bien pressé de t'occuper d'elle, s'étonne-t-il. Tu la connais ?

L'homme glisse un regard complice à ma codétenue.

— Non, mais regardez-là, elle est mignonne, dit-il en passant ses doigts sur la joue d'Astride.

Mathias se détourne de moi pour regarder Astride. Il la détaille, la déshabille du regard.

— T'as pas tort, elle est tout à fait baisable. Je m'occupe d'abord de Mackenzie après ça sera ton tour, explique-t-il en s'adressant à elle.

L'homme se tend, mais je ne lui laisse pas le temps de répondre. Astride a une chance de pouvoir sortir d'ici, je dois tout faire pour que cela arrive.

— T'es jaloux, Mathias ? Tu ne sauras déjà pas quoi faire de moi alors laisse-la partir.

— Très bien, tu veux jouer alors jouons.

Mathias s'approche de moi, il se penche pour vérifier que mes liens soient serrés. Son parfum emplit mon espace vital, cette odeur qui auparavant me fascinait me file maintenant la nausée. Il dépose un baiser sur ma joue qui me fait frémir. Il interprète ça comme une invitation.

— Je t'ai manqué, chérie.

— Pas vraiment.

— Sortez, décide-t-il en s'adressant à Astride et à son sauveur.

L'homme se précipite pour finir de défaire les liens qui maintiennent Astride. Cette dernière pousse un râle de soulagement quand elle peut enfin se détendre les épaules. Ses mains viennent instinctivement se poser sur son ventre. Pendant qu'il lui libère les chevilles, Astride se tourne vers moi et m'encourage d'un regard. Du bout des lèvres, elle articule silencieusement :

— Tu es plus forte que lui.

Je cligne les yeux pour lui signifier que je l'ai entendue et surtout comprise. Mathias est indifférent à ce qui se passe autour de lui, continue de me caresser les cheveux comme on cajole une peluche. Il ne les regarde même pas quitter la pièce, ce qui me permet de voir que l'homme soutient délicatement Astride pour l'aider à marcher. Elle me fait un clin d'œil qui me donne de l'espoir. Elle va s'en sortir et peut-être que moi aussi.

— À nous deux, chérie, déclare solennellement Mathias.

Chapitre 28

> « Dans l'amitié, ménage une petite place pour la brouille, et dans la brouille, une autre pour la réconciliation. »
>
> *Proverbe hébreu*

Logan

Aaron vient de me crever le tympan en me hurlant dessus. Il m'a promis une mort lente et douloureuse que je pourrais bien m'infliger moi-même si je n'arrive pas à retrouver Astride et Mackenzie en vie. Je respire mal, j'ai le cœur qui m'oppresse la poitrine, mon rythme cardiaque est anarchique et mes pensées confuses. Pourtant habitué aux situations stressantes, je panique comme un bleu. Je comprends enfin ce qu'a vécu Aaron quand Astride s'est fait enlever. Mais comment a-t-il fait pour ne pas sombrer dans la folie ? Ne pas savoir ce qui advient de ma *pretty doll*, imaginer ce qu'elle subit est atrocement douloureux.

À côté de moi, Pyro fulmine tout autant, nous restons avec Weasel, le seul d'entre nous qui peut faire quelque chose. Pyro et moi, nous sommes des hommes d'action, cette attente est interminable et absolument ingérable. J'ai besoin de me dépenser. Dans la cour extérieure du centre social se trouve un petit coin avec un sac de frappe. Je m'y acharne avec force à mains nues en soufflant comme un bœuf et en crachant ma rage.

— On va les retrouver.

Pyro arrive à ma hauteur et s'installe pour tenir le sac pendant que je passe mes nerfs dessus avec la force du désespoir.

— Comment ? On ne sait pas qui ils sont. Ce n'est pas nous qui sommes visés. Pour la première fois, nous ignorons tout de notre ennemi.

— Ils s'en sont pris à Astride à cause de Mackenzie, crache-t-il agressivement.

— La question n'est pas là. Tu sais pertinemment qu'Astride n'aurait pas laissé Mackenzie toute seule. Alors peu importe pourquoi, nous devons les retrouver le plus rapidement possible.

Pyro souffle mais il sait que j'ai raison. Et puis sous ses airs bourrus, il s'en fait aussi pour Mackenzie, je le sais même s'il ne le dit pas. Pyro est un chic type. Je suis inquiet pour Astride mais je veux rester confiant, car ce n'est pas après elle qu'ils en ont. Si j'arrête de croire qu'elles vont s'en sortir, autant me tirer une balle dans la tête immédiatement.

L'angoisse n'est pas la même concernant Mackenzie, parce que c'est elle qui était visée. C'est son ex qui la détient, j'en suis certain, qu'est-ce qu'il va lui faire subir ? Cet homme est un mort en sursis.

Je culpabilise de m'être comporté comme un connard avec elle, je n'ai pas su gérer mes sentiments et je l'ai poussée à me fuir. Je la savais en danger et je l'ai laissée partir. Classe, le mec ! Et me taper une brebis alors que je voulais être avec elle n'est pas franchement glorieux. Je n'ai pas pu m'expliquer avec elle et lui dire à quel point je suis désolé. Et si je ne peux pas le faire… Ma gorge se serre à cette pensée funeste.

Avec la précision d'une montre suisse, Aaron m'appelle toutes les dix minutes pour savoir si j'ai des nouvelles. Au-delà de la colère, je sens sa peur de perdre sa femme transpirer dans chacune de ses respirations au téléphone. Je souffre autant que lui mais je ne peux pas me permettre de lui dire que je sais ce qu'il ressent. Cette sensation de vide qui envahit le cœur à chaque inspiration. Astride est sa régulière, Mackenzie n'est pas la mienne. Pourtant ma douleur est bien réelle et mon angoisse épouvantable.

— Alors ?

— Toujours rien.

Il raccroche en me disant qu'il me rappelle. Je voudrais lui dire que c'est moi qui l'appelle quand j'aurai des nouvelles mais je ne le ferai pas. Aaron est trop loin pour faire quoi que ce soit, il a besoin de contrôler quelque chose même si c'est juste de m'appeler. Nous retournons voir Weasel qui s'acharne sur son ordinateur.

— Putain, ta princesse est aussi insaisissable sur le net que moi. Elle n'apparaît nulle part, aucune photo, aucun compte sur les réseaux sociaux. Rien, c'est un véritable fantôme.

Un fantôme, un spectre, une chimère, elle est tout ça à la fois.

— Et sur les deux types ?

— RAS pour l'instant. Et j'ai piraté les caméras de surveillance mais ils ont pris des routes de campagne où il n'y a pas de vidéo surveillance.

De rage, j'abats mon poing sur la table. Je n'ai pas assez passé mes nerfs sur le sac de frappes. Il arrivera le moment où je pourrais éclater la tronche de ce petit con de Mathias pour enfin évacuer ma colère.

Mon téléphone sonne, je décroche sans regarder, las de savoir que je vais encore donner la même réponse à mon meilleur ami, à savoir que nous n'avons rien.

— Bonjour, c'est docteur Martins au téléphone.

Je me redresse d'un coup et attrape Pyro par le bras pour attirer son attention. Ma respiration se bloque pour mieux entendre mon interlocuteur. Il me semble que mes deux comparses font de même.

— Je vous écoute.

— Je vous contacte de la part de Mme Miller, elle vient d'être admise aux urgences et m'a demandé de vous prévenir.

— Comment va-t-elle ?

— Bien, ne vous en faites pas.

— J'arrive.

Talonné par Pyro, nous courrons vers nos motos, et sans un mot, nous nous dirigeons vers l'hôpital. Arrivés aux urgences, nous nous précipitons vers l'accueil où se trouve une femme d'une quarantaine d'années avec des lunettes qui sursaute lorsque nous lui sautons dessus.

— Où est-elle ? aboie Pyro.

L'infirmière le regarde avec incompréhension et moi avec incrédulité. Depuis quand il parle aux femmes celui-là ? D'accord, il n'y a pas mis les formes, il l'a agressée mais pour la première fois, je le vois prendre l'initiative de s'adresser à quelqu'un qui a des nichons et pas une queue. À ma connaissance, à part Astride, aucune personne de sexe féminin a déjà entendu le son de sa voix. Finalement, il se rend compte de la féminité de son interlocutrice et je l'entends marmonner dans sa barbe quelque chose d'incompréhensible en reculant. Je le taquinerai un peu plus tard, je m'adresse à l'infirmière qui le détaille comme une bête curieuse.

— Nous avons été prévenus que Mme Miller était ici. Pouvez-vous m'indiquer sa chambre, s'il vous plaît ?

Pendant qu'elle cherche l'information, je me retourne vers Pyro.

— Tu vois, c'est comme ça qu'on s'adresse aux femmes. Un sujet, un verbe, un complément et pour finir une formule de politesse. Tu devrais essayer, ça change la vie.

Il se renfrogne en mettant de la distance entre le comptoir d'accueil et lui, comme si elle pouvait le contaminer à distance avec un venin mortel.

— Chambre 252, obstétrique, dit-elle.

Obstétrique ? Merde, j'espère qu'il n'est rien arrivé au bébé.

— Et Mackenzie Smith ? demandé-je fébrilement.

L'infirmière replonge le nez dans son écran pour trouver la réponse. Mon cœur bat à tout rompre dans ma poitrine.

— Je n'ai personne de ce nom-là, se désole-t-elle.

Je m'accroche au comptoir pour ne pas m'effondrer. Elle n'est pas là ? Bordel, où est-elle alors ? Je perds le sens de la réalité, je ne sais plus où je suis et j'entends mon sang battre dans mes tempes avec la force d'une tempête. La main de mon frère sur mon épaule me ramène à l'instant présent.

— Allons voir Astride, elle en saura certainement plus.

Nous montons l'escalier en courant, nous faisant interpeller par des blouses blanches qui nous demandent de ralentir. Nous n'en avons que faire. Devant la chambre, nous rentrons comme des bourrins. Astride est là, allongée, elle se tourne vers nous et nous sourit. À première vue, elle n'a rien, mais qu'est-ce qu'elle fait alors dans ce lit ? Pyro est le premier à se jeter à son chevet alors que moi je suis tétanisé.

— Vous allez bien ? demande-t-il, inquiet.

— Oui, répond-elle, je dois encore faire des examens pour le bébé mais nous allons bien.

Je reste prostré à côté de la porte. Je la vois qui me parle, je vois ses lèvres bouger mais je n'entends rien. Je suis tellement soulagé de la savoir en vie et à la fois tellement inquiet d'ignorer où se trouve ma belle que mon cerveau vient de se mettre sur pause. L'angoisse a quelque chose de paralysant, de presque mortel. Pyro vient me décrocher une droite dans l'épaule qui me réveille. Mes yeux passent de lui à Astride.

— Eh, Ducon elle te parle.

— Hein ?

— Logan, tu peux appeler Aaron, je n'ai pas voulu que l'hôpital l'appelle, je ne voulais pas qu'il ait un accident. Je préfère que ça soit toi qui le fasses.

— Pourquoi tu ne le fais pas, toi ?

— Parce que je n'ai pas envie de l'entendre me hurler dessus au téléphone, il sera là bien assez tôt. Dis-lui que je me repose.

J'acquiesce, je suis prêt à tout accepter parce que je l'ai retrouvée et tout faire pour sortir de cette chambre où je me sens terriblement seul. Avant d'appeler son excité de mari, je m'approche d'elle et dépose un baiser sur son front.

— Tu es sûre que tout va bien ?

— Promis.

Je me retourne vers Pyro qui me confirme d'un regard qu'il reste avec elle. Astride sera sous la surveillance constante de l'un d'entre nous tant qu'Aaron ne sera pas arrivé.

Mes pas me mènent hors de la chambre, puis de l'hôpital. Je m'assois sur la selle de ma moto et passe le coup de fil tant attendu par Aaron. Je ne lui laisse pas le temps de parler que j'attaque en premier.

— Elle va bien mec. Elle est à l'hôpital mais elle va bien.

Il soupire de soulagement.

— Je suis là dans deux heures.

Il raccroche sans autre forme de procès. Il m'en veut, je sais que j'ai merdé et qu'il ne va pas me le pardonner. Si Astride excuse tout à tout le monde, Aaron est du genre rancunier. Mon meilleur ami ne va jamais me pardonner d'avoir mis sa femme en danger. Si je suis totalement honnête avec moi, je suis jaloux d'Aaron. Sa femme va bien alors que j'ignore comment va Mackenzie. Pourquoi lui a-t-il cette chance ? Mon cœur se serre, ma tête me fait souffrir et mon corps se tétanise. Autant de sentiments que je ne connaissais pas avant que ce petit bout de femme débarque dans ma vie. Et putain ça fait mal ! Je ressens le besoin de tout casser autour de moi. Une furieuse envie de détruire à mains nues la face de rat qui détient Mackenzie. Jamais je n'avais eu aussi peur de ma vie. Mais ce n'est pas en restant le cul vissé sur ma bécane que je vais la trouver.

Dans la chambre, Astride discute avec Pyro. Il y a vraiment qu'avec elle qu'il ouvre la bouche. C'est dingue.

— Ton homme sera là dans deux heures, dis-je en refermant la porte.

— Le connaissant, dans une heure et quart il sera là, s'amuse-t-elle.

Elle n'a pas tort. Je m'approche de son lit et lui pose la question qui me brûle les lèvres.

— Où est Mackenzie ?

— Je ne sais pas.

Mon sang se fige. Comment ça ?

— Comment tu as fait pour t'en sortir ? Tu ne l'as pas aidée à s'enfuir ? demandé-je sur un ton de reproche.

Comme toujours, Astride ne s'en formalise pas mais son regard m'indique que je viens de la blesser. Eh merde !

— On m'a aidée à m'enfuir mais Mackenzie est restée aux mains de son mari. Je n'ai rien pu faire. Je suis désolée, sanglote-t-elle. Il s'appelle Mathias Saint-James.

J'ai enfin un nom. Je le transmets immédiatement à Weasel pour qu'il lance des recherches pendant que je questionne Astride.

— Où étiez-vous ?

— Je t'avoue que je n'en sais rien. Mon sens de l'orientation est nul mais je sais à qui tu peux le demander.

Je hausse les sourcils pour l'inciter à poursuivre.

— C'est Jerry qui m'a fait sortir donc je pense qu'il saura comment la retrouver.

— Jerry, l'adjoint du shérif ? Celui-là même qui ne fait pas la différence entre de la cocaïne et de la farine ?

— Oui.

Je suis sidéré que ce type, con comme un manche à balai, ait réussi à la sortir de là. Alors que je m'apprête à sortir de la chambre pour aller lui tirer les vers du nez, je suis retenu par Pyro. La rage m'envahit, pourquoi se met-il en travers de mon chemin ?

— Laisse-moi y aller, hurlé-je en le repoussant fermement.

— Non.

— Comment ça, non ? Je sais que tu en veux à Mackenzie d'avoir mis Astride en danger mais ce n'est pas une raison pour la laisser crever entre les mains de ce sale type.

Pyro secoue la tête comme si je l'avais insulté.

— Je m'occupe d'avoir l'info sur la localisation de ta belle et toi tu restes ici.

— Mais pourquoi ? C'est mon problème, pas le tien. Je veux le faire. Je dois le faire.

— Parce que tu dois attendre Hurricane. Il ne te pardonnera pas d'avoir laissé Astride seule, même avec moi. C'est à toi qu'il l'a confiée donc tu te dois d'être là quand il arrivera.

Ma colère retombe, je souffle parce qu'il a raison. Je dois affronter Aaron le plus rapidement possible. Je cède, non sans une dernière recommandation.

— Tu me préviens dès que tu en sais plus ?

Avare de mots, il hoche la tête et s'en va après avoir salué Astride.

Je m'effondre dans le fauteuil à côté de son lit. Elle me fixe avec ce regard qu'elle a souvent ces derniers temps avec moi.

— Pourquoi tu n'assumes pas ce que tu ressens pour elle ?

Elle me connaît trop bien. C'est agaçant !

— Parce que ça fait peur, avoué-je piteusement.

— Oui, mais ça soulage.

Je ne réponds pas, conscient que je tiens à Mackenzie bien plus que je ne veux bien l'admettre.

— J'ai merdé avec elle, avec toi et avec Aaron.

Astride se penche pour se saisir de ma main.

— Avec moi c'est réglé, avec Aaron ça va le faire et avec elle tu dois te faire pardonner. Mais je sais que tu en es capable.

— Mouais. Ça va être difficile de me faire pardonner d'Aaron, tu en as conscience ? Et je ne te parle même pas de Mackenzie.

La petite Française s'agace toute seule devant moi, c'est assez marrant à voir.

— S'il ne veut pas se la mettre derrière l'oreille, il va falloir qu'il mette de l'eau dans sa bière.

— Tu sais que l'expression c'est mettre de l'eau dans son vin ?

— Peut-être bien mais premièrement l'eau dans le vin c'est dégueulasse, deuxièmement en tant que Française c'est un véritable sacrilège et troisièmement, vous ne buvez que de la bière donc je m'adapte.

Elle arrive à me faire sourire. Au bout de quelques minutes d'un silence pesant où je fixe mon portable dans l'attente d'une information, je dis à haute voix ce que je pense.

— Je n'aime pas attendre.

— Alors n'attends pas.

Déjà debout sur mes jambes, prêt à en découdre avec la terre entière, je me tourne vers Astride.

— Et toi, ça va aller ?

— Je suis dans un hôpital et Aaron arrive, donc oui ça va aller. Va la retrouver.

Nous entendons des pas précipités dans le couloir qui viennent dans notre direction. La porte s'ouvre avec fracas et nous faisons face à un Aaron à la mine déconfite. Les traits tirés, mon meilleur ami n'a pas dormi depuis des heures. Sans un regard vers moi, il se jette sur le lit et embrasse sa femme avec fureur. Ma présence ne le dérange absolument pas. Il pose une main protectrice sur son ventre et la questionne :

— Vous allez bien ?

— Oui maintenant que tu es là, je vais leur dire qu'on est prêts pour faire l'échographie. Je voulais t'attendre pour connaître le sexe de cet enfant.

Il couve sa femme d'un regard énamouré. Je me sens de trop. Discrètement, je sors de la chambre pour les laisser tranquilles et me dirige vers le couloir. Une fois la porte refermée, je souffle un bon coup. Prêt à aller sauver Mackenzie et tuer ce connard. Reprenant enfin le contrôle de la situation, je me précipite vers la sortie. Je n'ai pas fait trois pas qu'une main me saisit l'épaule et m'oblige à me retourner. Aaron m'assène un crochet du droit en plein dans la mâchoire, la violence du coup me fait tituber. Je lève les yeux vers lui et tombe sur son regard noir, ses yeux lancent des éclairs.

— Elle a failli mourir par ta faute ! hurle-t-il avant de me frapper à nouveau.

Je ne réponds pas, je mérite sa colère. Il frappe comme un boxeur, il enchaîne les coups en me crachant sa haine.

— Je te l'avais confiée, putain. Elle est tout pour moi et toi tu l'as mise en danger pour une nana que tu n'aimes même pas ! Tu n'es plus mon frère.

Je lis tellement de déception dans son regard. Je savais que sa colère serait terrible mais ses mots me font encore plus souffrir que ses coups. Parce qu'ils énoncent une vérité qui n'en est pas une.

— Arrête.

Astride est debout dans le couloir et s'approche de nous. Dès qu'il voit sa femme, il se précipite sur elle. Les voir ensemble me fait prendre conscience que je suis terriblement seul dans la vie, que Mackenzie me manque et que je l'aime. Putain, ça fait mal d'être aussi con. Si je n'avais pas mis autant de temps à me rendre compte que je tiens à elle, elle ne serait pas dans cette situation. Si j'avais été plus honnête avec moi-même, je ne l'aurais jamais lâchée. Astride se dégage de ses bras et s'approche de moi. Elle pose une main réconfortante sur mon bras.

— Ça va aller, Logan, avec lui comme avec elle. Va la chercher.

Je hoche la tête. J'ose un regard vers mon frère qui me fusille sur place. Son bras s'enroule autour de sa femme comme pour la protéger de moi. C'est la deuxième fois qu'il a ce type de comportement envers moi et ça me brise le cœur. Mais en cet instant, je le comprends. Je veux pouvoir moi aussi passer un bras protecteur autour de Mackenzie. Ma colère ne serait rien comparée à celle d'Aaron s'il avait failli à son devoir de protection envers elle. Nous sommes frères mais à cet instant je comprends qu'une femme qui vous harponne le cœur est la chose la plus importante au monde. Et Mackenzie est mon cœur.

Chapitre 29

> « Le courage est la première des qualités humaines, car elle garantit toutes les autres. »
>
> *Aristote*

Mackenzie

L'heure de la confrontation a sonné et je suis étonnement sereine, j'ai mal aux épaules, aux bras mais ma respiration est calme et la peur ne me bride pas. Je sais que c'est la seule chance que j'aurai de déverser ma haine contre cet être abject. Il ignore celle que j'ai dû devenir par sa faute, par sa traque incessante, par son obstination morbide à ne pas me laisser vivre.

Mathias me fixe avec un air de défi, il me détaille, me déshabille du regard. Il tourne autour de moi comme un lion tourne autour de sa proie. Il m'agace, prend son temps. J'attends qu'il ouvre la bouche, je refuse d'être la première à parler alors je serre les dents et le laisse mener la danse, parce que pour l'instant je ne sais pas dans quel état d'esprit il est. Donc je ferme les yeux, me plongeant dans mes souvenirs, car bien que douloureux se sont eux qui me permettront de faire face à ce qui va suivre.

Mathias n'apprécie pas que je ne le regarde pas. Il donne un coup dans la chaise pour me faire ouvrir les yeux mais je refuse en les fermant plus fort et en secouant la tête. Je pense à Alix et aux autres, à ma vie depuis que je suis partie, à Mathew aussi, le premier à m'avoir tendu la main. Je les oblige à se rappeler à moi, peu importe à quel point c'est douloureux, j'ai besoin d'eux pour affronter Mathias. J'égrène leurs noms dans ma tête comme on récite une formule magique. Une larme solitaire coule sur ma joue, ce qui provoque un ricanement chez mon geôlier. Mathias l'essuie du bout de ses doigts puis passe son pouce sur mes lèvres. L'envie de le mordre me prend mais je m'abstiens. J'attends qu'il craque le premier, je sais que ça va arriver, la patience n'a jamais été son point fort.

— Ma douce…

Je grimace à l'énoncé de ce surnom ridicule dont il m'affublait avant. Je ne suis pas sa douce, il sait que je déteste ce mot doux qui ne reflète en rien ni ma personnalité ni l'amour qu'il est censé me porter.

— Ça fait longtemps que je te cherche, que j'imagine ce moment, que je réfléchis à ce que je vais pouvoir te faire, ma douce.

Il insiste sur le dernier mot. Sa main toujours sur mes lèvres me révulse puis ses doigts sont remplacés par ses lèvres. Surprise, j'ouvre les yeux pour faire face au regard effrayant de Mathias. Il me sourit comme Jack Nicholson dans *Shining*, un sourire fou et froid.

— Enfin, tu te décides à me faire voir tes jolis yeux.

Il s'éloigne de moi pour prendre la chaise où était installée Astride et la retourne pour s'asseoir à califourchon face à moi, les bras sur le dossier.

— Tu te rends bien compte que tout ça, c'est ta faute, ma douce. Tu devais rester à ta place.

— Et quelle était ma place ?

— Celle de l'épouse dévouée ! Mais tu as voulu faire des études, tu as arrêté de t'occuper de moi et ça, je ne l'autorise pas.

Il énonce froidement la cruelle vérité, je n'ai jamais été celle qu'il voulait et il n'a jamais été celui que j'attendais.

— Tu ne l'autorises pas ? Mais je n'avais pas à te demander ton avis. Tu m'as demandé mon autorisation avant de te taper ta secrétaire ? Et après, pour t'être envoyé en l'air dans notre lit avec ma demoiselle d'honneur ?

— Tsst... je ne te savais si jalouse, ma douce.

Jalouse ? Non mais il débloque ! Être jalouse, c'est quand une femme s'approche un peu trop près de son homme, pas quand ce dernier baise avec toutes les femmes disponibles. On n'est plus au stade de la jalousie mais de la trahison. Finalement, à bien y réfléchir je n'ai jamais été jalouse de ces femmes qui pouvaient partager son quotidien parce que c'est moi qu'il avait choisie d'aimer. Mathias avait toute ma confiance et je suis tombée de haut quand j'ai appris qu'il me trompait. Est-ce que quelque part, sous ce sourire sardonique, se cache encore l'homme que j'ai épousé ? Je dois le savoir parce que c'est lui qui me permettra de sortir vivante, pas le psychopathe qui m'a traquée pendant deux ans. Alors j'ouvre les vannes.

— Pourquoi, Mathias ? Pourquoi m'as-tu trompée ? Pourquoi est-ce que je ne te suffisais pas ?

Il cille un court instant.

— Un homme comme moi ne peut pas se contenter d'une seule femme. Elles étaient si disponibles, si prêtes à tout pour être avec moi que je ne pouvais leur refuser le plaisir d'être dans mes bras. Mais toi, ma chère, c'est à toi que j'avais tout donné, mon nom, mon avenir, ma réputation. Tu devais tenir ton rôle et même ça, tu ne l'as pas fait.

— Comment pouvais-tu penser que le rôle de potiche allait me convenir ?

— Tu aurais dû t'en contenter, crache-t-il avec dédain.

Il est persuadé de ce qu'il dit. Convaincu que je ne devais vivre que pour lui et à travers lui. Son désir de faire de moi une épouse dévouée n'explique pas l'acharnement dont il fait preuve depuis que je l'ai quitté.

— Mais après, pourquoi tu ne m'as pas laissée partir ? Tu aurais pu trouver une femme qui accepte de jouer ce rôle. Pourquoi ne pas avoir simplement demandé le divorce ?

— Tu étais la compagne parfaite pour un homme comme moi. Belle, cultivée, je te pensais assez intelligente pour savoir rester à ta place. Je ne divorce pas, je suis un personnage public.

— Mais c'est monnaie courante de divorcer maintenant, m'agacé-je.

Mathias n'apprécie pas ma réponse et me gifle violemment. Ça y est, l'homme que j'ai quitté me fait de nouveau face.

— Mais je te rassure, ma douce, j'ai inventé une histoire pour nous. Aux yeux de tous, je suis l'homme brisé qui pleure sa femme décédée. Parce que je ne t'ai pas dit, tu es morte il y a deux ans. Un tragique accident de voiture.

Je déglutis difficilement.

— Je suis morte ?

— Oui, tout le monde te croit morte. Tes parents, tes amis… Et cela doit rester comme ça. Mon statut de veuf éploré qui a perdu l'amour de sa vie me rend très sympathique dans les sondages et comme je me présente pour être le prochain gouverneur… Tu comprends que je ne peux pas laisser ton fantôme revenir me hanter alors que j'approche de mon but. Ce n'est pas contre toi, ma douce, je n'ai pas le choix.

Je digère ces informations. Je suis morte. Mathias m'a rayée de la carte avec une facilité déconcertante. Il ne me traque pas pour me faire payer l'affront de l'avoir quitté, non, il veut s'assurer que l'image qu'il s'est créée ne soit pas éborgnée par un comeback de ma part. Je comprends que maintenant qu'il m'a enfin retrouvée, je vais pouvoir jouer ce rôle à la perfection. Il va me tuer. Mais je n'arrive pas à intégrer ces données. Mon cerveau ne veut pas enregistrer et je répète, abasourdie devant autant de cruauté :

— Ma famille me croit…

— Morte. J'ai fait effacer toutes les photos qui existent de toi. Une *damnatio memoriae*, une condamnation à l'oubli. Rassure-toi, ma douce, tu as eu des obsèques somptueuses, enfin pas toi mais plutôt la junkie qui occupe ton cercueil. Elle a au moins eu le droit à une sépulture décente. Tu vois que je sais être magnanime, plaisante-t-il. Mais tu comprends que te savoir toujours en vie quelque part est un risque que je ne peux pas courir.

Mathias se lève et fait les cent pas devant moi. Il m'explique mon effacement d'une voix blanche et monocorde. Je n'existe plus aux yeux de personne et cette pauvre fille qui gît dans ma tombe à ma place est elle aussi condamnée à l'oubli. Mathias est dément.

— Pourquoi toute cette mise en scène ? je demande alors. Pourquoi avoir mis ton costume de mariage ?

— C'est poétique, tu ne trouves pas ?

— C'est morbide.

Le regard fou qu'il me jette me glace le sang. Il s'approche de moi d'une démarche féline, m'attrape par la mâchoire pour me forcer à le regarder dans les yeux.

— Parce que nous allons revivre notre nuit de noces avant que je ne te tue pour de bon.

Il me donne un coup qui m'assomme.

*

J'ai changé de position, je ne suis plus assise sur une chaise, mais allongée dans un lit. Mes bras et mes jambes sont attachés aux barreaux par des liens encore trop serrés. Mathias est un marin et apparemment il sait bien faire les nœuds, cet enfoiré.

Je cligne des yeux pour voir où je suis mais j'ai envie de vomir quand je constate que Mathias m'a déshabillée pour me vêtir de l'ensemble de lingerie que je portais lors de notre nuit de noces. Mon estomac se tord encore plus quand je vois la mise en scène qui va avec. Les draps du lit sont en satin rouge et des bougies éclairent la chambre. C'est aussi macabre que pathétique. Comment ai-je fait pour ne pas voir la folie chez cet homme ? Comment ai-je pu le laisser me toucher pendant des années ?

La porte s'ouvre brusquement, laissant apparaître Mathias. Je suis offerte à lui, attachée, les membres en croix, je ne peux pas me soustraire à son regard.

— Ma douce, tu es réveillée ! Super, nous allons pouvoir commencer. Comment tu trouves l'ambiance ? Romantique, n'est-ce pas ?

Au point où j'en suis, le vexer, le mettre en colère reste ma seule option pour qu'il me tue avant qu'il ne me touche.

— C'est mortifère, si tu veux mon avis.

Il avance d'un pas précipité vers moi, prêt à m'étrangler, puis se retient au dernier moment pour ôter sa veste de costume.

— Tu n'arriveras pas à m'énerver. J'ai fait ce que j'ai pu dans cette bicoque, c'est vrai qu'elle ne ressemble en rien à notre bungalow à Hawaï. Mais je vais faire en sorte que tu apprécies et que tu oublies le lieu où l'on se trouve. Nous allons profiter de notre dernière nuit ensemble parce que…

Il s'agenouille à côté de moi pour passer ses mains sur mon corps. Il caresse mes seins puis descend vers mon sexe.

— Tu étais quand même un sacré bon coup, souffle-t-il au creux de mon oreille.

Sa langue vient me lécher le long du cou, descend vers ma clavicule. Mathias me mordille le haut de la poitrine en saisissant mon sein droit à pleine main, m'arrachant un cri de douleur.

— Tu es magnifique, ma douce, et je t'assure que tu me demanderas de ne plus m'arrêter.

Je tire sur mes attaches à m'en déboîter les épaules mais rien, je m'agite et me débats mais je n'arrive qu'à resserrer les liens autour de mes poignets. Mathias défait sa chemise et baisse son pantalon de costume. Il me fait face en boxer, menaçant et totalement à l'opposé de l'homme que j'ai épousé. À quel moment est-il devenu cet homme sans cœur ? Je refuse de croire qu'il a toujours été ainsi. Je n'ai pas pu être amoureuse d'un aussi grand malade mental. Mathias ôte son boxer, il est nu devant moi. Je détourne les yeux, refuse de le regarder, mais sa main qui me saisit fermement le visage m'oblige à le faire.

— Regarde-moi.

Sa main monte et descend le long de sa verge. Mathias se caresse en me fixant droit dans les yeux. Puis il écarte ma culotte pour glisser un doigt en moi. C'est brusque, violent et si douloureux que je crie.

— Détends-toi, tu verras que tu vas apprécier. Ne sois pas si stressée, dit-il en me martelant de sa main sans douceur.

Mathias n'a jamais compris le sens du mot préliminaire. Les larmes débordent de mes yeux, je ne pense plus à rien. Je fais le vide dans ma tête pour ne pas penser qu'il va me violer puis me tuer. Non, je ne pense à rien ni à personne, je déconnecte mon corps de mon esprit et au bout d'un moment, je ne ressens plus rien. Ni la peur, ni la douleur, rien, à part le néant.

Je ne vois pas Mathias bouger à côté de moi, je ne le sens pas déchirer ma lingerie, je ne perçois pas ses mains sur mon corps, sa bouche sur mes lèvres. Et quand il s'allonge sur moi, prêt à me prendre les derniers vestiges de ma dignité, je ferme les yeux, pleure en silence en laissant mon esprit divaguer puis s'éteindre.

Chapitre 30

« J'imagine qu'une des raisons pour lesquelles les gens s'accrochent à leurs haines avec tellement d'obstination est qu'ils sentent qu'une fois la haine partie, ils devront affronter leurs souffrances. »

James Baldwin,
Chronique d'un pays natal

Logan

Je sors de l'hôpital en ayant aussi mal au cœur qu'à la mâchoire. Putain ce con ne m'a pas raté. Aaron m'a pété la lèvre et je vais avoir mal aux côtes un petit moment, mais ce n'est rien comparé à son regard noir et haineux quand il a voulu protéger sa femme de moi. C'est douloureux de voir la déception dans le regard de son meilleur ami, son frère, sa seule famille. Et pourtant le trou béant qui se creuse chaque minute au plus profond de mes entrailles en l'absence de Mackenzie m'indique que la souffrance peut atteindre un sommet encore plus élevé. Elle est seule à cause de moi, parce que je n'ai pas su garder ma queue à sa place. Parce que j'avais bêtement besoin de me prouver que je n'étais pas dépendant d'elle. Foutaises ! Elle me tient par les couilles et le cœur et la seule personne à ne pas l'avoir vu, c'est moi.

J'ai été négligent, je dois le reconnaître. Mackenzie m'a dit qu'elle fuyait son mari et qu'elle était constamment en danger. Mais finalement le plus grand danger, c'était moi et ma propension à la connerie. Mackenzie n'est pas une fille levée dans un bar, ou une brebis prête à écarter les cuisses pour me satisfaire. Non, elle s'est immiscée dans ma vie sans l'avoir voulu. Parce qu'elle n'a pas cherché à me séduire, bien au contraire dès le départ elle m'a tenu à distance, et ce malgré l'attirance qu'elle avait pour moi. Je l'ai traquée jusqu'à ce qu'elle cède, jusqu'à ce qu'elle ne puisse plus me dire non et une fois fait… eh bien j'ai fait ce que je fais de mieux : le con. Je sais que je ne peux pas la perdre, je sais qu'elle n'excusera peut-être jamais mon comportement, mais je lui dois au moins la liberté et peut-être que ça achètera en partie son pardon.

Pyro m'a indiqué être au Versus Black avec Jerry. J'enfourche donc ma bécane et pars les rejoindre. Sur le parking désert du club, je repère une voiture de flic et la moto de mon frère. Le club n'est pas encore ouvert, nous sommes donc tranquilles. J'entre en trombe dans le bar et trouve Pyro, une main sur le cou de Jerry qui tente de se défaire de son emprise et un tesson de bouteille dans l'autre. Jerry ressemble à une poupée de chiffon entre les mains de mon frère.

J'observe la scène en silence. Pyro est effrayant, il a les yeux exorbités, les narines dilatées et la mâchoire serrée. Ce type ne vit que pour la torture mais depuis que nous avons calmé le jeu sur nos activités illégales, il est en manque d'adrénaline. Il ne passe pas ses pulsions avec des femmes, normal qu'il soit à cran. Les muscles de son dos sont tendus à l'extrême et les brûlures qui lui lèchent le cou et le bas du visage le rendent encore plus intimidant.

— Tu comptes nous mater encore longtemps ?

La voix hargneuse de Pyro me sort de ma contemplation.

— T'as obtenu quoi ?

— Rien encore, je viens juste de lui proposer à boire, ricane Pyro en enfonçant le tesson dans le cou de sa victime, faisant perler des gouttes de sang.

À ce stade-là, on peut parler de victime, pas d'adversaire. Jerry ne fait pas le poids contre Pyro. En fait, personne ne fait le poids face à cette bête humaine. Je m'approche des deux hommes pour m'installer sur le tabouret le plus proche du petit flic. Je me penche à son oreille et lui ordonne d'une voix faussement mielleuse :

— Réponds à la question du monsieur, Jerry.

Il tourne vers moi un regard perdu, puis sa réponse me laisse sur le cul.

— Quelle question ?

Je me retourne vers Pyro pour être certain de bien comprendre la situation.

— Tu ne lui as pas demandé où trouver Mackenzie ?

— J'allais le faire mais…

— Putain j'y crois pas ! hurlé-je. Qu'est-ce qui fait que tu n'as pas encore l'info ?

Pyro me fixe avec son air de psychopathe et alors je comprends qu'il voulait d'abord venger Astride avant d'obtenir l'information. Non pas qu'il se désintéresse du sort de Mackenzie mais sa rage a été plus forte que lui. Il est encore plus nul que moi pour gérer ses émotions. En même temps, il est tellement rare que ce type en ait qu'il ne doit pas savoir ce que c'est. Je bouillonne mais utilise la colère de mon frère pour faire craquer Jerry.

— Excuse-le, il ne sait pas se tenir, ça fait un moment qu'il n'a pas brisé quelques rotules… Donc on veut que tu nous dises où est Mackenzie.

— Je ne connais pas cette Mackenzie.

— Pas faux. Alors, dis-nous où tu as récupéré Astride.

— Elle va bien ? Je ne l'ai pas touchée, je le promets, pleure-t-il.

Pyro raffermit sa prise sur la trachée de notre invité et ce dernier devient bleu.

— Pyro, relâche-le, il faut qu'il puisse encore respirer pour pouvoir répondre à la question.

Mon frère s'exécute mais que très légèrement, laissant l'oxygène remplir à nouveau les poumons de Jerry.

— Alors Jerry c'est où ?

— Je peux pas vous le dire, il me tuera.

Je suis étonné de le voir se rebeller. Ce sursaut d'orgueil de sa part fait frétiller Pyro comme un poisson hors de l'eau. Il lui parle d'une voix létale :

— Et tu crois que tu risques quoi avec moi si tu ne réponds pas à sa question ? siffle-t-il entre ses dents. Ce Mathias Saint-James te fait vraiment plus peur que moi ?

Jerry secoue machinalement la tête, enfin autant que le bras de mon frère le lui permet. Qui est ce type qui les effraie autant ? Comment peut-il leur faire plus peur que nous ? Pyro passe doucement le tesson coupant d'un côté à l'autre la gorge de Jerry, mimant un égorgement. Je lui saisis l'arrière de la nuque pour lui faire relever la tête afin que la lame de mon frère lui chatouille un peu plus la gorge. Ce dernier n'ose même plus déglutir, de peur de se faire entailler la carotide. Ma main dans son cou se resserre comme les serres d'un aigle tenant sa proie. Je veux lui briser la nuque de ne pas avoir sorti Mackenzie de son enfer. Ma rage est telle que mes yeux lancent des éclairs et que mes muscles se contractent douloureusement sous la pression. Jerry n'ose même plus me regarder en face. S'il pensait avoir trouvé un allié en ma personne, il se trompe lourdement. Ma colère n'est rien comparée à celle de Pyro. Mon seuil de tolérance a atteint sa limite et je m'apprête à lui faire passer l'envie de jouer les fortes têtes quand Pyro recule un air dégoûté sur le visage. Il relâche sa pression et tient Jerry à bout de bras.

— Putain, il s'est pissé dessus.

Effectivement, la tache qui macule l'avant de son pantalon ne laisse pas de place au doute. Il est à point.

— Alors ? questionné-je une dernière fois, sachant pertinemment qu'il va me répondre.

Jerry chante comme un rossignol, il nous dit tout ce qu'il y a à savoir sur ce type, l'emplacement de la maison où il détient Mackenzie, le nombre de gardes... Finalement, nous lui faisons plus peur qu'un type bientôt mort.

La porte du bar s'ouvre et Jazz, un prospect, apparaît. Devant mon air interrogatif sur sa présence, il répond par anticipation :

— Pyro m'a appelé, il paraît que vous avez besoin d'une nounou, explique-t-il en désignant Jerry.

Pyro lâche sa prise et Jerry tombe au sol en pleurant. J'ai pitié pour ce pauvre type, il est un flic minable et doit certainement avoir une vie à son image. Mon portable sonne et je détourne les yeux de la loque humaine devant moi pour répondre. Pyro me rejoint et j'enclenche le haut-parleur.

Weasel a bien bossé depuis qu'il a le nom de Saint-James, il me fait un compte rendu de son curriculum vitae et je siffle d'admiration. Nous ne nous sommes jamais attaqués à quelqu'un d'aussi haut placé, un candidat au poste de gouverneur de Californie. Je présume que Mackenzie vient de là-bas et souris en pensant au surnom New York que je lui ai donné. Plus à côté de la plaque, tu meurs. L'homme est puissant, a des connexions dans les forces de l'ordre et vient d'une famille riche à millions. Faire disparaître ce type ne sera pas une mince affaire. Un coup d'œil rapide vers Pyro me confirme que j'ai raison. Implicitement, il me fait comprendre ce que j'en ai moi-même déduit, il faut demander l'autorisation au Préz avant de s'attaquer à lui. Je serre les dents parce que ça retardera la libération de Mackenzie, mais je comprends les enjeux. Le club survit grâce à des règles et un code d'honneur que nous nous sommes tous engagés à respecter.

*

Autour de la table de réunion du club, j'observe mes frères. Seuls Weasel, Pyro, Fire et Hurricane sont présents. Le Préz, notre VP et les autres apparaissent sur l'écran géant de la salle, ils sont toujours à Phoenix. Je me lève pour parler en premier. En même temps, c'est moi qui ai une requête à faire. Je n'y vais pas par quatre chemins, ça ne servirait à rien.

— Je demande l'autorisation de tuer Mathias Saint-James afin de libérer Mackenzie. Ce type est un gros poisson et sa mort ne passera pas inaperçue mais ce mec violente les femmes et a fait vivre deux ans d'enfer à Mackenzie, il ne mérite pas de vivre.

— Wolve, tu connais nos règles, c'est grâce à elles que le club est encore debout, explique calmement le Préz. Weasel m'a fait un topo sur ton gars. Nous n'interviendrons pas si cette fille n'est pas une régulière ou un membre de la famille d'un de nos membres.

Nous ne nous mêlons pas des affaires des autres, je ne peux te donner mon accord pour cette intervention.

Je secoue la tête en signe de lassitude et d'agacement, mais je comprends pourquoi le Préz réagit comme ça. Cependant, je ne suis pas d'accord avec lui. Je dois me rendre à l'évidence, soit j'y vais seul avec de grandes chances de mourir sans réussir, soit je laisse tomber. Comme il est impossible que j'abandonne Mackenzie aux mains de qui que ce soit, je décide d'y aller quand même et tant pis si la mort m'attend au bout.

Le sang bouillonne dans mes veines bien plus violemment qu'un torrent en crue. Je me redresse d'un geste vif, les muscles saillants et tendus d'une rage nouvelle. La fureur prend le pas sur la logique.

Je n'ai pas encore dit à mon Préz que j'acceptais sa décision et je sais qu'ils sont tous suspendus à mes lèvres, mais je n'arrive pas à laisser les mots franchir mes lèvres. Les prononcer revient à la condamner et j'en suis tout bonnement incapable. Ma décision est prise, elle est irrévocable. Si le club ne veut pas me suivre, qu'ils aillent tous se faire foutre. J'accepte de rendre mon cuir, de ne plus faire partie de cette famille et de partir seul à la recherche de ma *pretty doll*. La mort n'est-elle pas que la finalité de la vie ?

Je n'ai pas besoin d'eux. Ils ne sont pas mes frères s'ils laissent ma femme à une mort certaine. Ma femme ! Pas ma régulière, c'est sûr, mais ma femme, c'est certain. Elle seule a le pouvoir de faire de moi cet homme prêt à tout abandonner pour elle.

— Très bien, j'irai seul, craché-je rageusement.

Le ton méprisant de ma voix est clair comme de l'eau de roche. Le silence autour de nous est assourdissant. Aucun ne s'opposera à la décision de leur Préz et jusqu'il y a peu, moi non plus je ne me m'y serais pas risqué. Mais aujourd'hui, je m'en fous. Par écran interposé, je fixe Ryder qui en cet instant n'est plus mon président. Il n'a plus le contrôle sur moi. Les yeux qui me foudroient ne font qu'alimenter ma fureur. Personne n'a les couilles de me soutenir. Bande de lâches !

Je regarde une dernière fois les hommes assis autour de cette table. Je ne m'attarde pas sur Aaron. Mon regard haineux passe des hommes présents au Préz puis je me dirige d'un pas décidé vers la sortie. Ça ne sert à rien que je reste ici, je n'y ai plus ma place.

C'est la voix d'Hurricane qui me stoppe dans mon élan.

— Préz, je suis avec Wolve, déclare-t-il en se levant. Parce que ce salopard s'en est pris à ma régulière et ça, on ne doit pas le laisser passer. Astride est enceinte et elle aurait pu perdre le bébé par sa faute. Alors si le fait que Mackenzie ne représente rien pour le club qui justifie une intervention de notre part, l'agression d'Astride est un motif tout à fait valable.

Mon frère ne me regarde pas, malgré la tension entre nous, il me soutient. Je sens ma poitrine se gonfler d'une excitation nouvelle, les chances de pouvoir tuer ce mec augmentent. Si je ne suis pas seul, j'ai une chance. Aaron est le maître d'armes de ce club, on respecte son avis. Pourtant la réponse du Préz me fait redescendre de mon petit nuage.

— Je comprends, Hurricane, mais Astride n'était pas visée et elle ne craint rien parce qu'il n'en a pas après elle. Lâcher les chiens sur ce type revient à mettre tous les chapitres en danger, je ne peux pas vous y autoriser, cependant…

Un grondement sourd provenant du plus profond de mes tripes se fait entendre. Assez fort, assez menaçant pour que le Préz l'entende aussi et m'épingle de son regard de tueur qui me contraint au silence. J'amorce un début de phrase pour lui dire qu'il peut aller se faire foutre et son club avec lorsqu'il m'interrompt d'une voix tranchante :

— Cependant, reprend-il, en m'épiant d'un regard sombre, je ne saurais dire ce que vous allez décider une fois que j'aurais coupé la caméra. Hurricane, puisque tu es rentré, c'est toi qui prends le commandement.

Sur ces paroles, le Préz coupe la communication avec nous. Je fixe l'écran noir en analysant ce qu'il a dit. C'est à Hurricane de prendre la décision d'une intervention ou non. Je me tourne vers mon frère qui m'épingle de son regard le plus glacial. Est-ce que sa rancœur l'empêchera de me permettre d'avoir une vraie chance de sauver Mackenzie ? Parce que je sais que seul, ma mort est plus que certaine avant que j'arrive à l'approcher.

— Wolve, je ne peux pas mettre nos frères en danger pour une fille dont tu te fous, mais, dit-il en levant la main en voyant que j'allais répliquer, mais je ne peux pas laisser Mackenzie en sachant ce qui l'attend et je ne peux pas passer sur l'affront de s'en être pris à ma régulière. Nous allons sauver Mackenzie mais j'émets deux conditions. La première : seuls Pyro et moi viendrons avec toi, aucun de nos frères ne nous accompagnera.

J'acquiesce. Bien sûr que Pyro nous accompagne, il est le plus sadique d'entre nous. Quoique je pense pouvoir rivaliser au vu de la rage qui m'habite.

— Et la deuxième ?

— Il doit mourir.

Chapitre 31

> « Les êtres ne sont pas faits pour s'appartenir, ils sont faits pour être libres, ensemble. »
>
> *Alexandre Julien*

Logan

Alors que mes frères quittent la salle, je reste seul avec Hurricane et Pyro. Nous devons décider de notre plan de bataille et pourtant aucun de nous ne parle. Le silence est pesant, étouffant, car chaque minute compte. Pourtant, j'ai appris avec le temps qu'une mission bien préparée est une mission qui réussit.

— Il faut qu'on se mette d'accord sur un plan et qu'on arrête de perdre du temps, leur dis-je en tapant du poing sur la table.

— Bon les filles, dit Pyro en se dirigeant vers la sortie, vous avez dix minutes pour régler vos querelles d'amoureux et après on y va.

— Et le plan ?

— Tant que vous vous chamaillerez, ça ne servira à rien de faire des plans que nous ne suivrons pas.

Sur ces paroles, il quitte la pièce, m'obligeant à me retrouver face à Hurricane. Parce que face à moi, ce n'est pas Aaron, c'est bien Hurricane, le maître d'armes des Black's Soldiers. Je bouillonne mais Pyro a raison. Il faut désamorcer la situation entre nous pour pouvoir être efficaces en intervention, alors je prends sur moi.

— Fille ou garçon ?

Je sais qu'il doit désormais savoir si je vais avoir un ou une filleule et je me dis que parler d'Astride et de son enfant à naître devrait le mettre dans de bonnes dispositions.

— Tu as perdu le droit de savoir, crache-t-il, acerbe.

Perdu ! Ses mots me font mal. Son regard est glacial et me renvoie une hargne qui fait peur. Pourtant, je m'en fous ! Je me fous de tout hormis de la femme qui est en danger à l'heure où nous parlons. Je sens la colère contre mon ami de toujours refluer, son silence nous fait perdre du temps. Il est ce qui se rapproche le plus d'une famille pour moi et pourtant en cet instant je le déteste. Je déteste qu'il puisse avoir ce que moi je n'ai pas : une famille. Je le hais de nous faire perdre du temps. Je le jalouse de sa relation à sa régulière. Et par-dessus tout, je me déteste de le détester.

Mon dégoût de moi-même ajouté à la colère qui bout sous ma peau me fait sortir de mes gonds.

— Très bien, Aaron. Tu me détestes, je le sais. Je suis désolé d'avoir merdé avec ta régulière. Je m'en veux assez tout seul pour ne pas avoir besoin que tu me le rappelles constamment.

Mon ton est hargneux, ma voix est grave et mes yeux injectés de sang. Je poursuis :

— Tu ne veux pas me pardonner, tant pis. Je ne peux rien faire de plus à l'heure actuelle. Tu voudras me casser la gueule sur le ring après. Très bien. Mais ne t'attends pas à ce que je te laisse faire sans répliquer. Tu es mon frère mais je refuse que Mackenzie pâtisse de notre différend. Alors soit tu te sors les doigts du cul pour m'aider en faisant abstraction de nos divergences, soit tu t'écartes de mon chemin et me laisses une chance d'essayer de la sauver.

Je suis à bout de souffle. Mes yeux plongés dans les siens, je peux voir l'étendue de notre désaccord dans cet échange.

— Tu n'iras pas seul, assène-t-il. Si je te soutiens, c'est que j'ai une raison personnelle de le faire et ce n'est pas toi. Tu as failli à ta mission en ne protégeant pas Astride, mais je ne peux pas laisser Mackenzie payer le prix de ta lâcheté. Nous pouvons la sauver mais je dois te dire que je ne serais pas étonné qu'elle s'en aille après ça. Tu ne mérites pas qu'elle reste, Wolve.

Putain, il fait mal, ce con ! Il n'a pas besoin de me frapper pour me mettre à terre. Il ne m'appelle jamais par mon nom de route, comme je ne le fais jamais avec le sien, mais il a bien insisté sur le dernier mot prononcé de sa phrase. Il marque la distance entre nous, il creuse un fossé que je ne suis pas sûr d'arriver un jour à combler. Et pourtant à ce moment-là, la douleur de perdre Mackenzie m'est encore plus insupportable. Mackenzie, s'en aller… Je frémis d'angoisse à cette idée. Je me secoue et décide de ne pas alimenter la colère de mon frère mais lui assène une dernière vérité :

— Va te faire foutre, Hurricane, dis-je en insistant sur son nom de route. Pyro a raison, nous n'avons jamais suivi un plan à la lettre donc je propose qu'on y aille, qu'on le tue et une fois cette affaire terminée nous prenons chacun des chemins différents.

Il hoche la tête et s'avance vers la sortie. D'un bras sur son torse, je bloque sa progression.

— Mais ne t'y trompe pas. Je tiens à elle plus que tu ne peux l'imaginer. J'ai été aussi lâche que toi quand Astride est partie, souligné-je mais j'ai été là pour toi mon frère et j'espère que tu seras là pour moi.

Le regard de mon ami se fait hésitant, je viens de toucher un point sensible. Tout n'est pas perdu ! Mais lui comme moi savons que ce n'est pas le moment. Aaron accepte d'un hochement de tête. Quand nous aurons libéré Mackenzie, nous nous affronterons comme le suggèrent les règles du club, mais en attendant allons-y.

*

Nous avons décidé de la jouer sans finesse. D'après Jerry, ils ne sont que quatre gardes en plus de Mathias, donc rien d'insurmontable pour des gars comme nous. Le plan est simple : Pyro et Hurricane attaquent de front pendant que je me dirige vers l'arrière pour libérer Mackenzie. Le fait qu'ils se soient retranchés dans une baraque délabrée au fin fond de la campagne avec rien autour nous facilite le travail.

Je me sépare de mes frères pour passer par l'arrière alors qu'eux se présentent tout moteur hurlant devant la maison. Malgré nos différends actuels, j'ai une confiance aveugle en eux et je reste donc concentré sur ma part du contrat : libérer Mackenzie.

Pyro et Hurricane font hurler leurs motos devant la porte principale. Alors que j'entends des pas précipités vers l'avant de la maison, je me faufile discrètement vers l'étage. Je monte les marches une à une, une main enserrant mon arme. Le canon en avant, le dos collé au mur, j'avance, méfiant, sur le qui-vive et concentré, pourtant un hurlement de douleur me fait sursauter.

C'est la voix de Mackenzie !

J'accélère l'allure mais reste vigilant. Au détour d'un couloir je me retrouve nez à nez avec un garde.

Ce dernier se jette sur moi, me surprenant et ce faisant il me fait lâcher mon arme qui tombe au rez-de-chaussée. S'ensuit un combat au corps à corps dont il ne sortira pas vivant, ça c'est une certitude. D'un mouvement de hanche, je fais basculer mon adversaire au sol. Il se met rapidement sur ses pieds, il est leste, le bougre, mais je n'ai pas dit mon dernier mot. Le combat à mains nues n'est pas ma spécialité mais j'ai assez affronté Aaron pour savoir me débrouiller. Et puis j'ai un déclic : je n'ai pas le temps de me battre avec ce type, j'ai mieux à faire. Je recule de quelques pas et me positionne à la limite de la première marche de l'escalier avec une idée en tête. Mon adversaire ne voit rien venir, il prend de l'élan et se jette sur moi, j'attends qu'il soit assez proche pour lui donner l'illusion de pouvoir m'atteindre. Son bras amorce le mouvement d'un coup de poing et quand il est proche de mon visage, je me baisse. Déséquilibré, il vacille au-dessus de moi, d'un geste du haut du corps, je me redresse et le fais basculer. L'homme tombe dans le vide et dégringole l'escalier dans un bruit de cervicales qui se brisent. J'ose un regard vers lui mais je sais déjà ce que je vais voir. Son corps est immobile au sol, l'angle de son cou ne laisse aucun doute sur son état : il est mort.

Je me précipite vers la pièce d'où est venu le hurlement. Quand j'ouvre la porte avec fracas, je retiens difficilement mes tripes qui menacent de sortir de mon estomac. Mackenzie est allongée sur un lit, sanglée, nue et apparemment inconsciente, un homme à genoux entre ses jambes, nu lui aussi. Il était prêt à la violer avant qu'il ne m'entende entrer.

Je me jette sur lui avec la force du désespoir. Cet homme avait signé son arrêt de mort bien avant que je ne voie ce qu'il s'apprêtait à lui faire, mais là, il va souffrir à tel point qu'il me suppliera de l'achever.

Son corps propulsé par le mien tombe du lit dans un bruit sourd. Je prends sa tête à deux mains et la projette contre le sol dur. Il tente de me dégager mais il ne fait pas le poids. Ni physiquement, parce que ce type doit bien faire vingt kilos de moins que moi, ni mentalement, parce que j'ai tellement la rage qu'il ne peut rien m'arriver. Il a osé s'en prendre à Mackenzie. Ma femme douce et délicate qui ne mérite pas d'être traitée de la sorte. Un sourire narquois aux lèvres, je le regarde se débattre de ses petites mains qu'il agite comme s'il avait le pouvoir de se débarrasser de moi.

Alors que je m'apprête à l'achever, une voix d'outre-tombe résonne derrière nous.

— Ne le tue pas, s'il te plaît.

*

Mackenzie

Je ne sens plus le poids de Mathias sur mon corps, il ne pèse plus sur moi et je respire à nouveau. Je ne comprends pas ce qui se passe mais j'entends des hommes se battre. Difficilement et douloureusement, je tente de me redresser mais mes liens m'en empêchent. J'arrive à apercevoir un dos musclé vêtu d'un blouson de cuir. Je sais à qui appartient ce tas de muscles. Logan est là, les larmes coulent sans que je parvienne à les retenir et en même temps je n'en ai pas envie. Je tente de parler mais je n'y arrive pas, ma gorge est sèche et pourtant je ne veux pas que Logan le tue. Pas maintenant, pas comme ça et pas tant que je n'en aurai pas fini avec lui. Je me racle la gorge et essaye à nouveau.

— Ne le tue pas, s'il te plaît.

Logan se retourne vers moi et je vois l'incompréhension dans ses iris océan. Mathias en profite pour lui donner un coup de poing qui le fait légèrement vaciller mais il ne fait pas le poids face à mon biker préféré. Je réitère ma demande parce que c'est important pour moi :

— S'il te plaît, Logan.

Il hoche la tête et, d'un mouvement fluide, il se positionne dans le dos de Mathias. Le bras autour de sa gorge, d'une pression légère, il l'étrangle. Le corps de Mathias tombe sur le torse de Logan qui s'en débarrasse sans ménagement avant de se ruer sur moi. Son impulsivité me fait peur et j'ai un mouvement de recul. Logan s'arrête à quelques centimètres du lit et lève les mains en signe d'apaisement.

— Mackenzie, c'est moi.

Sa voix est une merveilleuse mélodie à mes oreilles. Mon âme se détend rien qu'avec sa présence. Il s'approche de moi doucement, ses mains se posent sur mes joues pour essuyer mes larmes. Le matelas s'enfonce quand il s'agenouille à mes côtés.

— Ça va, ma belle ? Tu n'as rien ? T'es blessée ? Tu souffres ?

Son débit est rapide et son inquiétude manifeste. Elle transparaît dans le ton de sa voix et dans la douceur de ses gestes.

— Ça va, Logan, je vais bien. Merci d'être là, d'être venu.

Les larmes coulent sur mes joues. Logan les essuie avec délicatesse du bout des doigts.

— Chut ! murmure-t-il en me caressant les cheveux. Je suis là, il ne peut plus rien t'arriver, ma belle. C'est fini ! Il sera bientôt mort et toi tu seras libre.

Son souffle caresse ma peau et fait réagir instantanément mon épiderme. J'ai presque envie de le laisser faire, de lui laisser la vie de Mathias, de ne plus jamais à avoir peur de cet homme, mais je ne peux pas si je veux retrouver ma vie.

— S'il te plaît, ne le tue pas !

— Pourquoi ?

Ses muscles se tendent sous mes yeux, la colère afflue dans son corps. Pourtant en cet instant, je voudrais pouvoir me blottir contre lui, sentir sa chaleur me réchauffer comme un feu de cheminée un soir d'hiver.

— Est-ce que tu veux bien qu'on en discute quand je serai dans une position, disons, un peu moins dégradante ?

Son air contrit me fait comprendre qu'il n'avait pas réellement pris conscience de mon état. Il se dépêche de me libérer de mes liens. Pendant que je me masse les poignets, Logan ôte son cuir pour le poser sur mes épaules alors que je me couvre les jambes d'une couverture. En entendant Mathias émerger de son inconscience, mon héros se saisit de mes liens et se précipite sur lui afin de le ligoter.

Logan revient vers moi et stoppe sa progression en me dévisageant, il a un regard indéfinissable. Il est planté au milieu de la pièce, soustrayant Mathias à ma vue. Pourtant, le peu que j'ai aperçu de lui, il est ridicule. L'homme qui m'a toujours effrayée est là devant moi, nu et attaché. Et cette vision déclenche chez moi un fou rire incoercible.

Logan me regarde, incrédule. Il ne comprend pas et son air ahuri augmente mon hilarité. Mon corps est pris de soubresauts et j'ai mal au ventre à force de rire, des larmes coulent sur mes joues parce que je me marre comme une baleine alors que je suis nue dans un lit. Mon rire se transforme en crise de nerfs face à l'incongruité de la situation. Je suis en train de devenir complètement folle et quand Logan me prend dans ses bras, je m'effondre contre son tee-shirt que je serre entre mes mains. Il me berce comme une enfant en me soufflant qu'il est là pour moi. À la tension dans ses muscles, je sens qu'il ne comprend rien à mon état et se montre circonspect face à ma bipolarité évidente, se demandant sûrement si je n'ai pas pris un coup sur la tête. Mais son étreinte nous isole dans un monde, une bulle sécurisante où il n'y a que lui et moi.

Mathias se met à gémir et nous extirpe de notre cocon. Logan se crispe sous mes doigts. D'une main, il lève mon menton pour que je puisse me noyer dans son regard azur. Il cherche à savoir si je vais bien. Je pose ma main sur son visage et il y love sa joue, en maintenant ses yeux dans les miens. Logan se penche sur moi pour m'embrasser mais au moment où ses lèvres frôlent les miennes, Mathias se rappelle à nous.

— Je pensais que tu avais meilleur goût en matière d'homme. Tu me déçois, ma douce.

Logan se lève d'un bond et se jette sur lui.

— Ta gueule, hurle-t-il en lui assénant une droite.

Mathias ricane alors que Logan le frappe sans retenue. Je me lève en serrant le cuir sur mon corps pour poser ma main sur le bras de Logan. Il se tourne vers moi avec un regard fou et m'interroge avec agressivité :

— Pourquoi tu le protèges ?

— Mais c'est parce qu'elle est encore amoureuse de moi, ricane Mathias en crachant du sang sur le sol.

Je fais abstraction de sa réplique pour répondre à Logan qui s'est crispé aux propos de mon ex. Je plonge mon regard dans le sien pour qu'il intègre bien mes mots :

— Parce que je ne veux pas rester pour toujours son éternelle veuve.

Chapitre 32

« Tu es née sauvage… Ne les laisse pas te dompter. »

Isadora Duncan

Logan

Putain ! Qu'est-ce qu'elle veut dire par là ?

— Tu es toujours mariée à ce type ?

— Oui.

Sa voix n'est qu'un murmure, comme si elle en avait honte. Pourtant, elle n'est pas responsable de cet état de fait. Bon, un peu quand même, elle a épousé de son plein gré ce connard. Je suis injuste avec elle, mais le fait qu'elle m'empêche d'écourter sa vie alimente ma fureur. Bien que je comprenne qu'elle ne veuille pas rester à jamais la veuve de ce déchet de l'humanité, ne pas lui régler son compte revient à ne pas tenir la promesse faite à Aaron. Et ça, je ne peux pas, c'est au-dessus de mes forces. J'ai déjà trahi mon frère, je ne peux pas recommencer. Et puis je ne trouverais pas le repos en sachant qu'il respire toujours le même air que Mackenzie. Seule la mort pourra nous débarrasser de lui définitivement.

Je m'avance vers Mathias pour l'achever. Mackenzie n'aura qu'à changer de nom, se créer une nouvelle identité, peu importe, mais lui il doit crever. Mon regard haineux fait que cet énergumène, qui fanfaronnait y a pas cinq minutes, se tasse sur lui-même en me voyant fondre sur lui. Je le saisis par le cou et le relève d'un mouvement brusque. Je vais le tuer et il sait que sa dernière heure a sonné. Je ne reculerai pas.

Le bras en l'air, j'entends Mackenzie renifler en me suppliant de ne pas faire ça.

J'ai le réflexe malheureux de me tourner vers elle.

Un simple regard et j'abandonne tout de mon projet initial. Ma belle est à genoux, mon cuir sur le dos en train de pleurer sur sa vie. Elle ne pleure pas cet homme à qui elle n'accorde même pas un regard. Elle pleure sur sa propre situation, sa propre histoire et elle doit aussi prendre conscience qu'elle est enfin libre. Cette vision d'elle me déchire le cœur. Elle est à bout, son corps est parcouru de tremblements. Sous la marée de larmes qui noie ses yeux, je peux y lire une supplique. C'est insupportable pour elle de rester mariée à cet homme. Et ses mots me le confirment :

— Je veux retrouver mon identité, je ne veux pas rester morte.

— Morte ?

Il va falloir qu'elle m'explique.

— Oui morte, décédée, défunte, tuée, sans vie, sans identité ! Choisis le terme qui te convient le mieux, crie-t-elle.

Je crois bien que c'est la première fois que je l'entends hausser le ton. Elle qui jusqu'à présent était la douceur incarnée se transforme en tigresse quand elle n'a plus peur, plus rien à craindre. Et franchement, j'apprécie beaucoup ce sursaut d'orgueil.

J'entends les pas de mes frères qui m'empêchent de la questionner sur ce qu'elle entend par morte, parce que ça n'a pas l'air d'être une métaphore. La porte s'ouvre dans un fracas terrible. Aaron est en tête, des traces de sang maculent son tee-shirt, il n'y a donc aucun survivant chez les gardes. Seul Mathias est encore en vie mais en voyant le regard noir de mon ami, je ne suis pas sûr que cela dure encore très longtemps.

Mon frère balaie la pièce du regard. Il s'attarde sur Mackenzie et bloque comme moi quand il se rend compte qu'elle porte mon cuir sur le dos. J'ai eu la même réaction quand je me suis aperçu que je le lui avais donné sans réfléchir, mais en fait je la trouve plutôt jolie avec. Elle le porte bien, et surtout ça ne me dérange pas. Maintenant, son image d'elle portant mon cuir est gravée à jamais sur ma rétine. En un instant, c'est devenu naturel de la voir avec, il est fait pour elle. Cette certitude me confirme ce que mon cœur sait déjà : je ne peux pas me passer d'elle.

Puis ses yeux détaillent Mathias, toujours aussi nu que le jour de sa venue au monde. Le visage de mon ami se rembrunit, sa mâchoire se serre quand il comprend qui est cet homme. D'ailleurs, l'agressivité dans sa voix ne laisse aucune place au doute.

— Pourquoi est-ce qu'il respire encore ? demande mon frère en s'approchant de Mathias.

Ce dernier se recroqueville sur lui-même, il ne peut rater la fureur qui habite mon ami. Il mérite de mourir, il doit mourir. J'ai encore plus envie qu'Aaron de voir ce connard pourrir au fond d'un trou sans sépulture décente, sans reconnaissance, sans personne pour le pleurer et pourtant, j'avance d'un pas et me positionne entre mon frère et Mathias. Ce geste certes anodin va avoir des conséquences fâcheuses sur notre amitié, je le sais et au regard qu'il me jette, il le sait aussi. Je me dégoûte de protéger ce salopard mais c'est la demande de Mackenzie. Après tout ce qu'elle a vécu, c'est à elle de décider ce qui doit arriver à son mari. Et il semblerait que je sois incapable de lui refuser quoi que ce soit, mais en ai-je vraiment envie ?

Son « mari ». Même en pensée ce mot me brûle la gorge. La tension qui habite Aaron transpire par tous les pores de sa peau et me ramène à la réalité. Je la sens, elle émane de lui comme une aura maléfique. Il se place face à moi, menaçant et orgueilleux, les muscles saillants, il est terrifiant. J'avoue que si je ne le connaissais pas il m'impressionnerait, mais il s'agit d'Aaron et il ne me ferait pas de mal. Quoi que ! Dernièrement, notre amitié a pris un sacré coup dans l'aile. Il avance d'un pas supplémentaire, son torse vient buter contre le mien.

— Je réitère ma question, Wolve : pourquoi n'est-il pas mort ?

— Il doit faire quelque chose avant de passer l'arme à gauche.

— Qu'est-ce qui est plus important que de venger Astride ? siffle-t-il entre ses dents.

Pyro, bien conscient de la tension entre nous, s'approche de Mathias et le lève d'un geste brusque. Ce dernier couine sous la poigne de mon frère qui lui jette son pantalon récupéré au sol. Pendant qu'il se contorsionne pour essayer de s'habiller avec les poignets attachés, je maintiens Aaron à distance. Je ne céderai pas. Son amitié m'est précieuse mais l'avenir de ma *pretty doll* est plus important. Surtout si je veux qu'il se déroule à mes côtés.

— Il doit me ressusciter, murmure Mackenzie à son attention.

Nous nous retournons d'un bloc sur elle. Tous deux circonspects face à cette phrase que nous ne comprenons pas. Aaron se concentre sur elle. Son regard est moins agressif, c'est presque imperceptible mais moi je le vois. Devant une Mackenzie pleurant, il s'adoucit. Elle est à moitié nue, ce qui pourrait me mettre en colère, mais je sais qu'aucun de mes frères présents n'aura des pensées déplacées la concernant. L'un est beaucoup trop amoureux de sa femme, alors que l'autre ne la regarde même pas. Seul le regard de Mathias pourrait me déranger, mais dès qu'il lève les yeux, il se heurte au regard assassin de Pyro, ce qui le dissuade de tenter quoi que ce soit. Alors il fixe le sol comme s'il n'avait jamais rien vu de plus beau.

Je m'approche de ma belle qui lève vers moi un regard implorant qui me serre les tripes. J'ai une furieuse envie de la prendre dans mes bras pour la protéger de tout ce que le monde a de plus noir. Ce que je fais sans attendre. Je la soulève contre mon torse, la porte afin de la déposer sur le lit et qu'elle ne soit plus par terre, comme son connard de mari. Elle doit prendre de la hauteur par rapport à lui. Elle est meilleure que lui et ne doit pas s'abaisser à son niveau. Mais quand je vais pour la lâcher, elle s'accroche à mon tee-shirt avec désespoir. Pas de problème, je m'assois sur le matelas et la positionne sur mes genoux, l'enserrant de mes bras forts et protecteurs. Je soustrais néanmoins son corps à la vue des hommes présents en tirant le drap sur ses jambes. Elle se détend. D'une voix que j'espère rassurante, je pose la question qui nous brûle les lèvres :

— Explique-toi, comment ça, « ressuscitée » ?

— T'es blessé, dit-elle en posant une main sur ma joue violacée.

— Ce n'est rien. Dis-nous ce que tu entends par « ressuscitée ».

Elle est nue, victime et certainement traumatisée, mais elle s'inquiète pour moi. Cette fille vient de vivre l'enfer et ce qui lui importe c'est de savoir que je vais bien. Son inquiétude et son affection évidentes me touchent. Je la presse contre moi pour lui signifier que je vais bien et encore mieux depuis qu'elle a repris sa place dans mes bras.

Blottie contre moi, collée à mon torse massif, elle donne l'impression d'être minuscule. Mon étreinte chaleureuse lui fournit la force de s'expliquer. Elle nous explique que pour servir sa carrière politique, Mathias l'a fait passer pour morte il y a deux ans. Elle aurait été victime d'un accident de voiture et n'a donc plus d'identité depuis ce jour. Il est devenu aux yeux du monde le veuf éploré qui ne se remet pas de la perte de l'amour de sa vie. J'ai envie de gerber, autant de lâcheté et de cruauté pour garantir son intérêt personnel me dégoûte. D'une voix cassée, Mackenzie conclut ce que nous avons déjà compris :

— Je veux retrouver ma vie.

Je jette un regard à mes frères et je constate qu'Aaron la fixe avec bienveillance. Il comprend son désir, mais il n'y a pas plus rancunier que lui. Et si son attitude me dit qu'il m'accorde un sursis, il sera de courte durée. D'une manière ou d'une autre, l'affaire de Mackenzie réglée ou non, Mathias mourra. Et si je ne m'en charge pas, Hurricane le fera. Il aboie ses ordres à la manière d'un général de l'armée :

— Pyro, charge notre client, et tu lui réserves la suite présidentielle.

Je hoche la tête pendant que Pyro attrape Mathias. Il tente de s'adresser à Mackenzie dans une piètre tentative d'apitoiement.

— Ma douce, je te pardonne d'être partie. Nous pouvons…

— Ta gueule, hurlons-nous en chœur alors que Pyro lui assène un coup dans les côtes et, vu le craquement, il lui a pété une.

Au sourire sadique de mon frère, je comprends qu'il est satisfait et moi aussi. Je souris bêtement en pensant que ce gosse de riche va devenir notre hôte et la suite présidentielle ne ressemble en rien à une chambre dans un palace. Pas de confort, pas de lit ni de mini bar, à la place il aura droit à des chaînes, dormir à même le sol, si on l'autorise à dormir, et la visite régulière de notre room-service personnel.

Je regarde Pyro traîner notre invité comme un poids mort, je l'entends hurler quand il croise le cadavre de son acolyte dans l'escalier. Son cri strident et suraigu fait rire Aaron qui s'adresse à moi comme avant :

— Et encore, il n'a pas encore vu l'état de ses collègues, plaisante-t-il.

Puis, se rendant compte que son attitude n'est pas en adéquation avec son ressenti à mon égard, il se ressaisit immédiatement. Il bombe le torse et se tourne vers moi, mais la présence de Mackenzie dans mes bras l'empêche de me faire part de tout le bien qu'il pense de moi. Il tourne les talons et se dirige vers la porte pour rejoindre Pyro.

Mackenzie se blottit un peu plus contre moi et j'en oublie tout ce qui vient de se passer. Son corps frêle contre le mien est une évidence. Mes lèvres butinent son visage, alors que mes bras l'enserrent comme dans un étau dont elle ne pourra jamais s'échapper. Mon rythme cardiaque se cale sur le sien, jouant la même mélodie.

Je peux enfin respirer à nouveau, comme si elle était mon oxygène. Alors que je la sens se détendre pendant que je la berce dans mes bras, le nez enfoui dans ses cheveux, je peux lui avouer que j'ai vécu l'enfer depuis qu'elle s'est enfuie du club.

— J'ai eu tellement peur, *pretty doll*. J'étais terrifié à l'idée de te perdre. Je ne pensais pas qu'un jour j'allais rencontrer une fille comme toi. Une fille qui me donne envie d'autre chose.

Je ne détaille pas les autres choses, parce que je ne sais pas ce qu'elle elle veut. Ce dont moi, je suis certain, c'est que je ne veux pas d'une vie sans elle. Mais qu'en est-il pour elle ? Voudra-t-elle être celle qui me donnera le courage de devenir l'homme que j'ai envie d'être pour elle ?

Chapitre 33

« I'm a bad liar, bad liar
Now you know, you're free to go[1] »

Imagine Dragons, Bad Liar

Mackenzie

Je me réveille en sursaut, glacée et apeurée. Il me faut un certain temps pour comprendre où je suis, mais je reconnais le dessus de lit rose à froufrou de Gloria. Je suis dans mon lit, dans le seul endroit que je pourrais qualifier de chez moi. Je tire le drap pour me couvrir et essayer de stopper les tremblements de mon corps. Comment suis-je arrivée ici ? Quelle est la dernière chose dont je me souviens ?

Mon cerveau ressasse mes souvenirs, je revois Mathias s'en prendre à moi, je sens encore sur mes poignets les liens qui me maintenaient allongée à sa merci. Machinalement, je caresse du bout des doigts leur trace encore visible. Son odeur sur ma peau, son corps sur le mien. Puis Logan, son intervention, son acceptation de ne pas le tuer et surtout ses bras protecteurs et chaleureux. Oui, Logan est venu me sauver d'une seconde mort. Mais où est-il ?

---

1. « Je ne sais pas mentir, mauvais menteur
Maintenant tu sais, tu es libre de partir »

Je me redresse dans le lit pour voir autour de moi. Je suis seule dans la chambre, la place à mes côtés est vide et depuis longtemps, les draps sont froids. Je perçois une lumière dans le salon, il doit s'y trouver. Je me lève et constate que je ne porte qu'un tee-shirt et mes sous-vêtements. Logan a dû me déshabiller ou m'habiller, je ne sais plus trop, avant de me coucher.

À pas feutrés, je m'avance vers le salon. Logan est assis sur le canapé, dos à moi. Il a les épaules voûtées, les bras en appui sur les genoux et je peux sentir son mal-être d'ici. Il ne dégage pas son arrogance habituelle, il a l'air abattu. Il ne prend conscience de ma présence que quand je passe ma main dans ses cheveux. Il lève vers moi un regard bouleversé et bouleversant. Sans un mot, je m'approche pour m'asseoir à côté de lui mais il se saisit de ma main pour me positionner sur ses genoux. Il m'enserre de ses bras, me câline et me respire, on pourrait croire qu'il prend réellement conscience que je suis là.

Ma poitrine pressée contre son torse musclé monte et descend au rythme de sa respiration. Logan me serre contre lui à m'en couper le souffle, et pourtant, pour rien au monde, je ne souhaiterais être ailleurs que dans les bras de cet homme formidable. Mes doigts caressent sa nuque alors qu'il respire mon odeur, le nez dans mes cheveux. Nous ne parlons pas, il n'y a rien à dire.

Pendant un temps incertain, nous restons blottis l'un contre l'autre. Il frotte sa barbe naissante contre ma joue. La sensation n'est pas désagréable. Ses mains viennent se presser dans mon dos pour me fondre en lui. Son étreinte a quelque chose de désespéré, comme s'il ne voulait plus me regarder. J'ai confirmation de mes craintes quand il refuse de me laisser me reculer pour le voir.

— Non.

Ce seul mot est à la fois une supplique et un ordre. Je ne comprends pas, mais je l'accepte. Cet homme a fait tellement pour moi que je ne peux lui refuser ce temps, et puis ce n'est pas désagréable. Je glisse un peu sur lui et pose ma tête sur sa poitrine, sur son cœur que j'entends battre à un rythme régulier. Les muscles de son corps sont tendus. Il mène une lutte interne, je le sens à la façon qu'il a de me maintenir contre lui, évitant ainsi tout contact visuel. Je l'embrasse dans le cou, faisant glisser ma langue sur sa jugulaire, mais Logan ne bronche pas, mais il recule comme si le contact l'avait brûlé. Je me décide à lui laisser le temps dont il a besoin. Je cale ma joue contre son torse, ses mains s'arrimant dans mon dos et sa tête reposant sur la mienne.

— Qu'est-ce qu'il y a ? je murmure.

— Chut... souffle-t-il en me berçant.

C'est le monde à l'envers, c'est lui qui ne veut pas parler et moi qui en ai besoin. À la force de mes bras, je m'oblige à me dégager de son étreinte. Il souffle de mécontentement et je ressens le froid de ne plus être collée à son corps.

— Dis-moi, Logan, qu'est-ce qu'il y a ?

J'essaye de plonger mes yeux dans les siens, mais il me refuse ce contact en détournant la tête. Je pose une main sur sa joue et l'oblige à me faire face. Quand j'arrive à capter son regard, j'ai un léger mouvement de recul. Il est vide, froid et sans vie. Je love ma main sur sa mâchoire.

— Logan ?

Il souffle mais ne répond pas. Je m'apprête à descendre de ses genoux pour lui laisser l'espace dont il semble avoir besoin mais il me retient.

— S'il te plaît, reste. J'en ai besoin, me supplie-t-il.

Sa voix brisée me fend le cœur. Je me repositionne sur lui de telle sorte que nous ne puissions pas nous voir. Son corps se détend, mais ce silence m'oppresse, m'angoisse. Il ne m'a pas habituée à rester muet. Mon cerveau carbure à cent à l'heure, cherchant comment l'atteindre dans la nébuleuse où il semble avoir trouvé refuge.

— Tu vas bien ?

Sa question me surprend.

— Oui, grâce à toi. Et toi, tu vas bien ?

Il grogne mais ne répond pas.

— Tu es sûre ?

— Oui.

— Tu me le dirais si ça n'allait pas ?

— Promis. Et toi, répété-je, tu me le dirais si ça n'allait pas ?

— Non.

Au moins, sa réponse est franche, mais j'avoue qu'elle me blesse. Il ne veut pas me dire ce qui le met dans cet état mais je sens bien qu'il y a quelque chose. Se fait-il du souci pour son club après avoir dû intervenir ? En même temps, connaissant Mathias, il aurait de quoi flipper. Est-ce qu'il ne veut plus de moi après ce qu'il a vu ? Je leur ai causé tellement d'ennuis, à lui, à son club et à Astride…

— Comment va Astride ?

Je n'ai pas pensé à demander de ses nouvelles.

— Elle va bien et Aaron me déteste.

Le ton qu'il emploie laisse entrevoir toute sa peine. J'ai gâché son amitié avec Aaron, je sens les larmes me monter aux yeux, mais je résiste. Je suis responsable de tout ce qu'il lui est arrivé. Je me sens terriblement coupable de ne pas être partie avant et en même temps, terriblement soulagée car grâce à lui, je n'ai plus à me cacher. Plus rien ne nous empêche d'être ensemble. Il n'est pas marié à Astride et je n'ai plus à fuir. Je me blottis dans les bras de cet homme formidable et y puise assez de courage pour lui poser la question qui me démange. Le fait qu'il refuse tout contact visuel me facilite la tâche.

— Cette fille au club… tu… comment dire, tu es avec elle ?

Il se crispe et je me demande s'il va me répondre. Logan m'embrasse sur le sommet du crâne puis souffle sa réponse, le nez dans mes cheveux.

— Non, c'est une brebis. Comment te dire…

— Astride m'a expliqué, mais pourquoi ?

— Parce qu'elle était là. Parce que c'était facile et surtout parce qu'elle n'était pas toi.

D'un bond, je me redresse, malgré sa tentative pour m'en empêcher. Je lui fais face, debout les mains sur les hanches, blessée par ce que ces mots veulent dire. Elle n'est pas moi, elle est accessible, disponible et certainement très douée. Elle n'est pas une pauvre fille avec un passé de merde qui a gâché sa vie, qui a mis le bordel dans sa vie. Je fais les cent pas, coincée entre le canapé où est assis Logan et la table basse. Qu'est-ce que je peux bien dire ?

— Tu as raison, elle n'est pas moi. Elle est tout ce que je ne serai jamais.

— Mackenzie…

— Quoi ?

— J'ai couché avec elle, même quand on était… ensemble.

Cet aveu me dégoûte et pourtant ne me surprend pas. Je me sens salie et trahie, cet homme que je croyais honnête m'a menti. En fait, il vient de me dire qu'il préfère être avec elle. Je secoue la tête et refuse son contact quand il tend la main vers moi. Mes jambes me portent difficilement, mon cœur est assailli de violents coups de couteau. Je respire mal, ma tête m'oppresse, je dois mettre de la distance. Je m'éloigne précipitamment de lui pour aller me réfugier dans la douche. Un haut-le-cœur m'envahit, j'ai besoin de me débarrasser de tout, de mes vêtements qui me brûlent la peau, de la sensation des mains de Mathias qui me revient à l'esprit, des visions de Logan avec cette fille, de l'impact de ses mots sur moi…

Logan me laisse partir sans un geste pour me retenir.

Je m'enferme dans la salle de bain et me glisse sous le jet brûlant, je me frotte la peau à m'en faire saigner. Les larmes inondent mon visage, je m'assois par terre pour réfléchir. Mathias n'est plus un danger, il reste un problème, mais il ne peut plus me faire de mal. Il ne me reste qu'à trouver le moyen de ressusciter d'entre les morts.

Je m'attaque au problème Logan. Il m'a trompée. Bon d'accord, on n'était pas ensemble, il ne m'a rien promis, mais putain ça fait mal. Est-ce que j'étais aussi blessée quand j'ai surpris Mathias avec une autre femme ? Non, parce que si je suis honnête avec moi-même, cet homme ne m'a jamais apporté la sécurité et le réconfort que m'apporte Logan. Et puis je croyais moi aussi qu'en couchant avec lui, je faisais d'Astride une femme trompée alors que ce n'était pas le cas. Est-ce qu'on peut dire qu'on est quitte ?

L'eau me nettoie de mes idées noires et me fait me poser les vraies questions. Qu'est-ce que j'attends de lui ? Est-ce que je me raccroche à Logan parce qu'il m'a sauvée de Mathias ? Non, bien sûr que non ! Les sentiments que j'éprouve pour lui étaient présents bien avant. Je ne peux pas nier ce que je ressens pour lui. Logan me rassure, m'apaise, me bouscule aussi. Il m'oblige à sortir de ma zone de confort. Pour être avec lui, je n'ai pas hésité à renier mes principes, à me mettre en danger, à vivre tout simplement.

Mais après cet aveu, puis-je encore lui faire confiance ? Si Logan veut de moi est-ce que je serai prête à adopter son mode de vie ? Fera-t-il des concessions ? Pouvons-nous être ensemble malgré nos différences ?

Je n'aurais jamais imaginé que ma fuite m'aurait permis de trouver ma place. Je veux Logan. Je le veux dans ma vie, à mes côtés. Voudra-t-il seulement de moi ?

Chapitre 34

« So close, no matter how far
Couldn't be much more from the heart
Forever trusting who we are
And nothing else matters.[1] *»*

Metalica, Nothing else matters

Logan

Je devais lui dire la vérité, je ne pouvais pas la laisser dans l'ignorance de mes écarts de conduite. Si je veux un avenir avec elle, il ne peut être basé sur un mensonge. Après, elle ne sait pas pourquoi j'ai baisé avec Dakota, elle ne sait pas que je voulais arrêter de penser à elle, que je voulais la sortir de mon esprit. Que si je voulais jouir, je devais m'imaginer avec elle… Même avec Dakota, elle était là avec moi. C'est tordu, malsain et je ne peux pas lui avouer que j'en baisais une autre juste pour me prouver que je n'étais pas dépendant d'elle.

Avant qu'elle vienne me rejoindre, je l'ai regardée dormir. Elle était belle et je n'ai pas résisté à l'envie

1. « Si proche, peu importe la distance
Ça ne pourrait être plus près du cœur
Croyons éternellement en ce que nous sommes
Et rien d'autre n'a d'importance »

de la détailler pour imprimer son image sur ma rétine. Je savais qu'une fois qu'elle saurait la vérité, elle ne voudrait plus de moi. Comment pourrait-il en être autrement ? Mackenzie n'est pas une fille comme les autres.

Mackenzie s'est enfuie quand je lui ai avoué pour Dakota, mais elle ignore encore ce qui m'empêche réellement d'être avec elle, ce qui me retient de la faire à nouveau mienne. Que la vision de ce connard sur le point de la violer me brûle les rétines, que je n'arrive plus à me l'enlever de la tête, qu'elle me perturbe au point de ne plus pouvoir la regarder en face.

Mes pas me dirigent vers la salle de bain, je l'entends pleurer au travers de la porte et ça fait un mal de chien. Je suis responsable de son état, je voudrais pouvoir lui parler, je devrais être en mesure de la réconforter et pourtant j'ai peur. Je me l'avoue à moi-même : je suis terrifié de tout. Ce qui pourrait se passer entre nous, pour elle, pour moi, pour le club, pour mon amitié avec Aaron. Cette nana a bouleversé toute ma vie bien rangée, je ne maîtrise rien et je n'aime pas ça.

Je pose la tête sur la porte et l'écoute pleurer pour alimenter ma propre peine.

Je suis lâche !

Cette pensée me donne la force d'ouvrir la porte, parce que je suis beaucoup de choses, mais lâche, certainement pas. N'est-ce pas ce que j'ai reproché à Aaron quand il hésitait à aller retrouver sa furie ?

J'entre dans la pièce embuée, Mackenzie a poussé la température de l'eau à fond et la petite pièce est emplie de vapeur. Je la distingue à peine, assise par terre, l'eau coulant sur son dos, la tête sur ses jambes repliées. Quand elle m'entend, elle lève sur moi un regard blessé. Des yeux rougis par ses larmes, c'est douloureusement attendrissant de savoir qu'elle est malheureuse à cause de moi. Parce que si elle est triste, c'est qu'elle tient à moi.

Je glisse dans la douche avec elle, l'eau colle mon tee-shirt à ma peau et mon jean pèse une tonne. Mackenzie s'est de nouveau cachée dans ses bras, elle m'ignore. Accroupi face à elle, je l'oblige à me regarder en lui faisant lever la tête d'une main posée sur son menton.

— Mackenzie, je suis désolé.

Elle secoue la tête en fermant les yeux.

— Je devais te le dire, tu devais savoir.

— Pourquoi ?

— Parce qu'elles avaient raison, Astride et Gloria. Je me dois d'être honnête avec toi.

— Non, pourquoi tu as couché avec elle ? Je ne te suffisais pas ? pleure-t-elle.

Sa douleur me prend aux tripes.

— J'ai baisé avec elle parce qu'il fallait que je me prouve que je pouvais le faire.

— Je ne comprends pas.

— Mackenzie…

Je m'assois dans la douche à côté d'elle et la soulève pour la poser à califourchon sur moi. Elle ne se débat pas. Son corps nu me déconcentre mais je dois aller au bout. Je garde mes mains sur sa taille pour éviter de déraper.

— Tu prenais trop d'importance dans ma vie. Je sais, c'est lâche et pitoyable, mais je ne sais pas être en couple ou peu importe le nom qu'on lui donne. Je n'arrête pas de penser à toi, quand tu n'es pas là, tu me manques.

— Et c'est mal ?

— Je crois bien que non, mais c'est inhabituel pour moi et je ne sais pas faire. Je n'ai jamais été attaché à quelqu'un comme je le suis à toi et ça m'effraie.

Je lui dis toute la vérité, peut-être qu'elle comprendra mieux que moi. Mackenzie lève sur moi un regard indéfinissable, à la fois tendre et sauvage. J'ignore ce qu'il veut dire mais quand elle presse ses lèvres sur les miennes dans un baiser furieux, je craque. Ma main passe dans ses cheveux mouillés et je l'attire encore plus contre moi. Ma langue va cueillir la sienne et je pousse un râle de satisfaction quand elle commence à onduler sur moi. Mackenzie soulève mon tee-shirt et balade ses mains le long de mes tatouages, je me surprends à aimer ça. Cette manière concentrée qu'elle a d'appréhender chaque dessin, chaque volute de mon corps… Comme toujours, elle pose la main sur celui qui habille mon cœur, elle n'en connaît pas la signification mais elle est irrémédiablement attirée par lui. Je presse mon front contre le sien alors qu'elle glisse ses doigts le long de mes abdos. Je ferme les yeux pour profiter de cet instant magique entre nous. Elle est nue, elle a envie de moi et pourtant je n'y arrive pas. Derrière mes yeux clos, je revois Mathias sur elle, prêt à la violer, et je n'arrive pas à me sortir cette image de la tête. De cet homme prenant quelque chose qui ne lui appartient pas, de ma *pretty doll* inconsciente qui allait subir cette atrocité. Que se serait-il passé si j'étais arrivé cinq minutes plus tard ? Mon cerveau refuse de me laisser oublier qu'elle a failli être violée par ma faute.

Mackenzie se penche vers moi et me picore doucement les lèvres, je ne réponds pas à son baiser, je ne peux pas.

— Logan ? Qu'est-ce qu'il y a ?

— Désolé, je n'y arrive pas.

— Oh tu n'en as pas envie ? dit-elle en essayant de se relever.

Je la retiens et l'oblige à reprendre sa position initiale. Inconsciente de son pouvoir sur moi, elle doute d'elle-même et ça me fait mal.

— Tu n'y es pas du tout, j'ai envie de toi comme je n'ai jamais eu envie de personne avant mais…

Ce type a réussi à lui faire croire qu'elle n'est pas désirable et en la rejetant j'en fais de même. Putain, qu'est-ce que c'est dur de montrer ses faiblesses. Mackenzie attend patiemment que je formule à haute voix ce qui me fait hésiter à la baiser comme un malade. Elle dessine du bout des doigts le contour de mon visage.

— Je n'arrête pas de penser à Mathias et à ce qu'il allait te faire avant que j'arrive.

— Oh !

— Cette image ne veut pas partir.

— Si elle ne veut pas partir, dit-elle avec férocité, il faut la remplacer par une autre.

Je la fixe sans comprendre.

— Logan, grâce à toi Mathias ne m'a rien fait et je suis là avec toi, prête à me donner à toi, alors qu'il est je ne sais où, là où il ne pourra plus jamais me toucher. Mais toi, tu le peux.

Mackenzie m'embrasse avec passion, me prend les mains et les positionne sur sa poitrine. Elle se caresse avec mes doigts, m'utilise pour la toucher. Elle accompagne une de mes mains vers son entrejambe et fait pression pour que je cajole son clitoris. Brutalement, elle prend ce que je refuse de lui donner. J'avoue que son petit jeu me plaît et que ma queue se tend dans mon jean. Mackenzie se frotte contre ma main pour trouver son plaisir. Elle se donne à moi, complètement et totalement. Mes barrières commencent à se fissurer, elle est magnifique dans son abandon. Cette vision est nettement plus attrayante que celle que j'avais. Elle a raison, si elle arrive à ne pas avoir de crainte, je dois remplacer ces affreuses visions par quelque chose de plus sensuel. Et quoi de mieux que l'image de son corps jouissant sous mes assauts.

Sous le rire satisfait de Mackenzie, je plonge sur sa poitrine que je lèche et mordille avec ardeur. Ma belle se cambre sur moi et je glisse plusieurs doigts en elle, mais je ne bouge pas, je l'oblige à chercher la satisfaction d'elle-même et le tableau est superbe. Mackenzie ondule sur mes doigts, frottant son clitoris contre mon pouce, terriblement sexy. Elle me tire les cheveux en arrière pour me faire lever la tête et m'embrasser. Nos langues se cherchent, se trouvent, se découvrent. Elle pousse des petits cris délicieux qui me donnent envie de plus. Je ne vois plus qu'elle. Elle entreprend de défaire les boutons de mon jean et, en appui sur mes épaules, elle se soulève pour que je puisse m'en débarrasser.

Obligé de la lâcher pour me délester de mes vêtements, je vois Mackenzie remplacer mes doigts par les siens. Elle se touche avec envie et je bloque sur ce spectacle torride. Putain qu'elle est belle ! Elle lève vers moi un regard assoiffé.

— Toujours pas de meilleure vision ? demande-t-elle, mutine.

Ses doigts s'agitent en elle. Les yeux clos, elle s'approche dangereusement d'un orgasme que je veux lui donner. Je me débarrasse de mon jean, j'attrape une capote dans la poche et ôte mon boxer, enfile un préservatif aussi vite que possible. Je me saisis de sa main pour qu'elle cesse son affolant manège.

— Pas sans moi.

Elle ouvre des yeux amusés, son rire cristallin résonne autour de nous alors que je la positionne sur moi. J'entre en elle avec aisance et soupire de bien-être. Elle a raison, rien de mieux qu'être en elle pour penser à autre chose. Je soulève ses hanches pour pouvoir mieux la pilonner. Mackenzie s'accroche à mes épaules alors que mes lèvres retrouvent les siennes. La douche dure depuis trop longtemps, l'eau qui coule se rafraîchit. Je lèche sa lèvre inférieure quand elle pousse un petit cri.

— L'eau est froide ?

On rigole, se foutant complètement de la température de l'eau. J'ai envie d'elle et continue à la pilonner avec force. Sa peau se couvre de chair de poule et elle serre les dents, frémissante sous l'eau glacée. J'avoue que ce n'est pas très confortable et je ne souhaite pas qu'elle chope la mort. D'un mouvement de reins qui me propulse encore plus au fond d'elle, ce qui nous fait gémir, je nous mets debout. Mackenzie s'accroche à moi comme une désespérée.

— Ne me lâche pas, souffle-t-elle.

— Jamais.

J'éteins l'eau et nous dirige vers la chambre. Mackenzie a ses jambes enroulées autour de mes hanches et quand je nous fais tomber sur le lit, elle resserre son étreinte. Toujours en elle, je reprends mes mouvements. La position allongée me donne plus d'amplitude et je m'enfonce en elle dans un rythme langoureux et lent. Je prends mon temps, Mackenzie s'agite sous moi. Mes va-et-vient lents la torturent, alors j'accélère le rythme, la baisant avec force. Elle dodeline de la tête en ahanant mon nom. Quand elle s'approche de l'orgasme, je ralentis mes coups de reins jusqu'à les stopper complètement. Elle lève vers moi un regard furieux qui me fait sourire. Je l'embrasse dans le cou et caresse sa poitrine. Ma langue se promène sur sa nuque et sa clavicule avant de poser ma bouche sur son oreille.

— Tu jouiras avec moi, ordonné-je.

Je prends mon temps pour la caresser, pour passer mes doigts sur ses hanches pleines, pour la redécouvrir. La vision que j'ai d'elle en cet instant remplace toutes les autres. Mes dents mordillent ses tétons dressés et je savoure le plaisir de jouer avec cette jolie poitrine. Ma belle se tortille sous moi, je la torture de ma langue et de mes mains mais je ne la baise toujours pas. Comprenant qu'elle ne pourra jouir que quand je l'aurai décidé, Mackenzie nous retourne et se retrouve sur moi.

— Très bien, alors à mon tour de te torturer.

Elle se redresse et m'oblige à rester allongé. Son bassin ondule sur moi, elle m'utilise pour se donner du plaisir comme tout à l'heure avec mes doigts. Putain, elle est douée à ce jeu-là. Elle prend ses seins entre ses mains et se caresse en bougeant sur ma queue. Elle monte et descend sur moi à la force de ses jambes, en me fixant. Mackenzie bouge son bassin en cercles, ondulant ses hanches contre les miennes en une danse captivante. Je voulais la torturer mais là c'est elle qui mène la danse. Je pose mes mains sur ses hanches et imprime un mouvement plus rapide que sa lente chorégraphie. En amazone sur moi, se caressant la poitrine, elle est d'une beauté à couper le souffle. Je me redresse pour l'embrasser, son souffle vient caresser le mien et je gémis dans sa bouche alors qu'elle soupire dans la mienne. Cette fille me rend dingue.

— Je… T'es trop bonne… tu me rends fou.

Elle aborde un sourire satisfait puis se penche à mon oreille.

— Est-ce qu'on peut jouir maintenant ?

— Putain !

Nous jouissons ensemble et c'est exceptionnel. Je me sens terriblement bien. Nous nous effondrons sur le lit, Mackenzie allongée sur moi.

— Tu es bien meilleure que moi à ce jeu-là…

Elle tire la couverture sur nous et reste dans cette position pour s'endormir, sa tête posée sur ma poitrine. J'apprécie de sentir son petit corps blotti contre le mien. En silence, je la regarde dormir et je la trouve encore plus belle, sa peau crémeuse et vierge contraste avec la mienne, couverte de tatouages. Elle est la délicatesse où je suis la rudesse. Cette nana me bouleverse.

Quand j'entends sa respiration devenir régulière, je sais qu'elle s'est endormie. Alors j'embrasse ses cheveux et lui souffle des mots que je n'avais jusque-là jamais prononcés :

— Je crois que je t'aime.

Chapitre 35

« I want you to come back and carry me home
Away from these long lonely nights
I'm reaching for you, are you feeling it too
Does the feeling seem oh so right ?[1] *»*

Air Supply, All out of love

Mackenzie

Je ne me souviens plus de ma dernière nuit sans cauchemars. Je suis allongée sur un délicieux amoncellement de muscles qui bougent au rythme de la respiration de leur propriétaire. Logan nous a calés contre la tête de lit, ses bras m'entourent et son souffle balaie mes cheveux alors que ma tête est posée sur son torse.

La soirée a été pleine de rebondissements, bons et mauvais, mais je ne vais garder que le bon. En dehors de la nuit avec Logan, je suis libre. Mathias ne peut plus me faire du mal. Le poids de ce soulagement me fait frémir, ça fait si longtemps que je n'ai pas

1. « Je veux que tu reviennes me ramener à la maison
Loin de ces longues nuits solitaires
Je te recherche, le ressens-tu aussi
La sensationsemble-t-elle si juste ? »

été aussi apaisée et sereine. Les bras de l'homme fort qui m'enserrent y sont pour beaucoup.

Je soulève la tête pour pouvoir l'observer dans son sommeil. Logan a l'air paisible. À son réveil, il grogne, ce qui me fait sourire, il ne doit pas être du matin. D'une main, il se frotte les yeux puis les pose sur moi. Son regard azur me transporte, il est beau. Sa main plaquée sur le bas de mes reins me fait glisser contre lui afin de permettre à sa bouche de saisir la mienne.

Quand sa main glisse entre nos deux corps soudés, la sonnerie de son téléphone retentit dans l'appartement. Logan râle alors que je souffle d'exaspération. Il se lève, nu, et se précipite pour répondre. Allongée dans le lit, je le regarde déambuler dans le salon, il est d'une beauté bestiale. Ses muscles dorsaux dansent sous mes yeux, alors que son fessier se contracte à chacun de ses pas. Je soupire d'admiration devant une telle œuvre d'art. Logan se tourne vers moi et me surprend en flagrant délit de matage. Je rougis honteusement alors qu'il se pavane vers moi.

— La vue te plaît ? demande-t-il, espiègle, en tirant le drap sous lequel je m'étais cachée.

Logan se plante devant moi et attend une réponse.

— Plutôt oui.

— Désolé, ma belle, mais je dois y aller. J'adorerais que tu me montres à quel point tu es folle de mon corps mais ça sera pour plus tard.

Il s'habille devant moi, cachant à ma vue son corps parfait. Il se penche sur le lit et dépose un délicat baiser sur mes lèvres.

— Continue de penser à ce que tu penses et nous en débattrons plus tard, *pretty doll*.

— Tu es sûr de ne pas pouvoir rester encore un peu ? quémandé-je.

Il me fait un sourire ravageur, puis s'éloigne de moi.

— Promis, je me rattraperai. Tu vas me manquer.

Logan s'en va. Je m'étire sur le lit faisant rouler les muscles qui ont travaillé cette nuit.

Après une douche et un café, je m'installe pour réfléchir à ce que je vais faire de ma vie. Enfin quand je l'aurais récupérée. Pour l'instant, je suis toujours officiellement morte et mes parents ignorent que je suis encore en vie. Maintenant qu'il n'y a plus de danger, je ressens un furieux besoin de les voir, ils me manquent, ma famille me manque. Qu'est-ce que je ferai après ? Est-ce que ma place est ici ? Est-ce qu'elle est là-bas, en Californie ? Je n'ai plus eu de choix concernant ma vie depuis si longtemps que cette soudaine liberté m'oppresse.

D'un pas décidé, je me dirige vers le centre social. J'espère qu'Astride y sera. Dès que j'ouvre la porte, je l'entends parler avec quelqu'un.

— Astride, tu ne peux pas te reposer un peu ?

— Arrête, Aaron, le médecin t'a dit hier que nous allions bien. Oh, Mackenzie, je suis si contente de te voir ! s'exclame-t-elle en m'apercevant.

Astride me prend dans ses bras et je me surprends à apprécier cette étreinte.

— Tu vas bien ?

— Oui et toi ?

— Très bien, comme j'étais en train de l'expliquer à Aaron. Je vais bien et le bébé aussi.

Je me tourne vers son homme. Il est brun avec un regard émeraude glacial qui pourtant se réchauffe quand il regarde sa femme. Il a l'air plus taciturne que Logan mais ils ont sensiblement la même carrure. Je me souviens de lui, il était là pour me sauver. Je dois le remercier, dire quelque chose, mais la honte qu'il ait pu me voir nue et affaiblie m'empêche d'ouvrir la bouche. Il m'adresse un hochement de tête et se tourne vers Astride.

— Est-ce que tu veux bien rentrer à la maison, s'il te plaît ? Je dois retourner au club pour m'entretenir avec notre invité et il n'y a personne pour rester avec toi. Je n'ai confiance qu'en Pyro et Log… Bref, je n'ai confiance qu'en Pyro et il n'est pas là.

Astride souffle de mécontentement quand elle l'entend se reprendre par rapport à Logan. Quant à moi, j'ai arrêté de respirer à la mention de Mathias. Je fais quelques pas en arrière pour m'éloigner de cette conversation privée. Astride se braque et s'apprête à ouvrir la bouche mais le regard d'Aaron l'en dissuade.

— S'il te plaît, j'ai cru vous perdre tous les deux, dit-il en posant la main sur son ventre. Ne me reproche pas de vouloir vous savoir en sécurité.

Astride capitule, elle passe ses bras autour de son cou et l'embrasse. Je me sens de trop dans cette pièce.

— D'accord, souffle-t-elle.

Je vois les épaules d'Aaron relâcher la pression quand Astride cède à sa requête. Comme il semble être dans de bonnes dispositions, je lui demande :

— Je peux venir ?

Ils se retournent face à moi. Je dois reconnaître qu'ils forment un couple magnifique. Elle est radieuse au côté de son homme. Il grogne mais Astride lui met un léger coup de coude dans les côtes.

— OK.

Nous prenons la route ensemble et après avoir déposé Astride chez eux, je me retrouve seule avec Aaron dans la voiture.

— Je suis désolée qu'Astride ait été entraînée là-dedans.

— Ce n'est pas ta faute, elle est têtue.

— Ce n'est pas la faute de Logan non plus.

— Il devait la protéger.

Aaron me jette un regard de travers, il n'y a pas d'animosité, il me fait simplement comprendre qu'il n'abordera pas ce sujet avec moi.

Le trajet se fait en silence. Une fois les grilles du club passées, je me retrouve à suivre Aaron. Il me mène vers une sorte de bâtiment en pierre sans fenêtre. À l'intérieur, les ampoules pendent à même le plafond, c'est lugubre comme endroit, le sol est en terre battue. Je me colle un peu plus à Aaron, angoissée par l'atmosphère qui se dégage de ce lieu. Quand il pile devant moi, je lui rentre dedans.

— Désolée.

Aaron vérifie par-dessus son épaule que je vais bien puis ouvre la porte. Il se décale pour me laisser passer. J'entre, peu confiante, et l'odeur qui m'assaille est âcre, elle me prend aux tripes, ça pue.

Dans la pièce faiblement éclairée, je trouve Pyro agenouillé devant une masse sombre tassée au sol.

— Mathias ! hurlé-je.

Je n'ai pas pu retenir mon cri quand j'ai reconnu mon ex. Son visage est tuméfié, ses mains sont en sang et son corps est couvert d'hématomes. Pyro lève vers moi un regard fou qui me fait reculer et pour la seconde fois, je viens percuter Aaron.

— Où est Logan ? aboie Aaron.

— Parti prendre une douche. Notre invité lui a vomi dessus, rigole Pyro.

Ces bikers se marrent et la violence qui se dégage du tableau qui se joue devant moi me met mal. Mathias fait des bruits gutturaux, à sa respiration je sais déjà qu'il a des côtes cassées. Malgré tout ce qu'il m'a fait, je ne supporte pas de le voir comme ça, personne ne mérite un tel traitement.

— Est-ce qu'il va bien ?

Pyro me foudroie du regard.

— Tu n'as pas à t'en soucier, répond Aaron.

— Bien sûr que si, je veux récupérer ma vie.

— C'est en cours. Il a déjà signé les papiers du divorce et ta résurrection est en bonne voie.

Je me sens mal, l'odeur, la vue, tout m'est insupportable. Je sors en courant de cet endroit et me dirige vers le bâtiment principal pour essayer de trouver Logan.

Chapitre 36

« J'aurais aimé tu sais
Éviter nos fausses mesures
J'aurais même préféré
De nous une lettre d'injures
J'aurais voulu parfois
Oui t'étrangler aux quatre vents
Te serrer dans mes bras
Ha ça je l'ai voulu souvent »

Tryo, Ce que l'on s'aime

Logan

Putain, ce connard m'a gerbé dessus. Mais il a au moins signé les papiers du divorce si chers à Mackenzie après que je lui ai arraché les ongles de la main un par un avec une tenaille. Il paraît que c'est excessivement douloureux, je veux bien le croire, mais c'est quand même plus marrant de le faire que de le subir. Il n'a eu que ce qu'il mérite, ce salopard. Mais bizarrement, le torturer ne m'apporte pas la satisfaction attendue. Parce que je sais au fond de moi que Mackenzie ne voudrait pas que je fasse ça.

Dans le couloir menant à ma chambre, j'enlève mon tee-shirt que je jette à la poubelle, une fois la porte de ma piaule passée. Je me débarrasse de mes chaussures d'un mouvement de cheville sans regarder là où elles atterrissent. Quand je commence à déboutonner mon jean, je l'aperçois : Dakota.

Elle est là, allongée complètement nue sur mon lit dans une position des plus suggestives. Je sens la colère affluer. Qu'est-ce qu'elle n'a pas compris la dernière fois que je lui ai parlé ? Je me dirige vers elle et la saisis par le bras pour la mettre debout sans ménagement.

— Qu'est-ce que tu fous là ? Dégage.

— Logan…

Elle le fait exprès.

— Wolve, putain, c'est pas compliqué, W.O.L.V.E, j'épelle. Et puis en fait on s'en branle parce que même celui-là je ne veux plus jamais que tu le prononces. Tu dégages de ma chambre et tu ne m'adresses plus jamais la parole.

— Pourquoi ?

— Arrête de vouloir discuter. Bordel ! Tu n'es rien pour moi.

Je repense à Mackenzie, il est hors de question de lui refaire subir ça. Si elle savait que Dakota se trouve nue dans ma chambre, elle le vivrait mal et après la nuit qu'on a passé, je ne veux plus être à l'origine de ses pleurs. Je veux la voir rire. J'ai baisé Dakota pour de mauvaises raisons et je n'ai plus à le faire. Je n'assume pas complètement mes sentiments pour Mackenzie mais je refuse qu'elle puisse s'imaginer que j'en baise une autre qu'elle. Dakota crochète ses ongles manucurés sur mes bras. Son geste me dégoûte. Si un homme osait s'approcher de Mackenzie comme elle est en train de le faire avec moi, je lui ferais bouffer son acte de naissance. Par respect pour ma *Pretty doll* et ce que je veux vivre avec elle, je dégage la rousse envahissante sans ménagement.

— Je t'interdis de me toucher ou même de m'adresser la parole, énoncé-je d'une voix aussi autoritaire que dissuasive.

— Mais, toi et moi, on pourrait être si bien ensemble.

— Ma parole, t'es encore plus conne que je ne le pensais. On ne sera jamais rien. D'ailleurs pour que tu l'imprimes bien, plus jamais tu ne mets toi et moi dans la même phrase.

Elle me tape sur les nerfs. Son corps ondule vers moi mais je la repousse encore. Sans ménagement, je l'attrape par le bras et la jette dans le couloir en claquant la porte. Je me dirige vers la douche et lui assène un dernier ordre.

— Ne fous plus jamais les pieds dans cette chambre.

J'ôte mon jean et glisse sous l'eau chaude. Mon esprit s'égare sur la douche partagée avec Mackenzie et j'en suis à regretter son absence. Elle est tellement plus belle que toutes celles avec qui j'ai baisé auparavant, elle a ce je-ne-sais-quoi qui la rend différente à mes yeux. Ce petit plus qui fait que je ne vois plus qu'elle.

*

Mackenzie

Pour un club si soucieux de sa sécurité, je déambule dans les couloirs sans croiser âme qui vive. En même temps vu le nombre de gardes à l'entrée, je ne suis pas si étonnée que ça.

J'essaye de me rappeler ce que m'a dit Astride en rentrant dans la grande bâtisse. Rez-de-chaussée : partie commune, j'ai pu voir le bar la dernière fois que je suis venue. Je poursuis mon exploration vers l'escalier. Premier étage : chambres des membres, c'est donc là que je devrais trouver Logan.

Arrivée à l'étage, je me retrouve dans un couloir face à une dizaine de portes toutes fermées et sans signes distinctifs. En même temps, je m'attendais à quoi ? Qu'ils inscrivent leur nom dessus comme dans un internat ?

J'avance en hésitant ; comment retrouver Logan ? J'ai besoin de la chaleur accueillante de ses bras, de me sentir protégée par cet homme au grand cœur qui a fissuré le mien. Je me sens fébrile après ce que je viens de voir et j'ai besoin de sa force pour me rassurer. Logan prend de plus en plus de place dans ma vie. Je m'imagine bien rester avec lui, avec Gloria, avec Astride et son homme. Bref, avec ces gens formidables qui m'ont accueillie à bras ouverts, moi la vagabonde, la fugitive.

Incertaine sur la marche à suivre pour débusquer un biker, j'erre dans ce couloir comme une âme en peine. Perdue dans mes pensées, je bouscule une jeune femme. Au moment où je m'apprête à m'excuser, je remarque sa tenue qui me fait déglutir. Elle est quasiment nue, ne porte qu'un tee-shirt d'homme et je peux voir qu'elle n'a pas de soutien-gorge. Je pense pouvoir dire sans mentir qu'elle ne porte pas de culotte non plus. Elle me dévisage avec un regard peu amène alors que je reste subjuguée par sa beauté. Cette fille me dit quelque chose... Mais oui, bien sûr, c'est la jeune fille de la gare, celle qui m'a aidée à me repérer sur le plan. Rassurée de la savoir sympathique, je lui demande où je peux trouver Logan.

— Après ce que nous venons de faire, il doit être en train de reprendre des forces pour l'acte deux. J'allais justement lui chercher à boire.

Elle se recoiffe d'une main et joue avec son tee-shirt de l'autre. Je ne trouve rien à dire et je devine aussi que c'est la fille qui était avec lui le soir où je suis venue au club. Je reconnais cette crinière de feu qui se trouvait dans la main de Logan pendant qu'elle le suçait. C'est donc avec elle qu'il a couché tout ce temps et apparemment il continue. Mon cœur se serre, j'ai mal comme si elle venait de me poignarder. Nous ne nous sommes rien promis, mais hier soir, c'était différent entre nous, comme le début de quelque chose de beau. C'est la première fois que je couchais avec lui en étant totalement libre. En fait, ce n'est que dans mon cœur que cette relation prend une place à part, pour lui il n'a jamais été question de changer ses habitudes. Et ça fait mal comme si quelqu'un jetait du sel sur mes blessures.

— Il est tellement endurant qu'il doit m'attendre pour la suite, excuse-moi, dit-elle en me contournant.

Sa voix nasillarde s'insinue au plus profond de moi. Elle est celle que Logan veut. Je reste là, plantée au milieu du couloir, le cœur au bord des lèvres et l'esprit embrumé. Qu'est-ce que je fous là ? Je vais récupérer ma vie, je vais pouvoir retourner chez moi. Pourtant en venant le rejoindre, je me disais que chez moi c'était peut-être avec lui. Logan ne me doit rien et malgré cela je croyais que notre conversation d'hier avait donné un sens nouveau à notre relation. Que peut-être on allait pouvoir construire quelque chose ensemble ? Je suis vraiment naïve d'avoir pu imaginer qu'un homme comme lui puisse s'intéresser à une femme comme moi.

Je m'adosse contre le mur parce que j'ai besoin de soutien. Logan vient sans le savoir de me briser le cœur. Je suis attachée à cet homme bien plus que je veux bien l'admettre. Il m'a fait me sentir à nouveau femme, il s'est battu pour me rendre ma vie, et je sais que je l'apprécie bien plus que je ne le devrais. Je refuse même en pensée de me dire que je puisse être amoureuse de lui. Tant que je ne le dis pas, j'ai l'impression de maîtriser mes sentiments. C'est absurde, mais c'est tout ce qui me reste pour ne pas m'effondrer. Ne pas admettre mes sentiments ne veut pas dire que je n'en ai pas.

Je me rends compte que je pleure quand je sens les larmes couler dans mon cou. Au loin, j'entends une porte s'ouvrir alors je me décide à bouger de là. Je refuse que quelqu'un me voie dans ce moment de faiblesse. Ce moment où je me rends compte que j'ai le cœur brisé.

Chapitre 37

> « Les hommes libres peuvent partir, et quelquefois ils restent. Voilà la plus belle preuve d'amour : prendre la liberté de rester alors qu'on pourrait s'en aller. »
>
> *Camille Laurens*

Logan

Je retourne d'un pas vif vers la cellule de notre invité de marque. Devant la porte, je retrouve Pyro et Aaron qui fixent l'intérieur de la pièce en discutant. J'entends des bribes de conversation et j'en ai le cœur qui se serre.

— Alors c'est un petit mec, félicite Pyro.

— Yep.

Aaron ne m'a pas dit qu'il allait avoir un fils. En même temps, il ne me parle plus. Est-ce que je l'ai mérité ? Oui. Est-ce que c'est plus facile à accepter ? Non. Mon frère me manque, nous n'avons jamais eu de crise comme celle-ci. Nous n'avons jamais été aussi distants l'un de l'autre. Je me sens seul sans lui, comme si on m'avait amputé d'une partie de moi-même. Je vais avoir un filleul. Putain, un futur petit biker. Dans toute cette merde, la nouvelle est fantastique et me rend quelque part euphorique. J'imagine à quel point Aaron doit être heureux de cette nouvelle et j'aurais aimé la partager avec lui.

— Félicitations, dis-je.

Parce que malgré le fait qu'il me déteste, je suis particulièrement heureux pour mon meilleur ami. Le regard que me lance mon frère me laisse perplexe, un mélange de reconnaissance, de joie et de haine. Il ose un hochement de tête mais il ne m'adresse pas la parole. J'ai l'impression de ne pas avoir entendu sa voix depuis des siècles. Ce n'est pas aujourd'hui que nous allons régler nos différends donc je détourne la conversation sur notre prisonnier.

— Qu'est-ce que vous foutez dehors ? C'est l'heure de la pause ?

Ils me lancent un regard furieux.

— Il s'est évanoui, m'explique Pyro.

Je passe la tête dans la cellule et constate qu'il dit vrai. Mathias est allongé dans une mare de sang, d'eau et de pisse. Ce mec est une grande gueule qui nous promet les pires souffrances, mais qui appelle sa mère dès qu'il me voit approcher avec une tenaille.

— Il va falloir rapidement s'en débarrasser, tranche mon frère.

La voix d'Aaron me sort de la contemplation de la loque humaine devant moi.

— J'ai pensé à une chose pour ressusciter Mackenzie, dis-je.

Ressusciter, quel terme étrange ! Nous avons plutôt l'habitude d'enterrer les cadavres que de les déterrer. D'où mon idée.

— Il faudrait qu'on profane la tombe de la fausse Mackenzie et qu'on fasse faire des analyses ADN pour prouver que ce n'est pas elle.

— D'accord et comment tu fais ça ? Vu que les flics doivent être à la solde de ce pourri.

— Labo indépendant. C'est vachement à la mode, les recherches ADN pour la généalogie et tous ces trucs de filiation. Et une fois fait, on balance l'info sur le net, Wikileaks et autres médias locaux. Notre client, c'est pas monsieur tout le monde, il se présente au poste de gouverneur, ça intéressera forcément les journaux.

Pyro et Aaron réfléchissent à ma proposition. Ils pèsent le pour et le contre.

— Par contre, ce n'est pas nous qui devrons le tuer, déclare Pyro.

Aaron et moi nous tournons vers lui, l'air incrédule.

— Tu déconnes ! hurlons-nous en même temps.

— Il est hors de question que je ne l'achève pas de mes mains, asséné-je.

— C'est vraiment un gros bonnet et nous ne sommes pas soutenus par le club. Vous ne pouvez pas faire prendre ce genre de risques à nos frères.

Aaron et moi grognons de frustration, mais Pyro a raison. Nous ne sommes pas des enfants de chœur mais là on s'attaque à un homme politique et on ne sait pas quelles connexions il a et jusqu'à quel point elles peuvent nous nuire.

— Il ne peut pas vivre ! s'agace Aaron.

— Je n'ai pas dit qu'il allait vivre, j'ai dit que nous n'allions pas le tuer nous-mêmes.

Nous faisons face à Pyro pour qu'il développe sa pensée.

— J'ai des connaissances en prison du côté de la Californie et je pense que certains seraient ravis de savoir qu'ils peuvent facilement atteindre le procureur qui les a foutus derrière les barreaux. Il suffit de leur dire où et quand on compte se débarrasser de notre client pour qu'un comité d'accueil l'attende.

Je soupire parce que je ne suis pas satisfait de ne pas l'achever moi-même, mais j'avoue que le plan de Pyro tient la route.

— Tu es sûr que ça marchera ? questionne Aaron.

— Affirmatif.

— Alors je suis d'accord, il ne faut pas faire courir de risques inutiles au club. La seule chose qui compte c'est qu'il crève, après peu m'importe qui s'en charge, déclare Aaron. Et pour toi ?

La question m'est adressée, son regard ne laisse pas de place à l'hésitation mais de toute façon, le bien commun passe avant l'intérêt personnel.

— Tant qu'il meurt.

*

Nous passons une bonne partie de la journée et de la soirée avec notre client. L'objectif : s'amuser un peu le temps que Pyro mette en place son plan et que Weasel organise la profanation de la tombe. Mathias est le cobaye idéal pour entraîner nos nouvelles recrues à la torture. Les moins aguerris se sentent mal dès la porte passée, car dans la cellule flotte une odeur de mort. Oui, la mort a une odeur, mais celle présente dans la pièce n'est pas celle des hôpitaux, non, c'est quelque chose de plus rance, de plus acre, quelque chose qui prend aux tripes et qui ne vous lâche pas. L'odeur du sang, celle qui attire les animaux sauvages que nous devenons devant des connards comme Mathias.

Notre invité baigne dans ses propres excréments et dans son sang, il n'a plus rien du grand procureur qui fait peur. Si Mackenzie le voyait, elle se rendrait bien compte qu'elle a eu peur d'un minable. Mais je parie que la vision serait trop insoutenable pour elle. Ce n'est pas pour rien que nous maintenons nos femmes loin des cellules et de notre violence que nous n'exerçons jamais en leur présence.

Mackenzie est douce, pure et fragile et c'est ce qui me plaît chez elle. Cette innocence presque infantile qui brille dans ses yeux quand elle me regarde. Malgré tout ce qu'elle a vécu, elle n'est pas ravagée par la rage et la colère. Elle reste humble et profondément humaine.

J'ai hâte de la retrouver. Je ne pense qu'à me glisser dans ses draps pour la faire crier de plaisir. Une journée sans elle et je me sens perdu.

À grandes enjambées, je me dirige vers ma chambre pour prendre une énième douche. Je ne peux pas l'approcher avec les mains pleines de sang et cette odeur accrochée à mes vêtements.

Avant que je puisse m'engouffrer dans le club, qui commence à être bondé, Astride m'intercepte avec un regard désolé qui ne me dit rien qui vaille.

Sans me laisser le temps d'ouvrir la bouche, elle m'attire vers une table en bois extérieure. Celle-là même où j'ai eu ma conversation avec Aaron. Décidément, ça va être notre endroit pour les conversations à cœur ouvert. Elle s'assoit dessus en soufflant. J'ai bien compris qu'elle voulait me parler, mais pour être tout à fait honnête j'ai envie de retrouver Mackenzie et là je perds du temps.

— Qu'est-ce que tu me veux ? Ton mec ne t'a pas interdit de me parler ?

Je suis agressif sans le vouloir, mais Astride ne m'en tient pas rigueur.

— Qu'il essaye, s'amuse-t-elle. Logan, ce que j'ai à te dire n'est pas facile. Je déteste avoir ce rôle et je ne sais pas par où commencer.

— Toi, tu perds la langue ? Ça doit être grave, dis-je en m'asseyant à côté d'elle.

— Mackenzie est repartie en Californie. Elle a pris le bus en fin de matinée.

— Hein ! Mais pourquoi ?

— Parce qu'elle le peut.

Son ton laconique ne reflète pas mon incompréhension.

— Ça, je le sais bien, qu'elle le peut, mais pourquoi maintenant ? Pourquoi sans m'en parler avant ? D'accord, je ne suis rien pour elle, ou peut-être bien que si. En fait, je ne sais pas. Mais elle s'est enfuie sans me le dire. On dirait toi quand tu t'es barrée en France.

Astride me regarde avec déception. Oui, elle s'est barrée et pour à peu près les mêmes raisons que Mackenzie aujourd'hui, notre incapacité à faire face à nos sentiments.

— Elle est venue te voir mais elle a rencontré Dakota et…

— Comment tu sais ça ? Et que vient faire cette salope dans l'histoire ?

La virer de ma chambre n'a pas suffi. Qu'est-ce que je vais bien pouvoir faire pour me débarrasser de cette sangsue ? Qu'est-ce qu'elle a bien pu lui dire pour la faire fuir comme ça ? Mes projets de meurtre sont interrompus par Aaron qui vient se positionner à côté de sa femme. Je n'avais même pas conscience que je m'étais levé et que je faisais les cent pas devant eux.

— Écoute-la, Logan.

D'un mouvement de tête, il incite Astride à me raconter la suite.

— Elle est venue me voir avant de partir pour me dire au revoir et que je te parle pour que justement tu ne penses pas qu'elle s'enfuit comme une lâche.

— C'est pourtant ce qu'elle a fait.

— Non, elle est venue ici pour te parler, dit Aaron. Ce matin quand tu es parti prendre une douche parce que Mathias t'avait gerbé dessus, elle est allée te rejoindre.

— Je n'en savais rien.

Mackenzie a dû croiser cette pute de Dakota qui sortait de ma chambre, elle n'a même pas dû prendre la peine de se rhabiller pour pouvoir certainement sauter sur la première queue disponible. J'imagine que ce qu'elle lui a dit n'avait rien à voir avec la conversation que nous venions d'avoir. Dakota s'est comportée comme une garce et l'insécurité que ressent Mackenzie par rapport à ma fidélité a dû être alimentée par ses propos. Je me passe la main dans les cheveux et tire sur mes racines en signe d'exaspération.

— Mackenzie est venue ensuite me voir au centre, poursuit Astride. Elle m'a raconté ce que lui a dit Dakota et qu'elle voulait rentrer chez elle. Logan, regarde-moi.

Je plonge mes yeux dans les siens, y lisant de la compassion.

— Elle ne croit pas Dakota.

— Comment tu le sais ? Elle s'est quand même barrée.

— Mackenzie ne connaît rien aux mœurs d'un club de bikers. Je sais par expérience qu'il est difficile de vous voir évoluer dans un monde où les filles se jettent sur vous sans états d'âme, que vous soyez en couple ou non. Être avec l'un de vous, c'est avoir une confiance totale en l'autre et en soi.

— Elle n'a pas confiance en moi, dis-je dépité.

— Détrompe-toi, Logan. Elle n'a pas confiance en elle. Tu sais mieux que quiconque ce qu'elle a vécu. Et pour la première fois, elle est libre de ses mouvements et surtout elle peut retourner chez elle. Je sais que pour toi, il n'y a pas d'autre chez soi que le club mais Mackenzie a une famille. Une famille qui la croit morte depuis deux ans. Une famille qui lui manque. Pour la première fois, elle n'a pas peur d'aller les voir et c'est grâce à toi. Et ça, elle le sait.

— Peut-être, mais elle m'a abandonné.

Je lâche ça, fataliste et hors de moi. Je suis en colère contre elle parce que même si je ne lui ai pas dit ouvertement que je l'aimais, elle devrait le savoir. Mackenzie est plus au clair avec les sentiments humains que moi, elle aurait dû le comprendre sans que j'aie à lui dire.

— Elle ne t'a pas abandonné. Elle est juste rentrée chez elle. Laisse-lui le temps de comprendre et de revenir.

— Je n'ai pas couché avec Dakota.

— Je le sais et je le lui ai dit, mais Logan, être avec l'un d'entre vous est un sacrifice, vous vivez une vie que peu de gens peuvent comprendre. Tu dois lui laisser le droit de choisir si elle veut de cette vie-là.

Fataliste devant la justesse du discours de mon amie, je baisse la tête.

— Elle aurait dû savoir.

Aaron me regarde avec des yeux de merlan frit alors qu'Astride a saisi ce que j'ai voulu dire par-là. Mes sentiments pour elle.

— Tu lui as dit ? questionne-t-elle, en connaissant déjà la réponse.

Je secoue la tête et mon cœur bat à tout rompre dans ma poitrine. Il me dit d'aller la rejoindre.

— Tu espérais qu'elle le comprenne sans que tu aies à te dévoiler ?

— Tu l'as bien compris, toi.

— Parce que moi j'ai vu les changements en toi et dans ton comportement. Mais elle qui ne te connaissait pas avant ne peut pas voir à quel point tu as évolué.

— Même moi j'ai dû dire à Astride que je l'aimais, dit Aaron en embrassant sa femme sur la tempe.

D'un mouvement de tête, il demande à Astride de nous laisser seuls. Elle se lève et presse mon bras en partant. Seul avec Aaron, je ne sais pas quelle tournure va prendre cette conversation. Nous sommes toujours en froid.

— Logan, elle t'a retourné le cerveau et les tripes mais tu ne dois pas la laisser partir. Tu dois te battre pour elle comme je l'ai fait pour Astride.

— Tu ne m'en veux plus ?

Ses muscles se crispent un court instant puis il se détend. Son amitié m'est trop précieuse pour être totalement perdue, surtout maintenant que Mackenzie est partie.

— Non, maintenant que je connais tes sentiments pour elle, je ne peux pas t'en vouloir.

— Merci mon frère.

Aaron se lève et se positionne face à moi. Il pose ses mains sur mes épaules.

— Alors qu'est-ce que tu vas faire ?

— Je ne sais pas mais je n'irai pas la chercher.

Son air devient menaçant mais je le devance.

— Ce n'est pas par lâcheté ou fierté, mais parce qu'Astride a raison. Mackenzie a le droit de goûter à nouveau à la liberté et si elle reste ici je l'enfermerai à double tour dans une chambre pour ne plus qu'elle s'en aille. Je dois la laisser choisir de revenir.

Je crève d'envie d'enfourcher ma moto et d'aller la chercher, mais Mackenzie doit rester maîtresse de son destin. Elle a vécu dans la peur et sous le joug d'un homme trop longtemps pour que je la prive de cette liberté que je chéris tant. La laisser tranquille sera ma plus belle preuve d'amour.

Mais putain ça fait mal. Ça me coûte cher en abnégation.

Chapitre 38

« On voyage autour du monde à la recherche de choses, et on rentre chez soi pour le trouver »

George Moore

Mackenzie

Je descends de ma voiture d'un pas hésitant. Je respire difficilement et pourtant je n'ai jamais été aussi sûre de moi. Je suis venue les remercier et plus si ça se passe comme je l'espère. Grâce à eux, je suis libre. Ça a pris un peu de temps mais aujourd'hui je ne suis plus déclarée morte par l'administration et Mathias a été reconnu coupable de meurtre et de dissimulation de corps après un procès des plus médiatiques. Il a été incarcéré dans une des prisons de l'État malgré sa demande de ne pas l'être, par crainte que les locataires de la prison ne s'en prennent à lui. Mathias s'est suicidé dès sa première nuit en détention. Mon sentiment de vengeance avait été assouvi dès la révélation aux yeux du monde de l'homme qu'il était réellement. À partir de là, de nombreuses femmes victimes de ses agissements déplacés n'ont cessé de se manifester. Par peur des représailles, elles avaient préféré garder le silence.

L'incendiaire qui a tué mes amis a reconnu avoir été engagé par Mathias. Il y avait tellement de plaintes à son encontre qu'il aurait passé sa vie en prison. Il n'aura jamais à assumer le poids de ses actes ni à supporter le regard des personnes qu'il a blessées. Jusqu'au bout, cet homme a été un lâche.

Longtemps, je me suis sentie coupable des agissements de Mathias, mais aujourd'hui je vais mieux. Aujourd'hui, je me présente devant les grilles du club pour boucler la boucle. Trois mois que je suis partie, je sais que Logan ne me doit rien et qu'il a certainement repris sa vie. Et je le comprends tout à fait, mais j'avais besoin de ce temps pour me retrouver avec les miens et pour savoir ce que je voulais faire de ma vie.

J'ai validé un diplôme d'infirmière. Je ne souhaitais pas que Mathias puisse avoir gâché mes années d'étude d'avant ma fuite, mais je ne voulais pas reprendre la médecine. J'ai trouvé que c'était un bon compromis.

J'ai renoué avec ma famille. Ça a été difficile ! On pourrait croire que c'est naturel mais non. Dans les films, ils se jettent dans les bras et reprennent leur vie comme si de rien n'était. Mais dans la vraie vie ça se passe différemment. Passée la joie des retrouvailles, je n'étais pas à l'aise et mes parents non plus. Ils avaient face à eux une inconnue. Loin de la fille qu'ils avaient vue grandir, ils faisaient connaissance avec la fille que Mathias m'a obligée à devenir. J'étais une étrangère dans ma propre maison. Je fuyais leur contact, c'était bizarre pour moi de me retrouver avec ma famille qui me manquait terriblement, mais qui était devenue des inconnus pour moi. Les premières semaines ont été tendues, ma mère marchait sur des œufs pour me parler alors que mon père ruminait sa colère contre Mathias et contre moi. Il m'en voulait de leur avoir fait subir tout ça. Ma fuite, ma pseudo-mort, mon enterrement, le deuil d'avoir perdu un enfant... Sa colère était compréhensible mais moi aussi j'en avais à leur égard. Ils m'avaient abandonnée à Mathias et à mon sort. C'est irrationnel et totalement infondé, mais finalement il est plus simple d'en vouloir aux autres que de se détester soi-même.

La reconstruction de notre lien familial sera lente, mais je sais que nous y arriverons. En vivant avec eux, j'ai compris que ma place n'était plus ici. Un matin en me levant, je me suis rendu compte que je voulais être ailleurs. C'est à ce moment-là que j'ai su que je ne voulais plus vivre en Californie. Trop de mauvais souvenirs et finalement peu de bons. Je voulais retourner là où j'avais été la plus heureuse, avec Gloria, avec Astride. Et surtout, je voulais retrouver Logan, ce biker caractériel qui m'a sauvée. Le seul homme que j'ai laissé m'approcher dans la pire phase de ma vie, le seul qui a réussi à m'atteindre, à me toucher émotionnellement aussi bien que physiquement.

Alors oui, rien n'est réglé entre Logan et moi et je sais qu'il risque de m'envoyer bouler. Logan a peut-être rencontré quelqu'un d'autre, il a certainement continué à coucher avec d'autres femmes, mais peu importe. En venant ici, je me suis dit que si nous devions construire quelque chose ensemble, ce serait en faisant abstraction du passé.

Fébrile, j'avance en tirant sur ma jupe, je jette un dernier coup d'œil sur mon apparence dans le rétroviseur et me dirige d'un pas déterminé vers l'imposant portail en fer. Je demande au biker de l'entrée de faire venir Logan s'il est là. Il me regarde d'un air circonspect.

— Tu veux parler de Wolve ?

Wolve ? C'est quoi ça ? Certainement son nom de route.

— Euh… Oui ?

Il hoche la tête en me détaillant, puis utilise une radio pour parler.

— Il arrive.

Je fais les cent pas en l'attendant. Heureuse et à la fois inquiète de devoir lui faire face. Parce que là aujourd'hui, je veux pouvoir lui dire que c'est lui que je choisis. Il est peut-être trop tard mais je veux aller au bout de ma démarche de reconstruction. Si je ne venais pas le voir, si je ne l'affrontais pas en face à face, je serais encore dans la fuite. Et je refuse de fuir de nouveau devant qui que ce soit.

*

Logan

Pourquoi est-ce que j'ai accepté de remplacer Aaron pendant qu'il pouponne ? Je déteste ça, mais je suis tellement fan de mon filleul que je suis prêt à me farcir toutes les merdes à gérer pour que son père soit là pour lui. Et puis l'accouchement d'Astride a été plus compliqué que prévu et elle a besoin de repos. Pour eux, ma famille, je suis prêt à faire tous ses sacrifices.

Mais le rôle de maître d'armes est franchement chiant. Trop de responsabilités. Je souffle après avoir entendu l'appel du prospect de l'entrée. Qu'est-ce qu'ils me veulent encore ? Je me dirige vers la grille et lui demande de l'ouvrir.

Je reste sans voix. Mackenzie est là devant moi. Magnifique dans sa jupe et son petit chemisier moulant son corps de déesse. Je la trouve encore plus belle qu'avant. Elle me sourit timidement, presque incertaine de savoir comment je vais l'accueillir. Je suis aux anges, putain ! Elle est enfin revenue. Avant de lui sauter dessus, comme le pauvre type désespéré que je suis devenu depuis qu'elle est partie, je dois savoir si je comprends bien ce que signifie sa présence ici.

— Logan, je suis tellement contente de te voir... Si tu savais comme tu m'as manqué, déclare-t-elle sans emphase.

Une pauvre phrase venant d'elle et j'oublie qu'elle s'est barrée sans un mot pour moi.

— Viens, dis-je en lui saisissant la main, ce qui fait naître un frisson le long de mon échine.

Je l'entraîne à l'écart des regards indiscrets, et sans y réfléchir vraiment nous nous retrouvons dans ma chambre. Je me tourne vers elle, elle détaille la pièce. C'est vrai qu'elle n'y a jamais mis les pieds, la seule fois où elle a failli venir, cette connasse de Dakota l'en a empêchée. Elle est encore plus belle que dans mon souvenir. Sa démarche gracile me fait perdre le cours de mes pensées. Je trouve naturel de la voir évoluer dans mon environnement, j'ai toujours su que c'était sa place.

En fait, je n'ai pas besoin de long discours, je n'ai pas besoin de connaître les motivations de son départ, non tout ce qui m'intéresse c'est de savoir pourquoi elle est revenue et pour combien de temps. Le reste ne sera qu'anecdotique.

Je m'approche d'elle, pose ma main sur sa joue et l'oblige à lever la tête pour me regarder.

— Est-ce que tu restes ?

— Oui.

Je n'ai besoin de rien d'autre. Je me penche vers elle, son sourire fait écho au mien puis je dépose mes lèvres sur les siennes. Trois mois que je ne l'ai pas goûtée, caressée, touchée, visitée. Je n'ai plus qu'une idée en tête : la faire mienne. Sa langue vient chercher la mienne alors qu'elle se pend à mon cou. Je glisse mes mains sous son cul que je palpe avec avidité en la portant contre moi. Sous mes doigts, je sens sa peau nue. Ses jambes s'enroulent autour de ma taille et je respire dans sa bouche, heureux de l'avoir retrouvée. Mackenzie tire sur mes cheveux, ce qui me fait gémir. Je me déplace pour bloquer son corps contre le mur.

D'un mouvement brusque j'arrache les boutons de son chemisier, dévoilant à ma vue un soutien-gorge en dentelle rose poudré. Je ne l'ai toujours vue qu'avec de la lingerie basique et j'avoue que l'écrin en dentelle pour sa poitrine est du plus bel effet. Je me penche sur ses seins et passe ma langue entre le tissu et sa poitrine pour caresser ses tétons. Ils durcissent entre mes dents au même rythme que ma queue qui menace d'exploser dans mon jean.

Depuis qu'elle est partie, je n'ai baisé personne. Je me suis branlé en pensant à elle mais aucune fille ne m'a approché. Je savais qu'elle allait me revenir.

Mackenzie passe ses mains sous mon tee-shirt pour finir par me l'ôter et gémit à mon oreille.

— Tu m'as manqué, souffle-t-elle, émue. Logan, attends, murmure-t-elle en me repoussant doucement une main sur mon torse.

Je lève sur elle un regard fiévreux et poursuis ma découverte en attendant qu'elle s'explique. Mackenzie tente de faire bonne figure mais ses mains vagabondent le long de mon ventre.

— Nous devons discuter.

Il ne s'agit que de ça ! Il n'y a pas urgence, elle est là, je la tiens enfin.

— Après. Je dois d'abord m'assurer que tu es bien là, que je ne fais pas encore un de ces rêves érotiques où je finis seul. Nous discuterons de tout ce que tu veux après que je t'ai possédée, mais là maintenant tout ce que je veux c'est me perdre en toi.

Je ponctue ma tirade en passant ma main sous sa jupe, frottant mon pouce contre son clitoris. Mackenzie ahane et se montre très réceptive. Les petits gémissements qui sortent de sa bouche me mettent au supplice. Je décale la barrière de son string pour insérer deux doigts en elle. Je suis pressé de la faire à nouveau mienne. Mackenzie bouge son bassin au rythme de l'intrusion de mes doigts. Elle est torride, son regard d'onyx plongé dans le mien. Elle ne cache pas son plaisir. Je ne tiens plus, elle est trop sexy comme ça, alanguie contre mon corps et en attente de plus. Je retire mes doigts et les porte à ma bouche, Mackenzie me regarde faire avec envie. Je me décale juste assez d'elle pour qu'elle puisse passer sa main entre nos deux corps et se débarrasser de mon jean. Il tombe au sol, suivi de mon boxer. Je la pénètre d'un violent coup de reins qui nous surprend tous les deux.

Je n'ai pas envie d'être délicat, j'aurai tout le temps de me rattraper plus tard. Là, je veux juste la baiser pour qu'elle ressente le manque que j'ai eu d'elle. L'entendre gémir mon nom et hurler son plaisir. Je plonge en elle avec avidité avant de me retirer, mes gestes sont brusques mais je n'arrive pas à me contenir. Je sens son sexe palpiter autour de ma queue, c'est trop bon, c'est comme rentrer à la maison. Je baisse les yeux pour regarder la jonction de nos deux corps, je veux voir ma bite avalée par sa chatte brûlante. Je constate alors que je n'ai pas mis de capote. Putain, encore. Fait chier, il est dit qu'elle me fera agir de façon impulsive. Je grogne mais je ne peux pas m'arrêter, je la possède enfin, j'ai besoin d'aller au bout, je sens déjà l'orgasme me prendre au creux de mes reins.

— J'ai pas mis de capote. Mais… je ne peux pas… arrêter…

Je la baise avec force. Mackenzie prend mes lèvres d'assaut et m'embrasse avec fougue, elle mordille ma lèvre inférieure avant de poser sa tête contre le mur, elle y est presque. Si elle jouit avant moi j'aurai le temps de me retirer. Elle gémit sous mes à-coups, magnifique.

— T'arrête pas… Oh mon Dieu… c'est trop… Je prends la pilule.

Elle prononce cette phrase avant de jouir contre mon oreille, ses ongles plantés dans ma nuque, pour sûr j'aurais des marques mais je m'en fous. Je vais pouvoir jouir en elle, quoi de mieux pour commencer notre « nous » que sans capote, peau contre peau ?

J'accélère mes mouvements, je veux la rejoindre même si je sais que je ne serai jamais rassasié d'elle. Je jouis en elle, je crache toute ma semence. Nos respirations sont saccadées, Mackenzie a la peau rougie par l'orgasme et moi j'ai encore envie d'elle.

Je nous dirige vers le lit, l'allonge en finissant de la déshabiller. Elle est enfin revenue à moi. Je m'allonge à ses côtés, la prends dans mes bras en remontant le drap sur nous. Mackenzie reprend son souffle, sa tête sur ma poitrine, sa main sur mon tatouage près du cœur, ses cheveux chatouillant mon torse. Ses doigts dessinent des lignes imaginaires sur ma peau alors que je caresse son dos.

J'embrasse ses cheveux en resserrant mon étreinte.

— Tu m'en veux d'être partie ?

— Non, mais je t'en veux de ne pas être venue me voir avant de t'enfuir.

Je comprends pourquoi elle avait besoin de le faire mais pas la façon dont elle s'y est prise. Elle lève vers moi un regard déterminé.

— Je ne me suis pas enfuie, se défend-elle avec véhémence. Je voulais rentrer chez moi avant de me rendre compte que chez moi… c'est avec toi.

Elle ne pouvait pas me faire plus plaisir. Une pièce de mon cœur meurtri par son départ se recolle à nouveau et à chaque seconde qu'elle passe à nouveau dans mes bras, je le sens battre plus fort pour elle.

— Logan… est-ce que tu as… enfin est-ce que tu continues à la voir ? questionne-t-elle d'une voix hésitante qui trahit son incertitude.

Je sais qu'elle parle de Dakota et de sa présence cette fameuse journée qui a précipité son départ.

— Il n'y a que toi. Il n'y a eu personne depuis toi et je ne veux personne d'autre. Il ne s'est rien passé ce jour-là ni les jours d'après, ni avec elle ni avec aucune autre.

Mackenzie ne sait pas comment interpréter cet aveu. Je la sens se tendre dans mes bras.

— Je sais que tu ne me crois pas, dis-je, las et déçu, mais je t'assure que c'est la stricte vérité. Je ne vois que toi depuis que je te connais.

Je l'oblige à lever la tête et plonge mes yeux dans les siens. En faisant cela je veux pouvoir me noyer dans son regard et m'assurer qu'elle entende bien ce que j'ai à lui dire.

— Mackenzie, je n'ai pas toujours compris les sentiments que tu éveillais en moi. Je n'ai pas su les gérer correctement mais j'ai toujours été honnête envers toi. Quand je dis que je n'ai eu personne depuis toi je suis sincère et je le suis d'autant plus quand je te dis que je ne veux que toi. Chaque part de moi se languit de toi. Je savais que tu allais revenir. J'attends ton retour depuis que tu es partie, je n'ai envie de baiser personne d'autre, tu es la seule qui compte à mes yeux.

Ses yeux brillent de larmes. Elle pose sa main sur mon cœur.

— Je te crois et moi aussi je ne veux que toi. Je suis désolée, j'aurais dû rester et te parler, ne pas partir précipitamment mais finalement la présence de cette fille a été bénéfique.

Ce qui est fait est fait mais je ne suis quand même pas d'accord. À cause de Dakota, elle m'a quitté et m'a laissé sans nouvelles pendant des mois. Alors que je m'apprête à répliquer, elle poursuit :

— Sans elle, je ne serais peut-être pas partie et pourtant c'était nécessaire. Comprends-moi bien, te quitter a été la chose la plus difficile que j'ai eu à faire, mais je devais le faire pour mieux revenir. Pardonne-moi, sanglote-t-elle. Je m'en veux de la façon dont ça s'est passé mais pas d'être partie. Logan, je devais le faire. Je devais affronter mes démons du passé et être sûre que mes sentiments pour toi étaient sincères et non liés au fait que tu m'as sauvé la vie.

Je resserre mon étreinte sur son corps fin et parfaitement adapté au mien. Elle continue sa tirade en pleurant, comme une litanie entêtante :

— Je te demande pardon, Logan. Je te demande pardon si je t'ai fait de la peine sans le vouloir.

— Ce n'est pas grave, la rassuré-je.

— Si, c'est grave, je ne veux pas que tu croies que ces trois derniers mois n'ont pas été difficiles pour moi. Tu m'as tellement manqué, mais je devais me reconstruire pour mieux te revenir. Je suis désolée que ça m'ait pris autant de temps.

Elle me demande de lui pardonner, mais à la vérité je lui avais déjà pardonné tout ce qu'elle avait pu faire et tout ce qu'elle fera. Je ne peux lui en vouloir longtemps.

— Si tu m'avais demandé, je t'aurais dit que ce qui se passe entre nous est réel. Que toi et moi c'est une évidence. Que ma peau ne peut se passer de la tienne, dis-je en caressant son dos, ce qui fait naître chez elle des frissons. Que mes lèvres sont faites pour embrasser ton corps, je dépose une série de baisers sur son visage. Que mon cœur ne bat qu'au rythme du tien. Je n'avais pas besoin que tu partes pour savoir à quel point tu m'es indispensable pour vivre. Mais j'avoue que j'aurais dû te le dire plutôt qu'espérer que tu le comprennes toute seule et pour ça j'en suis désolé. Sans toi, je suis comme mort à l'intérieur. Alors, ma *pretty doll,* ne me quitte plus jamais. Je t'aime.

Je susurre ses mots à son oreille. Je ne veux plus jamais la perdre. Mackenzie se redresse et m'enjambe pour me chevaucher. Elle se penche pour m'embrasser avant de me reprendre en elle. Je bande alors que je viens de jouir. Ma semence mélangée à sa mouille me permet de me glisser en elle avec aisance. Elle est tout ce que j'ai toujours voulu et jamais recherché.

— Je ne te quitterai plus jamais, je t'aime, Logan.

C'est elle-même qui le dit, elle avait besoin de partir pour mieux me revenir. Mais aujourd'hui, son âme rencontre à nouveau la mienne et je me sens entier. Cette femme me complète à la perfection, et il est facile d'être fidèle quand on est amoureux. Maintenant, elle est là avec moi et c'est tout ce qui compte. Je ne la laisserai plus jamais s'éloigner de moi. Ces trois mois ont été une torture, elle ne doit plus quitter mon lit, mes bras, mon cœur, ma vie. Alors, cette fois, je lui fais l'amour avec douceur.

Épilogue

« Et si c'était ça le bonheur, pas même un rêve, pas même une promesse, juste l'instant »

Delphine de Vigan, No et moi

Six mois plus tard

Logan

Assis sur le canapé d'Aaron, je frotte machinalement le tatouage que je viens de faire. Mackenzie est à côté de moi, je pose une main possessive sur sa cuisse dénudée. Elle porte un petit short en jean avec une chemise. Je l'ai baisée avant de partir mais j'ai déjà envie de recommencer, je ne suis pas rassasié d'elle et je le serai certainement jamais. Depuis qu'elle est revenue, nous ne nous quittons plus.

Ma belle est retournée vivre chez Gloria et moi je cherche à déloger les voisins d'Aaron pour qu'ils me cèdent leur baraque. Mais ça, personne ne le sait. Je n'en ai parlé ni à Mackenzie ni à Aaron.

— Tu t'es fait tatouer ? questionne Aaron en apportant des bières.

— Yep.

Je me saisis de ma bouteille pour boire une gorgée. Ce tatouage, je l'ai voulu dès que Mackenzie est revenue, mais elle a préféré attendre. Elle ne veut rien précipiter entre nous. Moi je suis totalement dépendant d'elle, mais j'ai attendu. Je ne voulais pas lui mettre la pression.

Je soulève mon tee-shirt et ôte le pansement pour lui montrer ma dernière folie. Sur mon cœur, une troisième carte a été remplie. La madone prise en photo par Mackenzie est gravée à tout jamais sur ma peau, un M stylisé la signe. Tout près de mon palpitant qui ne bat que pour les personnes présentes dans cette maison.

Quand j'ai expliqué à ma belle la signification des deux autres cartes, elle en a été bouleversée. La première, un biker, représente mon attachement au club. La deuxième avait été faite à l'origine pour Elliot et Aaron, ma seule véritable famille, et à cela s'ajoute le A d'Astride parce qu'elle est la régulière de mon pote, mais aussi ma meilleure amie. Mackenzie a trouvé la symbolique magnifique et a fondu en larmes quand je lui ai dit que je voulais que la troisième carte la représente, elle. C'est elle qui a choisi la madone et j'ai approuvé. S'en est suivi une nuit torride qui me déclenche un début d'érection rien qu'en y repensant.

Au retour de Mackenzie, je savais que je ne voulais plus qu'elle me quitte mais je n'étais pas prêt à la prendre pour régulière. Ça tombait bien, elle n'était pas prête non plus à ce genre d'engagement. Son précédent mariage ne lui a pas donné envie de se faire piéger à nouveau. Nous avons été d'accord sur le fait que ce n'était pas encore pour nous mais à mon sens nous avons assez attendu. Mackenzie est à moi et je suis à elle.

— Joli, plus joli que ton smiley sur le ventre.

Je lui fais un doigt d'honneur sous le rire envoûtant de ma belle. J'aime l'entendre rire et son insouciance ne me fait que l'aimer encore plus. Savoir que grâce à moi elle est heureuse vaut tous les engagements du monde mais ce n'est pas suffisant. Maintenant, je veux tout.

Nous attendons Astride qui est partie coucher mon filleul. Je kiffe ce môme, il a les yeux de son père mais déjà le tempérament de sa mère. Il ne pleure jamais. C'est un ange.

Mackenzie se sent de plus en plus à l'aise avec Aaron et inversement. D'ailleurs elle profite de ce moment pour partager une anecdote avec lui.

— Je vais t'avouer un secret, Aaron, dit-elle sur le ton de la confidence. Au début, j'ai cru que Logan et Astride étaient en couple.

Je m'étrangle avec ma gorgée de bière alors qu'Aaron me jette un regard furieux.

— Qu'est-ce qui a bien pu te faire penser ça ? demande mon ami avec un air suspicieux qui ne me dit rien qui vaille.

— La première fois que je les ai aperçus, ils étaient enlacés et de loin je les ai pris pour un couple.

Je découvre en même temps que mon frère qu'elle pensait que dès le départ j'étais un connard capable de trahir sa femme. Je suis à la fois flatté et en colère. Flatté de me dire qu'elle avait tellement envie de moi que le fait que je sois hypothétiquement en couple n'avait pas d'importance. Et en colère parce qu'elle me voyait comme un salaud infidèle.

Je sais très bien à quelle scène elle fait allusion. Je tourne vivement la tête vers elle.

— Tu nous avais vus par la fenêtre ?

— Oui, sourit-elle.

Son air mutin et ses yeux qui pétillent me détournent quelques instants de la colère d'Aaron que je sens bouillir sur le canapé face à moi.

— Qu'est-ce que tu foutais avec ma régulière dans les bras ? beugle Aaron.

Dans ces moments-là, il n'y a qu'une personne qui peut le calmer. Plus jaloux que lui, tu meurs. Il a beau savoir que je ne tenterais rien et que sa femme n'a d'yeux que pour lui, il reste un possessif maladif.

— Astride ! gueulé-je à travers la maison, assez fort pour qu'elle m'entende.

— Ta gueule, tu vas réveiller mon fils et Elliot, me sermonne Aaron.

Oups c'est vrai.

Astride arrive rapidement.

— Je ne peux pas vous laisser seuls cinq minutes ? Vous êtes incapables de vous tenir devant Mackenzie. Vous être pire que des gosses. C'est quoi le problème ?

— Qu'est-ce que tu foutais dans les bras de Logan ? aboie son énervé de mari.

— Quand ça ?

— Comment ça, « quand ça » ? C'est arrivé plusieurs fois ? Mackenzie dit qu'elle vous avait vus ensemble.

Je peux voir la fumée sortir de ses oreilles. Astride s'installe à côté de lui, me faisant face. Elle fait un clin d'œil de connivence à Mackenzie, ce qui me fait dire qu'elles avaient fomenté leur coup. Elles s'entendent à merveille et je pense que ça va se retourner contre nous.

— Tu parles de la fois où je l'ai remercié pour son aide au centre ou celle où je l'ai présenté comme mon mari au gala ? demande-t-elle à ma *pretty doll*.

— Non je parlais de la fois où je vous ai vus par la fenêtre. La première fois que je suis venue au centre, complète Mackenzie, le sourire aux lèvres.

Ces deux chipies s'amusent à nos dépens. Aaron n'y voit que du feu, il bout, prêt à me sauter dessus. J'espère juste qu'Astride ne va pas dévoiler la teneur de la discussion que nous avons eue à ce moment-là mais elle me détrompe.

— Ah ! Tu parles de la fois où je lui ai proposé un plan à trois.

En soufflant exagérément, je me laisse tomber dans le canapé. Attirant Mackenzie près de moi, je plonge ma tête dans ses cheveux et respire son odeur qui imprègne mes draps. Je ne peux retenir mon rire quand j'entends l'excuse vaseuse d'Astride pour calmer son homme.

— Mais je t'assure chéri que c'était toi le troisième.

*

Mackenzie

Astride voulait taquiner son homme avec cette histoire et j'avoue que j'apprécie notre complicité. Elle est une vraie amie, une sœur. Quand elle m'a proposé de faire des campagnes de soins pour les gens qui viennent au centre, j'ai tout de suite accepté. Nous travaillons ensemble régulièrement mais je continue aussi la photo. Ça me permet de m'évader et de ne pas me sentir prisonnière. Logan m'accompagne souvent ; nous avons comme rituel de nous arrêter à l'église Sainte-Catherine.

Planqué derrière moi, Logan regarde ses amis se prendre la tête. Il ne fait pas le fier mais n'alimente pas non plus la conversation. C'est la première fois que je ne le vois pas fanfaronner.

— Tu n'as rien à dire ? demandé-je.

— Oh non je préfère laisser à Astride le soin de le gérer. Et puis je sais que vous l'avez fait exprès, toutes les deux.

Je prends un air outré. Qu'il puisse imaginer que nous avons fait exprès de mettre sur le tapis cette histoire.

— Pas la peine de faire cette tête, je sais ce que j'ai vu.

Logan m'attire sur ses genoux et m'embrasse à m'en retourner les sens. Sa main glisse de ma cuisse vers mon entrejambe et je sens monter la chaleur en moi. Je suis toujours réactive à ses caresses mais là nous ne sommes pas seuls. Alors qu'il m'attire un peu plus contre lui, que ses mains viennent titiller mes tétons déjà dressés tout en passant sa langue dans le creux de mon cou. Je reprends ma place initiale sur le canapé avant de le laisser me baiser devant nos amis.

— On ne peut pas faire ça…

— Si, on peut.

D'un mouvement de tête, il me désigne Aaron et Astride en train de se dévorer face à nous. Aaron est au taquet mais ses mains restent sur les vêtements d'Astride, refusant que quelqu'un d'autre que lui puisse apercevoir un bout de peau de sa précieuse moitié.

Je me retourne vers Logan, son regard chargé de luxure me donne envie d'arracher mes fringues pour me rouler nue avec lui. Je me lève d'un bond en tendant la main vers lui.

— On y va !

— Tu ne peux pas me résister, rigole-t-il.

Nous gloussons comme des gosses. Une fois dehors, Logan me prend la main, ce geste banal est pourtant d'une tendresse infinie. Nous déambulons dans le quartier jusqu'à sa moto garée un peu plus loin. J'avoue adorer me blottir contre son dos alors qu'il conduit.

Profitant de la quiétude du quartier, je ne vois pas Logan sortir quelque chose des sacoches de sa moto. Persuadée qu'il va me tendre mon casque, je suis estomaquée quand je me retourne vers lui. Il tient face à moi un cuir rouge avec l'inscription « propriété de Wolve ». Tremblante de surprise, je porte une main à ma bouche pour m'empêcher de hurler trop fort ma joie.

— On a assez attendu, *Pretty doll* tu ne crois pas ?

Voulant le taquiner, j'hésite sur ma réponse.

— Je ne sais pas…

Logan ne goûte pas à mon humour. Il se rembrunit, un voile de déception dans le regard. Je porte une main à sa joue. Je lui souris quand il lève les yeux vers moi.

— J'accepte seulement si tu poses la question.

Il sourit.

— *Pretty doll.* Je suis dingue de toi, je n'imagine pas ma vie sans toi, dans mon lit pour le réchauffer, derrière moi sur ma bécane. Ta place est à mes côtés depuis le jour où je t'ai vue arpenter le trottoir devant le centre. Acceptes-tu de devenir ma régulière ?

— Oui ! m'exclamé-je en me saisissant du cuir pour le passer immédiatement.

Le regard de mon homme pétille d'une fierté nouvelle.

— Tu es officiellement à moi, s'extasie-t-il en m'approchant de lui.

Il me porte à ses lèvres pour un baiser que je sais renversant. Soudain, un homme sort précipitamment de la maison devant laquelle nous sommes garés. Avec un air exaspéré, il s'adresse à Logan.

— C'est bon, vous avez gagné, elle est à vous.

Il rentre chez lui aussi vite qu'il en est sorti. Logan m'attire contre lui, un sourire satisfait aux lèvres.

— C'est quoi cette histoire ? questionné-je.

Il dépose un tendre baiser sur mes lèvres.

— Nous avons notre chez-nous.

FIN

Vous avez dévoré l'histoire de Logan et Mackenzie, adoré les Black's Soldiers et vous avez brûlé pour le beau Pyro ?
Retrouvez Lorea Read et la romance de Pyro et Charlie
BURNED LOVE

Remerciements

Les premiers mercis doivent aller à ma famille. À mon homme qui partage ma vie depuis longtemps et qui je dois reconnaître une patience d'ange.

À tous mes amis qui égaient mon quotidien de par leur présence, leur bienveillance et leur humour. Ma vie ne serait pas la même sans eux.

À mes chats qui ont très souvent été plus prolifiques que moi avec le clavier de mon ordinateur.

Je ne peux faire l'impasse sur ma grand-mère, elle n'a rien à envier à Gloria. Elle est de ces personnes formidables qui ne voient que la beauté en chacun d'entre nous. Sa joie de vivre n'a d'égale que sa passion pour la lecture. À mon grand-père qui nous manque chaque jour. Ils font partie de ces couples dont l'amour a survécu au temps et aux orages.

À toutes les Mackenzie du monde qui se battent au quotidien, vous êtes bien plus fortes que vous ne le pensez. J'admire votre force et votre volonté. Et à tous ceux qui les accompagnent dans leur lente reconstruction.

À tous les Logan qui, malgré un côté lourd, sont en fait des tendres au grand cœur.

Il est difficile de dire au revoir à des personnages qui ont partagé autant de temps avec moi, j'ai aimé raconter leur histoire, vivre leur vie par procuration et vibrer au rythme de leurs péripéties.

Merci aux éditions BMR pour leur confiance et leurs précieux conseils.

À mes lectrices qui ont fait vivre ses histoires, qui ont chéri ces bikers autant que moi. J'espère vous retrouver dans la suite de leur aventure.

N'hésitez pas à me suivre sur Instagram @lorearead pour connaître mon actu ou sur @editions_BMR

hachette s'engage pour l'environnement en réduisant l'empreinte carbone de ses livres. Celle de cet exemplaire est de :
450 g éq. CO_2
Rendez-vous sur www.hachette-durable.fr

PAPIER À BASE DE FIBRES CERTIFIÉES

« Pour l'éditeur, le principe est d'utiliser des papiers composés de fibres naturelles, renouvelables, recyclables et fabriquées à partir de bois issus de forêts qui adoptent un système d'aménagement durable. En outre, l'éditeur attend de ses fournisseurs de papier qu'ils s'inscrivent dans une démarche de certification environnementale reconnue. »

Édité par Hachette Livre, dans la collection Ito
(58, rue Jean-Bleuzen, 92170 Vanves)

Composition : Nord Compo
Achevé d'imprimer en Espagne par Blackprint
Dépôt légal 1re publication : octobre 2023
10.6061.3 – ISBN : 978-2-01-724646-6
Dépôt légal : octobre 2023